전자 시대의
아리아

신종원 소설집
전자 시대의 아리아

펴낸날 2021년 7월 13일

지은이 신종원
펴낸이 이광호
주간 이근혜
편집 최지인 이민희 조은혜 박선우 방원경
펴낸곳 ㈜문학과지성사
등록번호 제1993-000098호
주소 04034 서울 마포구 잔다리로7길 18 (서교동 377-20)
전화 02)338-7224
팩스 02)323-4180(편집) 02)338-7221(영업)
전자우편 moonji@moonji.com
홈페이지 www.moonji.com

ⓒ 신종원, 2021. Printed in Seoul, Korea

ISBN 978-89-320-3876-6 03810

전자 시대의
아리아

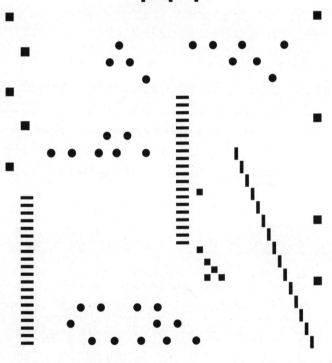

신종원 소설집

문학과지성사

차례

밴시의
푸가

장소는 1980년 6월에 만들어졌다. 그보다 수백 년 앞서 지어진 석조 성루의 서늘한 음영 아래에서 조촐하게나마 개관식도 가졌다. 가파른 비탈을 따라 잡목림이 우거져 있고, 주차장 가까이 드리운 낙엽송 가지에는 아직까지 전지가위 흔적 따위가 남아 있다. 그러나 본관 1층 종합 자료실에 진열된 대부분의 목재 서가가 이보다 오래되었다는 사실은 아무도 모를 것이다. 그 아메리칸 고딕 양식의 고가구들은 1975년 오클라호마주 와시타산맥에서 베어낸 측백나무를 원목으로 썼다. 중부 다섯 개 주에서 널리 악명을 떨쳤던 벌목 재벌 '호두까기' 토미에 의해 처음 채벌되었고, 샌디에이고 국제항 자재 창고에서 밀착 포장된 상태로 6개월간 내버려졌다. 얼마 후 거래처가 부도를 맞아 어음이 휴지 조각이 되자, 수출

사는 당시 몇 안 되는 통화 약세국이었던 한국으로 허겁지겁 부정기 무역선을 띄웠다. 선교 난간에 성조기를 게양한 대형 선박이 인천항 3부두 앞에 닻을 내렸고, 같은 날 컨테이너 야적장에서 통관 공무원과 실랑이를 벌이던 국내 가구 업체 영업이사가 현장 경매에서 낙찰받은 결과, 가구 공장으로 옮겨지게 된 것이다.

공들여 왁스 입힌 목재 서가는 일정 간격으로 떨어져 선 채 서로를 마주 보고 있다. 너비 안으로 비좁고 긴 포장 복도를 살며시 가리거나 숨겨주는 방식으로. 각각의 서가 입구에는 소장 도서의 주제 안내표와 모종의 수열이 뒤따라 붙어 있다. 0번부터 900번. 십진분류표를 따르는 10열 종대의 가구 배치법이 자료실 내부를 가로지른다. 그리고 그 안에 20만여 권의 장서가 빼곡하게 꽂혀 있다. 백 단위 숫자와 장체 한글 글꼴로 조합된 청구 기호 스티커에 별수 없이 비끄러매인 채. 수천 개의 제목과 저자, 또 그들 앞으로 주어진 주소들이 하나의 복도 안에서 다성 음악처럼 동시에 얽혀 있다. 때때로 익명의 열람자에게는 그것들이 실은 책이 아니라 색인 목록 혹은 떠들썩한 주석 모둠처럼 여겨질 것이다. 그렇다면 종합 자료실이야말로 무수한 행간 때문에 1미터쯤 서로 들떠 있는 10페이지 분량의 종이책은 아닐까. 확신할 수 있는 한 가지 사실: 200번대 서가의 배가 기준이 줄곧 종교였다는 것.

이 장소가 처음 문을 열었을 때부터. 한역 게송집과 구·신약 성경 해설 모음. 이어서 중세 교부철학에 관한 비교산문 또는 민속신앙 연구 노트. 드물게 이슬람 율법 성전이 6단 구조의 단면 선반 위에 표지를 맞댄 채 빈틈없이 끼워져 있곤 했던 것이다.

루나는 오목해진 횡격막을 차분하게 다독이며 서가를 따라 걷는다. 천장에 달린 일자형 전등으로부터 내리쬐는 불빛이 복도 표면 위로 창백하게 반사된다. 불과 몇 걸음 바깥에서 이용자들이 걸어 다닌다. 이따금 대여할 책을 골라 집거나 책장을 넘기는 낱개의 손. 그리고 밭은기침 소리. 이것들은 모두 루나의 신장을 아득히 웃도는 높이에서, 단단하고 오래된 측백나무 가구 너머에서 억양이 없는 음성처럼 들려온다.

루나는 어깨높이의 선반에 놓인 도서들을 하나둘 짚어본다. 얇거나 도톰한 두께로 제본된 책등이 손톱 끝에서 차례차례 지나간다. 국배판 혹은 변형 국배판 판형의 도서들이 수 권 단위로 뒤죽박죽 섞여 있다. 루나는 2 외에 다른 대분류 스티커가 붙어 있는 책들을 자리에서 골라 꺼내어 든다. 옆구리에 받친 책이 하나, 둘, 다섯쯤 되었을 때 손뼉으로 이마를 소리 나게 짚는다. 손등 밑으로 어둠이 일부 짙어진다. 서가를 빠져나올 때는 들이쉬었던 숨을 한꺼번에 내뱉는다.

그러는 바람에 먼지 속에 가까스로 머물러 있던 이전 열람자들의 형상이 뿔뿔이 흩어지고 만다. 서가 바깥에서 목걸이 명찰을 만지작거리던 두 명의 자료실 직원이 동시에 루나를 쳐다본다. 경직된 얼굴 주름. 정서의 불협화음.

우리 이야기가 맞죠. 귀신이 그런 거라니까.

루나는 끌어안은 책들을 서가 입구의 이동용 선반 위에 툭 올려놓는다. 자기 자리에서 쫓겨나듯 누락된 종교 서적들이 카트 주위와 통로 바깥쪽 바닥에 돌탑 양식으로 쌓여 있다. 개중에 몇 권은 호남과 영남 지방의 민속 제사에 관한 탐방 보도 내지는 르포르타주식 부기 논문을 한데 엮은 것이다. 크고 작은 잡석들을 섞어 쌓은 누석형 조탑이 표지 사진으로 쓰였다. 무릎 높이에 놓인 이 책을 집어 들 때, 루나는 정경 하나를 조심스럽게 떠받들고 있는 사람처럼 보인다. 예컨대 둘레를 따라 빙빙 두른 금줄과 무명 매듭, 눈이 앉은 겨울철 논과 곤포에 싸인 볏짚 더미들 같은. 루나는 손에 들린 책의 앞면을 똑똑 두드려본다.

언제부터 이랬는지 기억나세요?

2, 3주쯤 됐나. 다른 서가 책이 가끔 여기 꽂혀 있어서 몇 번은 그냥 넘겼거든요.

다시 정리해두면 뭐 하나 싶어요. 다음 날이면 똑같이 이 자리에 꽂혀 있는데.

루나는 시종 끈기 있게 머리를 끄덕인다. 오들오들 어깨를 떠는 시늉들과 목덜미를 쓰다듬는 몸짓 따위가 고루 잦아들 때까지. 알맞은 용적으로 오므린 손가락 위에 가만히 턱끝을 괴어놓은 채로. 한편, 2, 3주 전…… 같은 말을 몇 번이나 반복해서 웅얼거린다. 이때 그녀의 발음법은 본관 2층 디지털 자료실에 놓인 엡손 잉크젯 프린터와 일견 닮았다. 정확하고 선명한 어투의 독백에 의해 홀연히 떠오르는 열나흘, 많게는 스물하루 분량의 저물녘을 루나는 입속에서 거듭 곱씹어본다. 정기간행물이나 부록 자료 두께로 제본된 야트막한 종이 뭉치를 복합기 평판에 대고 힘주어 눌러보듯이.

일단 한번 알아볼게요.

서가 입구에 홀로 남게 되자 루나는 양팔의 스웨터 소매를 한 뼘씩 걷어 올린다. 그런 다음 가까운 책장 앞에 바투 붙어서서 발뒤꿈치를 들었다 놓는다. 올바른 배가 양식을 흐트러뜨리는 국판 또는 변형 46배판 크기의 도서들을 하나둘 끄집어 빼낸다. 가장 높은 선반에 닿기 위해 한껏 팔을 뻗는 동안 천장 전등이 머리 위로 내리쬔다. 루나는 돌연 얼굴을 돌린다. 서가 사이에 가로놓인 복도 안으로. 종종 눈금이 어긋나 있는 바닥 타일들과 내수성 포장재 표면에 일어난 기포 외에 별다른 사항은 보이지 않는다. 아니, 실은 32인치 규격의 통로 안에서 어슴푸레한 밝기로 어른거리는 분광이 있다. 그것은 비어 있는 복도를 배경 삼아 영사된 저해상도 영상처럼 흐릿하고 대체로 알아보기 어렵다. 다만 미세하게 깜빡이는 불빛을 빌려 아주 잠깐씩 무늬와 같이 나타날 뿐이다. 의심할 수 있는 것은 불안한 전력일까, 필라멘트의 수명일까. 루나는 들고 있던 책의 표지에 포스트잇을 대고 적는다.

200번대 서가 입구 전등이 미세하게 깜빡거립니다. 02.06(수)

1966년 한겨울. 이른 새벽. 산 밑으로 굴삭용 중장비 10여 대가 줄지어 도착해 있다. 특대 규격의 육각너트로 간신히 이음새를 조인 조립형 판금들이 덜덜 떨린다. 내연기관의 무게만 1톤 가까이 이르는 이 거대하고 육중한 기계들은 폐부 가득 머금은 고온의 열기를 차마 견딜 수 없는지 기침처럼 쏟아낸 연료 찌꺼기 속에 줄곧 파묻혀 있다. 장비마다 나눠 앉은 운전기사들은 하나같이 개인사업자등록증을 앞 유리 밑에 끼워놓았다. 민간 토목 기업에서 일감을 받았다는 한 가지 공통점을 좇아 같은 공사 현장에 모였을 뿐이다. 각기 다른 제조사에서, 각기 다른 생산 공정을 거쳐, 각기 다른 제조 사양으로 제작된 설비들을 몰고 왔지만, 이날 그들이 해야 하는 일만큼은 별반 다르지 않았으리라. 산을 절반 깎아내고, 남은 절반의 단면에 인공 등고선을 만들기. 이를테면 주거용, 산업용, 등산용 구역을 구분하고, 이들이 구불구불한 모양의 2차선 도로로 이어지게 만들기. 사업 개요에 따르면 산 중턱의 산업용 구역은 국영 통신 기업이 유선 기지국을 설치할 목적으로 미리 매입한 인공 부지였다. 그곳은 오랫동안 보부상이나 지게꾼 들이 산을 넘는 길에 왕래하곤 했던 숲길이기도 했다. 당시 대통령 직권으로 전국에 걸쳐 지하 통신망 사업이 추진되면서 한동안 공터 그대로 방치되었다가, 시 최초의 공립 도서관 부지로 기증된 것이다.

도서관 입구에 서면 누구나 올빼미 시점으로 도시를 부감할 수 있다. 수백 그루의 나무와 흙, 바윗돌이 뭉텅이째 잘려나간 탓에 맑게 갠 지상 사정권이 시종일관 보장되기 때문이다. 특정 높이에서 내다볼 때, 도시는 다만 납작한 노면처럼 관측된다. 하늘을 향해 천장 없이 열려 있어 비와 바람, 가끔 비바람을 한꺼번에 맞곤 하는 아주 가엾은 공간. 그리고 임의로 약속된 행정구역들과 잘게 쪼개어진 우편 주소 따위가 가벼운 소문처럼 그 위를 지나다닌다. 루나는 입구와 이어진 마흔여덟 개의 시멘트 계단 가운데 가장 높은 디딤판을 밟고서 있다. 손이 얼지 않도록 왕왕 소매 안으로 입김을 호호 불어 넣는다. 까마득한 거리에서 밝혀진 불빛들을 얼마간 건너다보다가 곧 발길을 돌린다. 도서관 입구의 미닫이 유리문을 밀고 들어가는 동안 그녀의 등 뒤로 서늘하게 얼어붙은 영하의 야경이 남겨진다.

사무실 책상에 놓여 있는 것들: 클립으로 고정된 업무 일지 한 뭉치. 0.4밀리미터 필기 볼펜, 필촉 너비 6밀리미터 규격의 마커펜 하나. 간격이 좁은 스프레드시트 양식의 셀 상자를 채우고 있는 것은 도서 제목들이다. 가나다순의 내림차순으로 순번을 매겼고 등록 번호, 청구 기호, 제목 등이 가로 칸을 따라 촘촘하게 적혀 있다. 이 자료의 문서 파일 이름은 아마도 **배가+주의+도서들.xlxs**일 것이다. 한편, 19인치 모니터 평판에는 사서 전용 프로그램이 홀로 떠올라 있다. 최근 검색 기록에 남아 있는 항목들이 종이에 인쇄된 도서 목록과 대부분 들어맞는다. 도서를 검색하면 근래에 대출·반납한 이용자 목록이 오른쪽 창에 나타나는 방식이다. 루나는 앞서 11월과 12월에 열람 기록이 있는 이용자들을 선별해 빈 문서 화면에 받아 적었다. 그런 다음에는 한 달여간 같은 도서를 반복해서 대출한 이용자 명단을 다시 골라냈다. 종합 자료실 서가를 어지럽히는 불량 이용자가—유령 따위가 아니라—사람이라면 이들에게 우선 혐의가 있다. 루나는 덜 녹은 손으로 쪽지 한 장을 집어 든다. 주황색 마커 잉크로 강조된 필기체 하나가 본관 1층의 절전된 전등 밑을 지날 때, 몇몇 이름과 도서 제목이 잠깐씩 엿보인다.

야간 이용 시간에 자료실에서 근무하는 사회복무요원 앞으로 느닷없이 숙제 하나가 주어진다. 루나가 200번대 종교 서가에 잘못 꽂혀 있는 책들을 모조리 기록하는 동안 서가 입구를 지키는 것이다. 묵묵히! 서낭나무 내지는 장승처럼. 그렇게 해서 루나는 16:9 비율의 내장형 카메라가 달린 스마트폰을 쥐고 한동안 200번대 서가 복도를 돌아다닌다. 촬영 소음을 죽이려고 스피커 앞에 손바닥을 붙인 채로. 종합 자료실의 열람용 서가는 사실 하나의 가구가 아니다. 6단형 양면 책장을 양옆으로 마주 붙인 다음 길게 늘인 것이다. 루나는 근무를 시작하고 한 달쯤 지난 무렵 복도 바닥에 책 한 권을 떨어뜨렸다가 책장 모서리가 맞지 않는 것을 처음으로 알아챘다. 어쨌거나 그녀는 세 칸으로 나눠진 여섯 개의 선반을 열여덟 번 촬영하는 방법으로 서가 하나를 덩어리째 수집해나간다. 이 작업에는 넉넉한 크기의 저장 공간이 요구되었는데, 조악한 성능의 스마트폰 사양 때문에 좋아하는 음악 파일 몇 가지와 얼마 되지 않는 사진들을 한꺼번에 지워야 했다. 그 가운데는 오래전에 현상된 필름 사진을 바르게 펴놓고 찍은 이미지도 있었다. 이 구겨지고 빛바랜 코니카 필름지 안에서, 젊은 여성 하나가 홀로 조리개 방향을 건너다보고 있다. 붉은색 스트라이프 티셔츠를 멜빵치마 안에 넣어입은 모습으로. 두 손은 등 뒤에 감추고 있는데, 등을 맞대고 있는 아카시아나무의 단단하고 투박한 껍질 무늬들을 손뼉으로 밀어내고 있는 것이다. 땅에서 자란 잡초들이 하얀 무룰 근처까지 올라와 있고, 그녀는 그런 장애물들이 퍽 익숙한지 자연스럽게 웃고 있다. 경직되지 않은 얼굴 표정과 연한 화장 밑에 희미하게 숨겨진 미소는 이 아마추어 사진사가 그녀의 다른 형제라는 사실을 넌지시 알려준다. 시멘트 방죽과 이어진 시냇물이 그녀의 오른편을 따라 흐르고, 평평한 바위 위에는 선캡과 나일론 소재의 히프색이 놓여 있다. 그 아래 인쇄된 수열을 읽으면 87. 7. 30.이 된다. 루나가 태어나기 3년 전의 여름이다. 서가를 빠져나가는 동안 루나는 몇 번이나 우뚝 멈추어 섰다가 도로 걸어간다. 뒤를 돌아볼 때마다 복도는 어김없이 비어 있다. 데스크로 돌아가는 길에 루나는 문득 이렇게 묻는다. **선생님은 귀신이 있다고 믿으세요?** 몇 걸음 앞서가던 사회복무요원은 듣지 못했는지 끝끝내 돌아보지 않는다.

사무실에서 루나는 촬영한 사진들을 사무용 PC로 옮겨 담는다. 책장 한 칸 크기의 이미지를 한쪽 창에 띄워놓고 **배가+주의+도서들.xlxs**에 이어서 내용을 적어 내려간다. 이미 알맞은 자리에 꽂혀 있던 서적들 외에는 대부분 종교 주제와 어울리지 않는 책들뿐이다. 들쑥날쑥한 크기로 뒤섞여 있는 책들은 스프레드시트 안에서 등록 번호, 청구 기호, 제목 순으로 고쳐 씌어진다. 차츰 눈이 익으면 대분류 기호의 스티커 색깔만으로도 잘못 꽂힌 책들을 가려낼 수 있을 것이다.

물론 그마저도 요령에 지나지 않을 따름이다. 가령 200번대 도서는 맞지만 매번 다른 자리에 꽂혀 있는 종교 서적은 마찬가지로 **배가+주의+도서들.xlxs** 안의 한 항목으로 취급해야 옳을까. 그렇다면 어떤 책이 잘못 꽂혔고 어떤 책이 옳게 꽂혔을까. 요주의 도서들은 날마다 늘어간다. 루나는 마우스를 던지듯 밀어놓고 두 손 안에 얼굴을 감춘다. 신간 도서로 입수된 자료들 가운데 오배송되었거나 수량이 초과된 책들이 책상 한곳에 차곡차곡 쌓여 있다. 루나는 배송 기사가 가져가기 좋게 노끈으로 책들을 묶다가 한 그래픽디자인 스튜디오에서 출간된 조르주 바타유 선집『라스코 혹은 예술의 탄생 / 마네』를 손에 쥐게 된다. 손 가는 대로 넘기다 짚은 페이지 가운데 조그만 약도 같은 것을 찾아낸다. 책은 선사시대 동굴을 구성하는 몇 가지 내실을 평면 전개도 위에 나타내고 있다. 루나는 손끝으로 구불구불한 통로를 따라가본다. 길은 점점 좁아지며, 동굴 벽면에 형성된 광석 요철들이 차츰 실감된다. 어두운 복도. 아래로 나 있는 층계를 내려갈 때, 동물 기름으로 밝힌 횃불들이 드물게 매달려 있다. 석회질 내벽에 그려진 오리냐크 시기의 벽화들은 천연 물감을 이용한 것이다. 지하 광물을 곱게 빻아서 물에 섞거나 유성 액체에 넣고 장시간 끓이면 점성질의 채색 재료를 얻을 수 있었으리라. 백여 점이 넘는 혼색 회화 가운데 90점 이상이 동물을 그린 것이다. 보르도 출신의 야수 살해자 보헤몬드는 1940년 몽티냐크에서 발견된 일련의 동물 벽화에 관해 썼다. **이것은 그림이 아니다. 1만 년 전의 선조들이 남긴 메시지다.**

루나는 책장 한 칸을 촬영한 스마트폰 사진을 다시 한번 들여다본다. 그리고 이번에는 백지의 인쇄용 종이에 대고 반듯한 선을 하나씩 두 번 그어본다. 그런 다음에는 두 개의 선 사이의 들뜬 공간 안에 네모난 도형들을 차례차례 그려 넣는다. 그것들은 사진 속에서 뒤죽박죽 섞여 있는 도서들의 높이와 너비를 빼닮았다. 책장 하나를 차지하는 수십여 권의 책을 다 옮겨 그린 뒤에 루나는 늦은 퇴근을 준비한다. 사무실 책상에 덩그러니 남겨진 연필 스케치는 말로 옮기면 다음과 같이 적을 수 있다.

국배판, 268p	국반판, 197p	34판, 92p	국반판, 179p	46반판, 87p	국반판, 237p	34판, 112p	국반판, 179p
국배판, 342p	국반판, 237p	34판, 99p	국반판, 182p	46반판, 95p	국반판, 129p	34판, 121p	국반판, 185p
신국판, 217p	46판, 155p	국반판, 182p	46판, 134p	46반판, 78p	46판, 261p	국반판, 117p	46반판, 110p
신국판, 246p	46판, 134p	국반판, 176p	46판, 141p	46반판, 91p	46판, 169p	국반판, 134p	46반판, 127p
변형 46배판, 315p	46판, 196p	국반판, 103p	46판, 198p	34판, 168p	46판, 198p	국반판, 103p	46반판, 131p
변형 46배판, 333p	46판, 204p	국반판, 148p	46판, 116p	34판, 165p	46판, 146p	국반판, 107p	46반판, 152p

이튿날, 아주 은밀하고 사적인 용도의 실마리 하나가 불현듯 루나 앞으로 주어진다. 방한용 외투 위에 앉은 겨울 냄새를 털어낼 때, 문득 사무실 전화기가 울린다. 종합 자료실

의 내선번호 네 자리가 간이 화면에 떠올라 있다. 30초 길이의 짧은 통화가 이어진다. 수화기를 놓자마자 루나는 서둘러 사무실을 나선다. 꼭 틀어쥔 손안에서 목걸이 명찰이 찰랑찰랑 흔들리는 소리. 자동문이 열리자 입구 주위로 훈기를 띤 바람이 약간 새어 나온다. 주간에 근무하는 자료실 직원들이 데스크 안에서 루나를 맞는다. 엷게 들떠 있는 목소리들. 그들 얼굴에 저마다 모호한 웃음이 떠올라 있다. 공기를 읽는 동안 루나는 손톱을 만지작거리거나 머리카락 몇 가닥을 귓등으로 집어 넘긴다. 그들 가운데 누군가가 두 손뼉을 거듭 맞부딪힌다. 소리 죽인 박수에 이끌려 루나는 그쪽으로 다가간다.

선생님, 선생님. 우리 루나 선생님. 세상에 이런 일이 다 있나요.

데스크 바깥으로 돌아 나온 직원들이 루나의 팔목을 살며시 붙든다. 그들은 루나를 양쪽에서 둘러싼 채 문제의 장소 앞으로 끌어당긴다. 200번대 서가 입구에 다다르자 직원 한 명이 비어 있는 복도 안쪽을 가리킨다. 그리고 웃음기 띤 얼굴로 이렇게 묻는다.

뭐 달라진 거 없어요?

루나는 어깨를 기울여 복도 군데군데와 가까운 선반 서너 곳을 살펴본 다음 몇 번 고개를 젓는다. 서가 안에 꽂혀 있는 도서 대부분은 전날 퇴근 직전에 촬영했던 여러 사진 속 장소와 똑같은 자리에 남아 있다. 여전히 낯설고 불편한 십진 분류법 바깥의 배가 기준도 그대로 지켜지고 있다. 직원은 발끝으로 복도 바닥을 가볍게 짚는다.

200번대 책이 안 나와 있잖아.

옆에 서 있던 또 다른 직원이 이어서 말한다.

누군지는 모르겠지만 매번 그 자리에 있던 책을 다 빼다가 바닥에 놨거든요. 서가 뒤집어놓으려고. 어차피 또 어지를 게 뻔해서 며칠 그대로 뒀는데 오늘 보니까 빼놓은 책이 없어.

루나는 가만히 고개를 끄덕여본다. 하악골을 아래위로 기울이는 제스처. 두 눈의 미세한 떨림. 아직도 고쳐지지 않은 200번대 서가 입구의 전등 때문일까. 자세히 들여다보지 않으면 알아차리기 어려운 조명 떨림 안에서, 깜빡이는 것은 사실 밝기가 아니라 몇 가지 단서일지도 모른다. 루나는 한쪽 빰을 주먹 위에 기대어놓는다.

그럼 밤새 더 어지르지는 않았다는 거네요.

기가 차서 아침부터 다 같이 웃었어요. 꼭 이렇게 꽂는 게 옳다고 말하는 것 같잖아.

맞아. 여기서 더 건들지 말라는 거지.

루나는 돌아서서 데스크 방향을 건너다본다. 몇몇 이용자가 용무를 보려고 줄을 맞춰 서 있다. 서가 안을 지켜보며 너스레를 나누고 있던 직원들을 불러 모아 자리로 돌려보낼

때, 루나는 이런 말을 덧붙인다. **당분간은 이대로 두세요. 누군지 밝혀질 때까지만.** 아랫입술을 물어뜯는 사소한 동작 때문에 당부보다는 우물거림에 가까운 말투가 되지만 직원들은 그럭저럭 알아들었다는 신호를 보내온다. 홀로 남겨지자 루나는 복도 건너편을 넌지시 바라본다. 서가 사이로 마치 틈처럼 나 있는 아득한 길이의 통로를 지나면 미닫이 양식의 이중창 가까이 다다르게 된다. 본관 외벽을 타고 자란 송악 줄기 몇 다발이 창가 주위까지 가지를 뻗었다. 햇볕은 공중에서 얼어붙은 검은 열매들 밑으로 집요하게 파고든다. 그러는 한편, 200번대 서가 안에 도사린 오래된 적막에도 온기를 준다. 루나는 책장 앞을 어슬렁거리는 여러 갈래의 빛과 건조한 형체들을 거의 즉각 읽어낸다.

　사무실로 돌아온 뒤에, 루나는 전날 써 붙였던 쪽지 하나를 파티션에서 곧장 떼어낸다. 일련의 이용자 명단과 대출 자료 목록을 육필로 받아쓴 메모 위로 검은 마커펜이 죽죽 그어진다. 그런 다음, 갈기갈기 찢긴다. 루나는 직접 촬영한 방대한 용량의 200번대 서가 사진들을 하나씩 띄워놓고 수기 공책의 새 종이를 뜯어 무언가 적기 시작한다. 예컨대, 익명의 불량 열람자가 200번대 서가를 마치 실험대처럼 사용하고 있다는 사실이라든가. 그가 주장하는 임의의 배가 기준이 몹시도 난해하고 퍽이나 실용적이라는 조롱 섞인 평가 같은 것들. 아니. 종이 위에 나타나는 것은 오히려 점잖은 제안들에 가깝다. 루나는 200번대 서가의 배가 기준을 주제로 끈기 있게 해독 노트를 정리해본다. 여기 몇 가지 양식.

1) 제목 첫 글자를 읽어나가기.

예시: [카]드 뉴스 만들기 | [니]트 디자인과 니팅 | [스]마트스토어 마케팅 | [……]

서가 하나를 이렇게 읽는 동안 카니스 카넴 에디트*Canis Canem Edit* 내지는 *빈 모그 그타자그 차Bin mog g'thazag cha* 같은 터무니없는 문장들만이 가까스로 수집된다.

2) 표지 색상을 똑같이 베껴 칠하기.

예시: 갈색 | 검정색 | 검정색 | 검정색 | 빨간색 | 흰색 | 검정색 | 흰색 | 흰색 | 빨간색 | [……]

여기에는 전날 밤에 그렸다가 버리지 않고 남겨둔 연필 스케치가 보조재로 사용된다. 인쇄용 종이 위에 옮겨 그린 손바닥 크기의 소묘를 임의의 책장으로 간주하도록 하자. 손가락뼈 하나쯤의 간격으로 떨어뜨려놓은 두 개의 선이 있다. 그 안에 줄지어 늘어서 있는 도막 그림들은 모형 축척의 도서들이다. 실물 자료를 의식해 너비와 높이에 차이를 두기. 모니터 평판에서 확대시킨 사진들을 참고해 알맞은 색을 채워나가기. 왼쪽에서 오른쪽으로. 별다른 표식 없이 다만 밋밋한 도형 같았던 그림들이 실제 책장과 제법 가까워진다. 이렇게 모방된 책장 한 칸은 까마득히 늘려놓은 막대그래프와 닮았는가 하면, 도서관 입구에서 내려다보이는 고층 빌딩가를 떠올리게도 한다. 무엇보다 천장이 낮은 임의의 책장 안에 드러누운 모습으로 전시된 공룡 화석과 같이 배열되어 있다. 루나는 책상 한쪽으로 그림을 밀어놓으며 **하긴, 옛날 사람들은 종이 대신 뼈 같은 걸 썼다던데**, 하고 중얼거린다.

3) 전임 사서들이 남긴 일반 주기를 참고하기.

그런 다음 루나는 문제의 도서들을 자동화 기록 프로그램 안에 입력해본다. 프로그램은 자기 앞으로 주어진 일련의 도서 목록을 정육용 그라인더와 같이 신속하게 갈아버린다. 고기 부위처럼 잘게 분해된 서지 정보들이 눈앞에 제시된다. 서명, 저자명, 판 사항, 발행 사항, 면수와 크기 같은 세부 항목들이 빼곡하게 기입되어 있다. 루나는 다양한 식별 기호 가운데 단 한 가지 내용만을 작게 소리 내서 읽는데, 500번대 필드에 속하는 문어체 기록들이다. **이를테면 에드거 앨런 포 저 「검은 고양이」를 희곡으로 각색한 것임, 초판본初版本임, 책등 표제임, 자비출판임, 색인 수록됨** 따위의 일반 주기들. 그곳은 서지 정보에 덧붙여 부가 설명을 적는 지면으로, 수서 담당 사서에게만 허용된 50바이트 내외의 공란이다. 사서에게 약식 설명을 따로 요구하는 자료들은 흔하지 않을 것이다. 잘못 꽂힌 책들 모두에 일반 주기가 달려 있다면 중요한 단서가 될지도 모른다. 루나는 요주의 도서들을 프로그램에 넣고 연달아 돌려보지만 건조한 말투의 단문들만을 겨우 건질 수 있을 뿐이다. 이렇게 50여 권을 뒤적인 끝에 이 방법도 잠정 폐기된다.

4) 도서 책등의 대분류 기호 스티커를 모두 더하기.

예시: [0]+[5]+[5]+[7]+[1]+[3]+[9]+[8]+[1]+[9]+[9]+[8]+[3]+[7]+[6]+[6]+[0]+[0]+[0]+[……]

급기야 루나는 십진분류법에 따라 도서 책등에 붙인 대분류 기호 스티커를 하나씩 더해보기에 이른다. 도중에 연산기호를 잘못 입력하거나 더해야 할 값을 건너뛰지 않도록 책장 한 칸마다 총합을 적는 일도 잊지 않는다. 이후의 검수 작업을 제외하고도 두벌식 표준 자판을 두드리는 일에만 거의 세 시간이 들었는데, 200번대 서가에 꽂힌 소장 자료의 양이 도합 8천 권을 웃도는 탓이다. 결과적으로 루나는 단서라고 부를 만한 표지를 끝내 눈앞에 두고 만다. 축축해진 손바닥에서 오한마저 느껴지는지 한동안 어깨를 떠는 모습이다. 루나는 쪽지 위에 숫자 다섯 개를 조용히 받아 적는다. 13497. 그런 다음 수열 앞에 도서관 고유 번호를 붙여본다. **BEM000013497**. 또박또박 힘주어 정서된 0.4밀리미터 규격의 잉크 필적 위로 긴 날숨이 내려앉는다. 종이에 묻은 땀이 마르면서 내용을 쓰는 면이 점차 안으로 구부러진다. 루나는 이 가볍고 작은 쪽지를 마지막 남은 장식깃처럼 공들여 감싸 쥔다. 그런 다음 가슴뼈 위에 바짝 붙인 채 꼼짝도 하지 않고 종합 자료실로 걸어 들어간다. 800번대 서가 아주 깊은 구석에서 루나는 케케묵은 번역 시집 한 권을 자리에서 빼낸 다. 종이가 누렇게 삭은 1980년 판본의 남색 표지 아래에 다음 내용이 인쇄된 스티커가 붙어 있다. **BEM000013497**. 얄 팍한 두께로 제본된 시집 책등에는 철침 구멍들이 수도 없이 남아 있다. 몇 번이나 수리되었는지 차마 헤아릴 수조차 없는 양이다. 루나는 서가 앞에 서서 한 장씩 책장을 넘겨본다. 낡고 허름한 종이 뭉치에서 물먹은 나무 냄새 같은 것을 맡 는다. 시집의 중간쯤을 펼쳤을 때, 3음절 운각이 고집스럽게 지켜지는 5보격 운율의 영문 시행 사이에서, 홀연 종이 한 장 이 툭 떨어진다. 제대로 묶이지 않은 페이지가 있었나. 루나 는 복도 바닥에서 그것을 도로 주워 책 사이에 끼워 넣는다. 아니다. 집어 든 것은 사실 찢어 쓴 편지다. 해서에 가까운 필 기체로 꾹꾹 눌러쓴 손글씨를 루나는 조명 밑으로 가져가 비 추어본다. 편지는 이런 문장으로 시작한다. **도서관에 말도 안 되는 일이 벌어지고 있습니다.**

장소는 시 최초의 공립 도서관으로서 위치에 걸맞은 이름 을 가졌다. 중앙中央. 1995년, 유명 정유 기업에서 기부채납의 목적으로 기증한 도서관이 핵심 사업소로 쓰이기 전까지는 이곳에서 사서 공무원을 도맡아 채용하기도 했다. 지금은 임시 비품 창고로 용도가 바뀐 도서관 2층의 20평 남짓한 공방이 한때 관장실로 불렸다는 사실은 거의 잊혔을 것이다. 초대 관장에 이어 몇몇 후임 공직자가 대로 그곳에서 퇴임식을 치렀던 사실도. 모든 부분에서 개인용 사무실보다는 차라리 응접실에 가까운 공간이었다. 1990년에 사서 서기 한 명이 처음으로 이것을 문제 삼은 적이 있었다. 그녀는 두 해 전에 외딴 도시에서 홀로 전출 온 이력이 있었고, 군데군데 사투리가 섞인 변형 표준어로 국제 표기법을 발음하느라 애먹곤 했다. 종종 비슷한 말씨로 관장실 앞에서 고래고래 용무를 밝히기도 했는데, 그때마다 관장은 늘 같은 말로 그녀를 맞았다. **제발, 노크 먼저.**

관장이 문을 닫고 자리로 돌아오는 동안 채경은 검게 날염된 소가죽 소파에 기대어 앉는다. 관장이 전임자들에게서 물려받은 떡갈나무 책상에서는 언제나 송진 냄새가 물씬 풍긴다. 한쪽 귀퉁이에 한자로 직함과 이름을 새겨 넣은 명패가 놓여 있고, 목재 내벽을 따라 올려다보면 때까치 모양의 화환과 희귀한 사냥 장식들이 눈에 띈다. 수컷 엘크의 머리 가죽과 무스 뿔, 와중에 늑대의 사체로 짐작되는 두개골은 여전히 주둥이를 벌리고 있는 모습이다. 이것들은 도대체 언제

28

죽은 걸까. 관장이 자기 자리에 앉자 채경은 재빨리 책 한 권을 탁자 위에 올려놓는다. 1915년 해리엇 먼로에 의해 처음 출간된 T. S. 엘리엇의 시집이다. 국내에는 몇 안 되는 해적판 한역본이 떠돌아다녔는데, 암암리에 결성된 엘리엇 낭독회의 아마추어 딜레탕트들이 개관 당시 10만여 권의 기증도서 사이에 몰래 섞어놓은 건지도 몰랐다. 낱개의 실로 장정된 시집을 내려다보는 내내 관장은 심드렁한 눈빛이다.

찾았어요. 관장님. 제가 기어코 찾아냈습니다.

뭘 말이야?

채경은 탁자 위에서 도로 책을 집어 들고는 눈앞에서 두어 번 흔들어 보인다.

바로 이 책이에요. 대분류 기호를 다 더해서 나온 값이 이 책의 등록 번호예요.

관장은 털이 수북하게 자란 두 손으로 얼굴을 덮어 가린다. 그런 뒤에 좁다랗고 어두운 손바닥 안의 공간에 대고 절규하듯이 소리친다. 또 그 소리! 채경은 놀랐는지 자리에서 조금 물러나 앉는다. 관장이 눈을 감은 채 거듭 고개를 끄덕인다. 동시에 아무것도 없는 공중에 대고 검지 하나를 빙빙 돌린다. 실을 감듯이 신중하고 기복 없는 동작이 한동안 이어진다. 허벅지 위에 두 손을 소리 나게 내려놓은 다음 관장은 끝내 눈을 뜬다.

**이제 이따위 허무맹랑한 이야기 더는 못 들어주겠어. 당분간
관장실 찾아오지 마.**

탁자 위에는 여전히 시집 한 권이 놓여 있다. 채경은 이 책
을 자기 앞으로 가만히 끌어온다. 보호용 판유리의 미끄러운
표면을 따라 야트막한 먼지 무늬가 남겨진다. 관장실 문턱
을 넘자마자 등 뒤에서 출입문이 닫힌다. 채경은 34판 판형
의 이 작고 조용한 책을 두 팔로 감싸 안는다. 본관 1층 종합
자료실 바깥으로 길게 줄을 선 행렬이 있다. 손가락 사이에
저마다 하나씩 짧게 찢은 종잇조각을 쥐고 있는 모습이다.
종이 위에는 서로 다른 글씨체로 받아 적은 청구 기호 몇몇
이 줄을 바꿔 나열되어 있다. 열람용 창구 앞에 다다른 다음
이 종이를 건네면 자료실 사서들이 청구 자료를 카트에 싣고
와 빌려주는 방식이다. 채경은 시종일관 부산해 보이는 자료
실 입구를 지나 안으로 들어간다. 열람자들이 공석 없이 앉
은 가운데 자리를 찾지 못한 이용자 하나가 주위를 두리번거
리고 있다. 채경은 그쪽으로 성큼성큼 다가가다가 점점 보폭
을 줄인다. 원피스 바깥으로 팽팽하게 부풀어 오른 뱃가죽에
이목을 빼앗긴 채, **다음에나 올까 봐요**, 말하고 미소 짓는 여
자에게 채경은 가만히 손사래를 친다. 그리고 데스크 안쪽의
직원용 휴게실에서 방석 깔린 의자를 몰래 들고 나온다. 인
적이 드문 200번대 서가 복도 깊숙한 곳에 의자를 놓고, 여자

에게 권한다. 여자는 꾸벅 인사하고 가방에서 육아 관련 책
한 권을 꺼낸다. 여자는 담장나무 밑으로 낮게 들어오는 햇
볕 밑에 펼친 면을 가져다 놓는다. 책갈피를 찾는 동안 채경
이 속삭여 묻는다.

몇 개월이에요?

여자는 부러 높낮이를 맞춰 나지막이 대답한다.

8개월이에요.

금방 나오겠어요.

선생님은 매일 여기 계시나요? 다음에 뭐라도 좀 드리고 싶어서.

채경은 살며시 웃으며 한숨을 가볍게 내쉰다.

그러지 않아도 괜찮아요. 아무래도 다른 도서관으로 가게 될
것 같아요.

왜요?

눈 밖에 났거든요. 억울한 일이지만.

무슨 일인지 여쭈어도 될까요?

좀 긴 이야기예요. 아기 엄마 책 읽는 데 방해될 만큼.

여자는 대리석 창턱 위에 읽던 면을 뒤집어놓고 채경을 향
해 조금 몸을 틀어 앉는다. 소리 죽인 웃음소리가 짧게 지나
간 뒤에, 채경은 들고 있던 시집으로 서가 안쪽을 가리킨다.
그곳은 32인치 너비의 통로를 사이에 두고 말없이 마주 선
측백나무 책장 둘, 니켈 소재의 갓을 씌운 백열전등 세트와

그 밑으로 터널처럼 연결된 포장 복도, 그리고 미세하게 깜빡이는 불빛 안에서 종종 포착되는 저온의 청색광 따위를 모두 포함한다.

  우리 도서관에는 유령이 있어요.

  여자는 웃거나 시시한 농담으로 받아들이는 대신 이렇게 묻는다.

  그 유령들이 해코지를 하나요?

  채경은 가만히 고개를 젓는다.

  그 유령들이 하는 일이라고는 이쪽 서가를 어지럽히는 것밖에 없어요.

  그리고 여자가 음성에 집중하며 턱짓으로 호응하자 이어서 말하기 시작한다.

  처음에는 나도 터무니없는 소문인 줄로만 알았어요. 다른 사람들처럼 그냥 미신 취급하기 바빴지요. 누군가 매일같이 이곳에 찾아와서 매번 똑같은 순서로, 똑같은 책을 꽂아놓는다. 이건 나를 포함해 몇몇 자료실 직원만 알고 있는 사실이었어요. 우리는 이렇게 생각했답니다. 누군지는 모르겠지만 이 불량 이용자는 15만여 권의 종합 자료실 장서들을 몽땅 외우고 있는 천재이면서, 동시에 스물다섯 명 이상이어야 한다. 이들은 경비 직원 두어 명만 남아 있는 야간 이용 시간을 노리는 것 같은데, 불과 한 시간도 안 되는 사이에 미리 외운 책들을 찾아다가 여기 200번대 서가 안에 꽂아놓아요. 숙련된 자료실 직원 다섯 명이 전체 서가의 오배열을 보는 데 평균 다섯 시간이 걸리는데 말이에요. 무려 세 달 동안이나 우리는 한 명의 용의자도 찾아내지 못했어요. 나는 이 일을 유령의 장난으로 특정하기에 이르렀고, 매일 똑같은 방법으로 뒤섞여 있는 200번대 서가의 수수께끼를 풀기로 작정했지요. 근래에 내 정신은 온통 다른 곳에 가 있었답니다. 예컨대, 이들은 누구고 어디에서 온 걸까. 그리고 언제부터 여기 있었던 걸까. 도서관이 지어질 때? 아니면 그보다 훨씬 더 오래전에? 이 근처의 성곽과 궁궐이 지어지던 시절에도 있었을까. 지박령같은 게 아니라면 책 때문에 이곳으로 흘러들게 된 건 아닐까. 이를테면 제지용 원료를 만들기 위해 베어낸 숱한 나무들일 수도 있겠구나. 혹은 책 안에 담긴 서로 다른 종류의 언어와 이야기에 이끌려 각기 다른 국가에서 제 발로 찾아왔을지도 모르는 일이죠. 하지만 그렇게 오랜 시간 같은 자리에 고립된 채 견뎌오는 동안 혹여나 기억마저 잃어버린 건 아닐까. 그래서 누구라도 좀 알아달라고 떼를 쓰는 습관만이 남아버린 거라면 너무 가엾지 않나요? 상상해봐요. 스스로의 인격마저 다 잊어버린 나머지 다만 반죽처럼 한데 섞인 영혼들…… 이 무인칭 떠돌이들은 오직 현재 시제만을 사용할 수 있겠군요. 기억나는 게 아무것도 없을 테니까. 그렇다면 이 도서관이야말로 그들에게는 연옥이나 마찬가지 아니겠어요? 시종 침묵이 강요되는 공간에서 소리 지르지 않고 어떻게 알아달라고 부탁하겠어요. 결국 나는 아무것도 풀지 못하고 이곳을 떠나게 되겠지요. 곤란한 일들도 많이 겪었지만 한 번도 미워한 적은 없어요. 시간이 지나면 이들도 예절을 배울까요. 모르겠어요. 더 고약해질 수도 있지요. 나는 비록 떠나지만 글쎄요. 때가 되면 누군가가 이들을 모두 돌려보낼지도 모르지요. 그리고 그 미래의 사람은 어쩌면 유령 따위 믿지 않을지도요. 잘 자요, 아기 엄마.

어느 사이엔가 얼굴을 아래로 떨어뜨리고 잠들어버린 여자는 이 이야기의 끝을 듣지 못한다. 대신 그녀의 배 속에서, 눈이 감긴 채 조용히 호흡을 학습하던 아기만은 이것을 끝까지 듣는다. 군데군데 사투리가 섞인 채경의 왜곡된 표준어 발음법은 니트 원피스의 안감과 한껏 팽창된 피부, 그리고 좋은 온도의 양수를 지나 아기에게까지 가닿는다. 아기는 금관악기처럼 꼬인 청각기관 대신 안쪽으로 말려 들어간 손가락들로 이 신호를 듣는다. 소나타 형식의, 맥락이 모호한 웅얼거림. 물주머니 안을 헤집는 편안한 주파수의 울림을 지그시 움켜쥐고 있는 동안, 바깥의 말씨들은 아기의 작고 연한 손바닥과 손가락 말단에 한 글자씩 인장처럼 새겨진다. 모국어의 문법과 닮은 손금들. 얼마 뒤에, 아기에게는 루나라는 이름이 주어진다.

루나는 등록번호 **BEM000013497** 자료를 들고 200번대 서가 안으로 걸어 들어간다. 공중에 내려앉은 먼지들은 이전 열람자들의 형상과 닮았다. 그리고 서가 앞에서 배회하는 빛들. 그것들은 복도 반대편의 창문 아래로 드는 햇볕과 다르게 창백한 청색광을 띠고 있다. 이밖에 미세하게 깜빡이는 불빛 가운데 아주 잠깐씩 통로 안에 나타나는 무늬들, 또는 건조한 형체들이 서너 걸음 바깥에서 어슴푸레한 밝기로 어른거린다.

우리는 루나와 가까운 곳에 책 한 권을 떨어뜨린다. 루나는 크게 놀라 뒷걸음치지만 곧잘 두려움을 추스른다. 그리고 그 책을 두 손으로 집어 든다. 떨어져서 발이 꺾인 아기 새를 들어 올리는 것처럼. 그녀는 펼쳐진 페이지의 한쪽 면을 소리 내서 읽어본다. 음악을 좋아하는 사람의 귀에, 그리고 자신을 감싸는 노래로 다가가서 자신의 정체성과 언어를 잃어버리는 데 동의한 사람의 귀에, 음악은 이렇게 속삭이는 것으로 시작된다. "기억하나요. 어느 날, 옛날에, 당신은 사랑하던 것을 잃었잖아요. 어느 날 사랑의 대상이던 온갖 것을 모조리 잃었다는 걸 떠올려 보세요. 사랑하는 것을 잃는 게 무한히 슬프다는 사실을 기억하시라고요."* 루나는 200번대 서가 곳곳을 베껴 그린 흑색 스케치와 실제 서가를 여러 번 번갈아 들여다본다. 그러고는 그림이 그려진 인쇄 종이 한쪽에 새로운 기호와 약식 설명들을 적는다. 필요한 것은 일곱 가지의 계이름. 그것들이 지나는 몇 개의 선과 표식으로 나타낸 높낮이들. 그리고 이 모두를 올가미처럼 가두고 있는 자음과 모음 조합뿐이다. 볼펜심을 남김없이 눌러쓰는 약간의 동작이 사각사각 이루어지는 가운데 그림은 다음과 같이 새로 번역된다.

국배판('도)	국반판(미)	34판(레)	국반판(미)	46반판(도)	국반판(미)	34판(레)	국반판(미)
국배판('도)	국반판(미)	34판(레)	국반판(미)	46반판(도)	국반판(미)	34판(레)	국반판(미)
신국판(라)	46판(파)	국반판(미)	46판(파)	46반판(도)	46판(파)	국반판(미)	46반판(파)
신국판(라)	46판(파)	국반판(미)	46판(파)	46반판(도)	46판(파)	국반판(미)	46반판(파)
변형 46배판('시)	46판(파)	국반판(미)	46판(파)	34판(레)	46판(파)	국반판(미)	46반판(파)
변형 46배판('시)	46판(파)	국반판(미)	46판(파)	34판(레)	46판(파)	국반판(미)	46반판(파)

그녀가 오선지법 악보와 같이 새로 완성된 도서 배치도를 읽다가 불현듯 떠오른 오래된 프르동을 흥얼거릴 때, 마침내 우리는 사라지게 된다. 안녕. 안녕. 안녕히.

전자 시대의
아리아

종로구 옥인동 구시가지 골목 한편에 세워진 화강암 기념
비는 인왕산 일대에서 숭배되던 선바위를 떼어다 옮긴 것이
다. 절벽 아래로 열두 채가 넘는 전통 사찰과 신당을 거느렸
던 10미터 높이의 기암괴석에는 운반 당시의 채석용 끌 자국
이 여전히 남아 있다. 이 신성한 자연물이 허리가 잘린 모습
으로 산비탈을 내려왔을 때, 당시 서울에는 전례조차 찾아볼
수 없는 폭우가 몇 시간이나 몰아쳤다고 전해진다. 어마어
마한 무게 탓에 편백나무와 잣나무, 소나무 따위의 제재목을
수십 그루씩 베어다 만든 통나무 썰매가 운반 도구로 쓰였다
는데. 서로 다른 종단 승복을 입은 승려들, 오색으로 날염된
저고리와 겉치마에 둘둘 싸인 무당들, 물려받은 상복을 꺼내
어 입은 여러 씨족과 가문의 일원들, 그리고 흑립을 깊게 눌

러쓴 지역 양반 몇몇이 소리 죽여 그 뒤를 따랐다고 한다. 개중에는 한동안 경무국에서 연쇄살인 사건 용의자로 지목됐었던 인왕산 호랑이의 울음소리를 들었다는 사람도 있다.

한편, 기념비에 음각된 문자는 헤이안 시대의 서예가인 오노 도후小野道風의 서체를 닮았다. 석공 작업에 참여한 일본인 기술자들 사이에서는 미치카제식 서법이 표준 글꼴로 통용되었던 모양이다. 해방과 전쟁을 잇달아 겪으면서 비석 곳곳이 광물 파편과 약산성 먼지로 날아가버린 나머지, 지금은 거의 음운에 가까운 흔적들만이 겨우 들여다보일 따름이다.

불행한 사실 하나. 외진 길목 한가운데 우두커니 전시된 이 바윗돌의 용도를 아는 사람은 이제 남지 않은 듯. 오늘날 고궁 주위에서 길을 잃은 외국인 관광객 두어 명을 상상해보기. 아마도 그들은 우연한 경로를 지나 외딴 비석 앞에 서게 될지도 모른다. 노랗게 물든 은행나무 가지들이 머리 위에서 흔들리고, 발밑에서는 마른 나뭇잎과 열매 껍질들이 바스락바스락 밟힌다. 벽돌담 사이로 걸으면서 그들은 옥인1길 34, 37, 42 같은 방식으로 이름 지어진 저층 가옥들을 두루 올려다볼 수 있다. 좁다란 골목은 한국사의 여러 시간대가 동시에 드러나 있는 것만 같은 인상을 준다. 집집마다 서로 다른 건축양식을 따르고 있기 때문이다.

이제 이 관광객 둘을 처음 있던 자리로 돌려보내자. 나이

들고 몸 군데군데가 깎여 나간 기념비와 다시 마주치게 되는 바로 그 순간, 어떤 남자가 골목을 지나 뛰어온다. 땀에 흠씬 젖은 모습으로. 그는 관광객 둘을 앞질러 기념비를 반 바퀴 돌아가더니 별안간 사라져버린다. 서둘러 남자의 뒤를 쫓아가보기. 거석 뒤편에는 작은 야외 산책로가 몰래 숨겨져 있다. 사두마차 하나가 오가기에 알맞은 너비로, 남자는 이미 멀찍이 앞서가고 있는 모습이다. 어쩌면 기념비는 이 비밀스러운 정원의 입구를 감추기 위해 설계된 게 아닐지. 헐떡이며, 남자는 폭이 5미터쯤 이르는 철제 문짝을 잡고 안쪽으로 힘껏 민다. 끼익. 끼이익. 노쇠한 철조 구조물의 울음소리. 위로 자라나는 식물 줄기 형태로 장식된 주철 창살은 볼품없이 녹슬고 칠이 벗겨져서, 손바닥 안에 산화된 쇳가루를 한 움큼 쥐여준다.

마침내 그가 다다른 곳은 어떤 건물이다. 멀리서 볼 때 건물은 얼핏 수납용 가구 한 채를, 혹은 그냥 상자 하나를 연상시킨다. 테레빈유와 수성 페인트로 빠짐없이 표백된 직육면체 건축물의 외관과 의장을 응시하기. 가만히. 예컨대, 어째서 이 건축물에서는 경사진 서까래와 처마 장식 같은 전통적 부가물을 찾아볼 수 없는가. 답은 그의 한쪽 손아귀에 붙들려 있다. 땀에 젖어 용지가 눅눅해진 헐값 출판물의 이름은 아마도 "세상에 없는 비밀 vol. 4: 르코르뷔지에는 어떻게 건축을 지배했는가 — 현대 건축법의 비밀"이다. 잡지 일면에는 이 프랑스 근대 건축가의 작업 사례들이 소개되어 있다. 몇몇 사진은 인공 녹지 위에 지어진 상자형 주택을 여러 각도에서 촬영한 것이다. 남자와 마주 서 있는 직육면체 건축물은 이것을 참고해 만들어졌음이 틀림없다. 원본과 다른 부분이 있다면, 이 건물의 입면에서는 좁은 출입구 외에 어떠한 개구부도 찾을 수 없다는 점이다. 장식용 차양은 물론 작은 내닫이창 하나조차도. 심지어는 환기구마저. 희고 거대한 벽면의 폐쇄적인 표정만이 오롯이 드러나 있을 뿐이다.

출입구 앞에서 그는 등을 보이고 서 있다. 호흡을 고르는 동안 구부정하게 휜 흉추가 잠깐씩 불거졌다가 다시 가라앉는다. 상의에 받쳐 입은 화이트셔츠는 과격한 운동과 열기로 인해 몸체보다 한두 사이즈쯤 들떠 있다. 그는 문고리 위에 손가락들을 올려본다. 미미한 전자기파가 그의 인체에 전해진다. 말단에서부터 점점 안쪽으로. 몸통과 목덜미를 지나 머리카락에 이르기까지. 파동의 진동수를 나타낼 수 있다면 7헤르츠쯤에 가까울 것. 이 초저주파의 떨림은 가쁜 호흡과 탈진 상태, 가슴뼈와 배 밑에서 덜컹거리는 장기 근육들을 차츰 진정시킨다. 배 속에서 들었던 태교 음악처럼. 그는 초조하게 쥐고 있던 직원증을 입구 근처에 가져다 붙인다. 바코드 스캐너에 부착된 전자 인식기가 직원증 앞면을 읽는다. 형광 불빛 속에 드러난 그의 증명사진. 또는 함께 적힌 이름을 읽을 수도 있다. 박지형. 이윽고 문 뒤에서 잠금장치가 하나둘 풀리는 소리. 이내 그는 건물 안으로 홀연 사라져버린다.

[▶] 1908년 10월 21일 인왕산 기슭에 개소된 대규모 수용 시설. 시텐노 가즈마四天王數馬에 의해 고안된 한국 최초의 근대식 감옥을 너는 잘 알고 있다. 그곳에서 녹음된 여덟 박스 용량의 레코드판이 달마다 네 앞으로 송달되어 왔기 때문이다. 연구자들은 좁다란 복도에 줄지어 서서 수화물을 실어 날랐다. 지하층에는 펠트 직물과 콘크리트 방음재로 겹겹이 둘러싸인 방들이 많았다. 아마도 연구자들은 그 안에서만 상자 포장을 벗겨볼 수 있었으리라. 너는 이 방들을 모두 기억한다. 오늘날 출입이 엄격하게 금지된 비밀 구역들을. 손잡이 부근에서 복잡하게 얽혀 있는 쇠사슬과 금고용 자물쇠 따위의 쇠붙이들은 철물보다는 생물에 가까워 보인다. 백 년이 저무는 동안 마치 저절로 자라난 것처럼. 도면에 따르면 지하층의 방들에는 작은 단상과 20여 개의 객석이 세트로 놓였다. 소박한 크기의 콘서트홀 내부를 연상시키는 방식으로. 무대 위에는 축음기 하나가 조용히 놓여 있다. 회전형 원반과 연결된 거대 확성기는 금관악기의 주둥이를 모방한 것이다. 한때는 연구용 가운을 입은 남자들이 매일같이 찾아와 객석

에 앉았다. 이제 젊은 조수가 상자에서 꺼낸 음반을 축음기에 올려놓는다. 크랭크와 태엽 부품이 맞물리며 돌아가는 소리. 까득. 까드드득. 재생되는 음악은 목청이 찢어지는 비명, 고통이 지나간 뒤의 신음, 다그치는 말투의 일본어, 그리고 **싫어, 싫어, 싫어!**이다.

　너는 이 조선말을 전혀 알아듣지 못했을까. 너를 만들고 기획한 건축가가 간사이 지방의 사투리를 썼기 때문에? 천만에. 금계동에 지어진 서대문형무소가 본래는 아연판을 덧댄 허술한 건물이었다는 점을 상기할 것. 5만 엔의 공사비로 염가 자재만 골라 쓴 까닭을 생각해보기. 정말 우연히도 건축 감독직을 맡은 현장 관리자가 검소하고 소탈한 사람이었던 탓이다? 잔인하면서도 명료한 사실 둘. 1인용 옥사 구조의 형무소 내실들은 판자만큼이나 얇은 벽을 사이에 두고 지어졌을 듯. 그래야만 최대한 많은 기결수를 나눠서 수감할 수 있을 테니까. 여기에 더해 옆방에서 들려오는 아주 작은 뒤척임조차도 잠을 깨우기에는 충분하다. 재소자들은 숙면을 이루지 못해 종일 신경과민에 시달린다. 시설 전체가 소음이 주는 부정적 영향과 병증을 연구하기 위한 실험실이었던 것. 바로 이 감옥이 너의 선배이자 형제자매다.

　시텐노 가즈마, 말하자면 너의 아버지는 이후 네 개의 형무소 설계를 다시 부탁받는다. 소음에 대한 그의 연구는 공

사가 이어지면서 한층 정교해진다. 그는 재소자들의 수면 질
환을 부추겼던 서대문형무소 설계안에서 벗어나기 위해 공
부한다. 1912년 천안형무소에는 높은 천장과 복층식 옥사가
도입되었고 층간 소음마저 만들어냈다. 1920년 부여형무소
와 1924년 목포형무소는 취조실에 환기구 통로를 냈다. 심
문관이 집은 고문 도구가 다양한 색채의 비명과 신음을 만들
면, 이 음향이 배관을 따라 각 감방에 흘러드는 구조다. 마지
막으로 1931년 김해형무소는 건물 전체를 유리 피막과 암면
격자, 세라믹으로 둘러싸기에 이른다. 더군다나 옥사 내부에
가구가 놓이지 않아서, 한번 시작된 소음은 멎기까지 한참이
나 울려 퍼진다. 너의 아버지는 이 같은 공로를 인정받아 제
국의 새로운 사업 담당자로 추대된다. 방위성과 과학기술청
의 예산이 함께 출자된 건축물 하나를 올리는 것이다. 장거
리 통신과 도청 장치, 암호해독 교본, 전파 교란 장비 따위를
연구하기 위한 비밀 연구 시설을. 아마도 제국은 아시아 침
략을 앞두고 정보전쟁의 징조를 예감했던 듯. 건축 계약을
마친 그가 총독부 복도를 또각또각 걸어 나오는 동안 무슨
생각을 했는지 너는 상상할 수 있다. 목소리만을 위해 만들
어진 건축물이 있다면! 뼈대를 상상해보기. 그래, 그건 바로
너였다.

경성군사통신연구소京城軍事通信硏究所. 너의 이름. 대외적으로는,

경성라디오기지국. 사실 그보다 자주 불린 이름은 **니쿠야**にくや. 우리말로 옮기면 푸줏간, 고깃간이다. 연구소 서기들에 의하면 형무소에서 송달된 녹취록들은 종종 **살아 있다**고 표현되곤 했으므로. 그 음성이 녹음된 현장을 상상해볼 것. 취조실 한쪽에 놓인 무뚝뚝한 합금 기계. 앞으로 불쑥 튀어나온 안테나는 초창기 마이크로폰 모델이다. 고문 과정에서 뒤따르는 갖가지 비명과 애원, 울음소리 모두를 빠짐없이 귀담아듣기 위해 고안된 듯. 이 소리들이 음성신호로 감지되면, 입력받은 전류의 패턴이 레코드판 위로 기록되는 방식이다. 그러니까 축음기 바늘이 긁고 있는 음반은 사실 목소리 그 자체인 것이나 마찬가지. 이 끔찍한 음향 기록물을 실내악처럼 감상하는 연구자들. 이들은 음성 패턴을 비트값이 높은 연쇄 곡선 그림으로 나타내는 데 몰두한다. 이외에도 음성의 크기가 음질을 떨어뜨리지는 않는지, 복잡한 음운 현상이 제대로 전해지는지, 인간 음성의 최소 음량과 최대 음량은 어디까지인지 같은 연구 주제들을 두루 점검해본다. 똑같은 음향신호인데 왜 어떤 소리를 만나면 두 배로 커지고, 어떤 소리를 만나면 두 배로 작아지는지 같은 수수께끼까지도. 육필 노트에는 음향이론 공식 몇 줄과 녹음 장치의 인증 성능이 데시벨 단위로 적혀 있다. 고통으로 일그러지고 일부가 손상된 조선말 욕설과 중언부언은 통신용 암호 후보로 채택되기도 한다.

가령, 집에 보내조, 같은 식으로. **어마 보고 시퍼.** [■]

이상의 녹음 내용은 건물 내부, 전선이 연결된 모든 스피커의 공명판을 떨게 하면서 거듭 재생된다. 해외 출장을 나갔던 연구 팀이 건물로 돌아올 때까지. 일행은 출입구와 이어진 석면 복도에 서서 어리둥절한 표정으로 천장을 올려다본다. 지도교수가 제안서 파일을 던지며 외친다. **뭣들 하고 있어! 당장 가서 방송 안 꺼?** 연구실 조수들이 우르르 계단을 올라간다. 교수는 불안한 표정으로 옆자리를 지키고 있는 박사 둘을 가까이 불러다 말한다. **너희 둘은 이거 틀고 간 새끼 책임지고 찾아와. 알았어?** 박사들이 허겁지겁 복도를 벗어난다. 그들이 떠난 뒤에도 녹음 내용은 두어 번 더 방송된다. 방송실에 다다른 조수들이 서둘러 음향 장비의 전력을 끊는다. 녹음 파일은 방송실 PC 안에서 여전히 재생 중이다. 사본의 이름은 니쿠야.mp3. 조수들 가운데 한 명이 재생 파일을 정지시키자, 건물 곳곳의 스피커 채널에서 돌연 이런 음성이 흘러나온다. **そうだよ。私は覚えてるよ。** 말하자면, **그래, 나는 기억해.** 기계 장비만으로도 충분히 비좁은 방송실 안에서 조수들은 서로의 얼굴만 바라보고 서 있다.

한편, 병가를 핑계로 해외 출장에 결석한 단 한 명의 연구원은 다른 동료 박사들에 의해 자택에서 발견된다. 작은 단칸방은 기하학적인 도식의 낙서들로 빠짐없이 더럽혀져 있다. 현관의 전신 거울부터 수납장 가구 표면, 밋밋한 패턴의 벽지와 화장실 바닥의 백색 타일들까지. 사무용 책상에는 찢종이 몇 장이 머리가 뜯긴 채 흩어져 있었는데, 누군가 봉지 위에 마커펜으로 아야와스카ayahuasca라고 적어놓았다고 한다. 모니터 화면에는 여전히 프로젝트 이름이 떠올라 있다. "장거리 통신 환경에 따른 음성신호의 변질/왜곡 개선—박지형 박사". 하지만 프로젝트 파일 뒤에 가려진 웹사이트들은 연구와 관련된 보충 자료라기보다 구한말 건축사 자료집에 더 가깝다. 특히 이미 오래전에 철거된 강점기 형무소 시설들의 사진과 위치를 나타내고 있다는 점이, 그의 동료 박사들에게 어떤 사실을 알려준다. 동료 박사들은 방 한쪽 구석에서 무릎을 끌어안은 채 웅크려 앉은 남자를 가만히 내려다본다. 졸업에 대한 조바심과 지나친 실적 압박이 또 한 사람의 영혼을 밑바닥으로 끌어내린 듯. 남자는 비커에 갇힌 실험용 생쥐들처럼 공포의 사향을 뿜어낸다. 동료들이 돌아간 뒤에도 그는 시종일관 눈물 흘리며 이렇게 중얼거린다. 죄송합니다. 죄송합니다. 죄송합니다……

이제 어느 오후의 텅 빈 여객 열차 안이다. 용산행 노선을 따라 열차는 여수와 순천, 남원, 전주를 지나 대전을 통과하는 중이다. 객실 한쪽에는 젊은 여자가 창밖을 바라보고 있다. 말끔하게 다림질된 검은색 정장 재킷 밑단이 좌석 옆으로 조금 흘러나와 있다. 콧등과 광대뼈에 걸쳐 있는 안경이 이따금 아래위로 흔들린다. 교정용 안경알에 맺힌 풍경은 실제 크기와 배율이 다소 어긋나 있는 모습이다. 예컨대, 새파란 하늘. 몇 점의 뭉게구름. 그리고 익은 곡식 줄기들로 노랗게 물든 추수철 경작지 같은 것들. 사실과 조금 다르지만, 일단은 그녀가 믿고 싶은 화면을 보여주자. 빗나가고 틀어진 모습의 세계가 외려 평온함을 준다면. 기꺼이. 한편, 시간을 죽이는 방법으로 그녀가 골라 집은 것은 책이다. 독서하는 인간의 제스처를 상상해보면 보통 두 가지. 양손으로 안전하게 책의 양면을 붙잡은 상태에서 좌우 페이지를 번갈아 읽어 내려가기. 또는 한 손으로 책 가운데—종이 뭉치가 제본된 부분—를 눌러놓고 손가락을 조금씩 치워가며 내용을 읽어 내려가기. 이때 남은 손은 뺨 혹은 턱을 받치고 있을 것. 하지만 그녀는 지금 어느 쪽도 아니다. 서울까지는 아직도 한참이다.

열차가 용산에 도착하자 그녀는 곧장 지하철로 갈아탄다. 경복궁역에 다다라 슬그머니 3호선 노선도를 빠져나온 다음, 모바일로 건네받은 약도를 따라 걷는다. 이제 여행의 마지막 단계다. 옥인동의 구시가지 입구에 이르러 그녀는 **서울에 이**

런 동네가 있었네, 하고 중얼거린다. 오래된 저층 가옥들이 벽돌식 담장을 맞대고 이어진다. 골목을 걷는 동안 머리 위에서는 은행나무 가지가 흔들린다. 희미한 단모음 소리를 내며. 그녀가 그것을 똑같이 발음할 수 있다면, 아마도 스스스스…… 따위에 가까울 것. 중간중간 멀리서 개가 짖는 소리. 마침내 도착한 곳은 커다란 비석 앞이다. 울퉁불퉁한 바윗돌 몸통에는 한자와 히라가나 자모음 일부가 남아 있다. 그녀는 이곳에서 배낭을 내려놓는다. 해가 지는 시간이고 이제 석재 기념물 밑으로 비스듬히 그늘이 찾아온다. 그녀는 거기 어깨를 기댄 채 어디론가 전화를 건다. **선배, 말씀하신 돌 앞이에요.** 간단한 통화가 끝나기 무섭게 주변이 어두워진다. 그녀는 기념비에서 한두 걸음 물러난다. 자기 앞에 놓인 말 없는 정물을 물끄러미 쳐다본다. 정확히는 파손된 비문의 내용을. 이들은 이미 옛날에 의미를 다 잃어버렸을 듯. 팔다리가 잘려나간 문자들의 몸뚱이를 되돌릴 수 있다면. 실종된 마디들을 스스로 추측하기. 그런 방법으로 그녀는 어쩌면 문장 몇 가지를 읽어낼 수 있었을지도 모른다. 누군가 불쑥 기념비 뒤에서 나타나지만 않았더라면. **뭐 해, 빨리 가자.** 그녀는 배낭을 번쩍 들어 올린다. 이제 영락없는 저녁이다.

둘은 기념비 뒤에 숨겨진 산책로를 따라 걸어 올라간다. 스마트폰 뒷면에서 점등된 플래시 불빛을 이리저리 기울이며.

가까운 연못가의 수양버들 가지들이 흔들리는 소리. 풀벌레의 늦가을 노랫소리와 개구리 울음소리가 습기로 한층 들떠 있는 밤공기를 가득 채운다. 먼저 말을 붙이는 사람은 남자 쪽이다. **내가 알려준 책은 읽어봤어?** 어둠 속에서 여자가 머리를 한 번 끄덕인다. **올라오는 기차에서 조금 읽었어요.** 그러자 남자가 이야기한다. **그냥 기본적인 음향이론 책이야. 교수님이 자주 물어보시니까 외워놓는 게 좋아.** 그리고 짧은 보폭으로 다섯 걸음만큼 침묵이 이어진다. 이번에 먼저 말을 붙이는 사람은 여자 쪽이다. **선배, 지형 선배 연구실 그만뒀다면서요.** 대답이 없자 여자는 열 걸음쯤 더 가서 다시 묻는다. **사실이에요?** 남자가 우뚝 멈춰 서고 여자는 이것을 불길한 징조로 여긴다. 이때 그들은 붉은 돌기둥과 연결된 철제 문짝 가까이 다다라 있다. 남자는 철문을 밀기 전에 짧게 대답한다. **어, 사실이야.** 아르누보 양식의 오래된 주철 대문이 안뜰 방향으로 밀려나는 소리. 이 소음은 듣기에 너무 끔찍해서 일종의 음향 공습처럼 받아들여진다. 안뜰을 걸을 때 남자는 조금 상기된 목소리로 말한다. **회사는 여기보다 더 힘들어.** 이어서. **너희는 편한 줄 알아야 해. 정말로.**

그러는 동안 어느새 둘은 육중한 벽면 앞에 이르러 있다. 그 위에 덧입혀진 도색 자국은 거의 공예에 가까울 만큼 두껍고 꼼꼼해 보인다. 한편, 납작한 표면에서는 흔해빠진 외관 장식 하나 찾아볼 수 없다. 여자는 스마트폰 불빛을 머리 위로 올려본 다음에야 이 벽이 지상 3층 높이 건물의 얼굴이라는 사실을 알게 된다. 남자는 카디건 주머니에서 직원증 하나를 꺼내 내민다. 앞쪽에 끼워 넣은 정면 사진은 이력서나 학생증, 혹은 다른 휴대용 증명지의 일부로 사용되어왔던 이미지다. 여자는 사진 밑에 적힌 자신의 이름을 읽는다. **김선영.** 그리고 이렇게 묻는다. **여기서 도대체 몇 명이나 망가져서 나갔어요? 멀쩡한 몸으로 그만둔 사람이 있기는 있나요?** 남자의 입가에 소리 없는 미소가 나타난다. 앞니와 잇몸에 고인 소화액이 빛을 받는다. 뒤따라 이어지는 말들은 푸르죽죽한 어스름 속에서 영상처럼 떠오른다. **난 교수님이 시키는 대로 다 할 거야. 취업하라면 취업하고. 옆에 있으라면 옆에 있고. 너도 그냥 시키는 대로만 해.** 홀로 남겨지자 선영은 안경을 벗는다. 움푹 꺼진 눈뼈가 떨려온다. 아니다. 뼈가 떨릴 수 있던가. 떨리는 건 사실 눈꺼풀이 아닐까. 손가락 관절도 마찬가지. 안경다리를 쥔 손뼈와 힘줄 들이 위태롭게 떨린다. 이때 불현듯 떠오르는 음악은 미국의 작은 레이블에서 발매된 디지털 앨범 속 소품이다. 사운드트랙의 이름은 "가스Gas". 조용하고 평범하기 짝이 없는 잡음 몇 가지가 부분적으로 연속된다. 한 시간 길이의 타임라인 동안 계속. 이 곡의 음향신호를 심전도 기록지의 그래프처럼 나타내본다면 무척 친숙한

모양일 듯. 중얼거리는 인간의 음성신호와 닮았다든지. 그렇
다면 어떤 말들은 언젠가 음악이 될 수도 있지 않을까. 가령,
손을 떠는 여자 하나가 어둠 속에서 **내 인생은 망했고 앞으로
도 망할 거야**라고 수없이 반복해서 말할 때, 단 한 순간, 그녀
의 음성 파형이 수백 곡의 교회 아리아 가운데 한 소절과 정
확하게 맞물린다면, 과연 누가 이것을 음악이 아니라고 말할
수 있을까.

연구소의 문을 열면 어두운 복도 하나가 드러난다. 밝기가
부실한 조명 기구 다음으로 눈에 띄는 것은 아마도 벽면이
다. 이 오래된 석면 벽재는 물먹은 곰팡이 냄새를 풍길 뿐 아
니라 유독성 부스러기들에 둘러싸여 있다. 무엇보다도 못질
자국 하나 없이 거의 공백에 가까워 보이는 표정. 관점에 따
라서는 차라리 이죽거리는 것 같기도. 선영은 소맷부리로 입
을 막은 채 통로를 따라 걷는다. 작은 독서실 크기의 방들이
일자형 복도 양옆으로 이어진다. 흡사 학교처럼. 출입문 바깥
으로 저마다 실내 표찰이 매달려 있는 모습이다. 선영이 멈
춘 곳은 1-13 표지 밑이다. 그리고 복도 한쪽에 쌓여 있는 마
분지 상자 네 개. 사람 하나 높이에 이르는 짐들은 일종의 목
록을 나타내는 듯. 예컨대, 한 사람 분량의 잔해라고 할지. 선
영은 문 앞에 이르러 우뚝 걸음을 멈춘다. 옻칠이 다 벗겨진
적송 문짝은 과묵하고 문틀을 따라서만 움직이는 미닫이식

이다. 손잡이를 옆으로 당기자 단칸방 크기의 어둠이 드러난다. 불을 켜면 구닥다리 공학 연구실의 정경이 하나둘 뚜렷해진다. 내벽을 따라 나란히 놓인 여섯 개의 서가. 길쭉하게 마름질된 종려나무 책상이 U자로 이어진다. 그 위에 올라와 있는 물건들은 차례대로 아날로그 모니터, 더듬이 모양의 고주파 진동계, 투명한 전파 투과 장치와 고압가스 통, 유리창, 적외선 빔 따위의 실험용 매질들, 그리고 몇 권의 이론 실험 서적과 수상쩍은 종이 출판물,『세상에 없는 비밀 vol. 4: 르코르뷔지에는 어떻게 건축을 지배했는가 — 현대 건축법의 비밀』이다. 의자는 이 모든 집기와 장비 들로부터 외따로 밀려나 있다. 바퀴가 다섯 개나 달린 그 가구는 틀림없이 연구실 비품 가운데 가장 젊은 축에 들 것. 뒤로 한껏 젖힌 등받이에서 예전 주인의 앉는 습관, 혹은 안쓰러운 척추 질환 따위가 읽히기도 한다.

선영은 의자를 책상 가까이 밀어본다. 의자 다리 밑에 엉켜 있던 전선과 케이블이 팽팽하게 당겨진다. 선영은 놀라서 손을 놓아버린다. 한차례 들썩이는 연구실 집기와 장비 들. 그리고 먼지구름. 기침이 재차 튀어나온다. 콜록콜록. 그리고 어떤 목소리가 뇌운 혹은 전자 스모그처럼 연구실 안에 떠오른다. 私の声が聞こえますか? 말하자면, 내 목소리가 들리시나요? 또 한 번. 私の声が聞こえるのですか。말하자면, 내 목소리를 **들을 수 있나요.** 선영은 소리 없이 머리를 든다. 연구실 내부의 음향 설비를 찾는 듯. 그녀의 시선은 천장 한쪽 구석에 가서 머문다. 정확히는 그곳에 매달린 확성기 채널 쪽. 먼지 쌓인 공명판이 전기 펄서로 떨리는 중이다. 떨어져 내리는 보푸라기들. 저 목소리는 어디서 오는 건지. 간간이 노이즈가 포착되기도. 목소리가 말한다. **ここから出なさい。** 바꿔 말하면, **여기서 나가세요.** 선영은 들은 내용을 의심한다. 한편, 시키는 대로만 하라던 사람이 있었지. 그래서 그녀는 곧장 그곳을 나간다. 목소리는 1층 복도, 가까운 음향 설비에서 다시 이어진다. 이때 선영은 스마트폰의 녹음 기능을 켠다. 내장 사운드카드에는 다음과 같은 음성신호들이 차곡차곡 저장된다.

では1-1号室に行ってください。

이제 1-1호실로 가세요.

鍵の暗証番号は2-1-6-3です。

자물쇠 비밀번호는 2-1-6-3입니다.

探すべき歌の名前は "宵待草" です。

찾아야 하는 가요의 이름은 "달맞이꽃"입니다.

ラベルの中で1912年6月1日を、

라벨에서 1912년 6월 1일,

そして竹久夢二の名前を探してください。

그리고 다케히사 유메지라는 이름을 찾으세요.

余分に十七枚レコードを持ってください。

여분의 레코드판을 열일곱 장 챙기세요.

では1-3号室に行ってください。

이제 1-3호실로 가세요.

「宵待草」を再生させてください。

「달맞이꽃」을 재생시키세요.

2分54秒台の"て"の部分だけを録音してください。

2분 54초대의 "테" 부분만 녹음해주세요.

録音された内容を3分の長さに伸ばして記録してください。

녹음된 내용을 3분 길이로 늘여서 저장해주세요.

十七枚のレコードを同様に。

열일곱 장의 레코드판에 동일하게.

それを箱に入れてください。

그것을 상자에 옮겨 담으세요.

では地下1階に降りてください。

이제 지하 1층으로 내려가세요.

階段の下に箱をおいてください。

계단 밑에 상자를 내려놓으세요.

あなたがすることは終わりました。

당신이 할 일은 끝났습니다.

ではここを去ってください。

이제 이곳을 떠나세요.

そして二度と戻らないでください。

그리고 다시는 돌아오지 마세요.

　시간이 얼마나 지났을까. 일주일? 보름? 옥인동 구시가지 안으로 화물을 짊어진 군인들이 무리 지어 나타난다. 좁다란 골목길을 터벅터벅 걸어 다니는 서른 벌의 군복과 군화 30켤 레. 말하자면 신발 속에 넣은 발바닥들. 제식 교본에 알맞게 훈련받은 한 가지 걸음걸이만이 무겁게 울려 퍼진다. 보행로 너비에 맞춰 한 줄로 늘어선 모습. 돌연 좁아지거나 늘어나 는 앞뒤 간격 때문에 뒤꿈치, 또는 앞발을 밟힌 병사들이 잠 깐씩 휘청거린다. 군모 밑에 가려진 얼굴 그늘에는 앳된 이 목구비와 욕설을 견디는 입 모양이 여러 개. 행렬의 가장 앞 줄에 선 남자는 외딴 기념비 앞에 이르러 군모를 벗는다. 앞 부분에 바느질된 다이아몬드 계급장은 그의 신분을 드러낸 다. **왜 계속 이 주위에서 맴도는 것 같지?** 그가 투정하든 말든 병사들은 높다란 석조 기념물을 지긋이 올려다본다. 은행잎 으로 노랗게 물든 우듬지가 서른 개의 두개골 위에서 흔들리 는 소리. 이때 바윗돌 머리에 앉은 까마귀가 갑자기 까악 운 다. 새가 날아가는 방향은 기념비 뒤편이다. 소위는 군모를 다시 쓴다. 아주 조심스럽게 바윗돌을 돌아서 간다. 그러자 호젓한 산책로가 그를 맞이한다. 길을 따라 다닥다닥 옮겨 심긴 은행나무들이 이어진다. 바짝 마른 낙엽들이 흩날리는 중이다. 산책로를 걸어 올라가는 동안 원래 한 줄이었던 소대 대열은 둘, 셋, 다섯으로 늘어나다가 어느 순간 구분이 무의미해진다.

마침내 군인들이 다다른 장소는 이름 없는 건물이다. 도로명주소나 옥외 간판은 물론 쓰임새를 짐작해볼 만한 일말의 표지조차 찾아볼 수 없는 입체 건축물. 아니면 바로 이런 해괴한 외관 자체가 하나의 표지가 아닌가 싶은. 병사들이 들고 있던 화물을 하나둘 내려놓는다. 따로 휴식 명령을 전달받지 않았음에도! 소위는 힐끗 뒤돌아본 다음 녹슨 출입문을 두드린다. 빨리빨리 강하게. 세 번. 쾅쾅쾅. 그러자 문 옆에 조그맣게 매달린 전자 기판에서 낯선 음성이 흘러나온다. **사령부에서 나오셨나요?** 덮개 바깥으로 전기회로 일부가 노출된 이 장치를 자세히 들여다보기. 소위는 물방울 모양의 외눈 렌즈 가까이 머리를 숙인다. 간단한 거수경례가 뒤따른다. **충성. 새로 임관한 김준서 소위입니다. 요청하신 물품들 가져왔습니다.** 안에서는 한동안 아무 소식도 들려오지 않는다. 이윽고 문 뒤에서 다중 잠금장치가 하나둘 풀어지는 소리. 쇠붙이들이 돌아가면서 율동을 만들어낸다. 문이 열리기를 기다리는 동안 소위의 손에 쥐어지는 것은 이를테면 압운들, 즉 리듬의 털이다.

문을 열면 어두운 복도가 드러난다. 그리고 헐레벌떡 계단을 내려오는 신발 소리. 안경 쓴 남자가 다가오며 고개를 까딱인다. **물건은 1-13연구실로 옮겨주세요. 거기가 지금 비어 있거든요.** 남자가 손을 들어 가리키는 장소는 복도 맞은편이다. 소위는 문 옆에 서 있는 몇몇 병사에게 턱짓으로 신호를 준다. **들었지?** 이제 병사들이 줄지어 건물 안으로 들어온다. 1-13연구실까지 도합 열일곱 개의 몸이 1층 복도 안에 나란히 늘어선다. 낱말과 낱말을 이어주는 보조사처럼. 느슨한 인체 사슬은 건물 바깥에 쌓인 화물들과 연결되어 있다. 잠시 후 앞줄에서 전달받은 보급품 상자가 하나씩 건물 안으로 옮겨진다. 병사들은 이쪽에서 저쪽으로 상자를 주고받는다. 다만 사이가 멀어서 상자를 살짝 던진다. 아주 살짝. 이쪽 병사 하나가 상자를 건네려고 팔을 쭉 뻗으면 저쪽 병사도 받기 위해 팔을 쭉 뻗는다. 그럼에도 닿지 않아 살짝 던지는 것이다. 상자가 공중에 혼자 있는 시간은 잠깐이다. 이 동작이 실시될 때마다 작은 기합 소리가 끼어든다. 병사, **헛**, 하나가, **헛**, 상자를, **헛**, 집어, **헛**, 던진다. 소위는 이 우스꽝스러운 광경에 이목을 빼앗겨서 웃음이 터져 나오기 직전이다.

10분 후. 일손이 멈춘 병사가 앞줄부터 한 칸씩 늘어난다.

이렇게 해서 한 소대 분량의 미확인 보급품이 1-13연구실 구석에 켜켜이 쌓이게 된다. 소위는 눈대중으로 한 번, 손가락으로 두 번 물품의 개수를 검사해본다. 수량은 송장 목록과 정확히 맞아떨어진다. 이제 복도로 나오면 병사들이 각자 서 있던 바닥에 쪼그려 앉아 휴식 중이다. 소위가 홀로 또각또각 복도를 걸어 나갈 때, 느닷없이 목소리 하나가 그들 가운데 쩌렁쩌렁 울려 퍼진다. 兵士, 気をつけ。 말하자면, **병사, 차려.** 이 목소리는 누구의 것인가. 또는 어디에서 오는 것인가. 고민하는 사이 병사들이 하나둘 일어선다. 목소리는 통사 하나를 낭비 없이 발음할 줄 안다. 또 한 가지 특징으로는 차분하고 기품 있는 억양. 짧게 힘주어 말하는 조음 방식은 의장대 장교들의 화법을 따르는 듯. 또 한 번 구령이 떨어진다. **やすめ。** 바꿔 말하면, **열중쉬어.** 열일곱 개의 오른쪽 다리 관절이 일시에 움직인다. 등 근육 위로 가져다 붙인 양쪽 손바닥도 마찬가지. 목소리가 気をつけ。 그러니까, **차렷!** 하고 외친다면, 빳빳한 군용 직물과 허벅지 살이 신속하게 마주쳐야 할 것. 소위는 부동자세를 지키느라 경직된 넓적다리들을 빠르게 번갈아 본다. 무시무시한 긴장감. 목소리가 말한다. 一列にならーえ。 그러니까, **일렬종대로—서.** 이제 한 줄로 간격을 좁힌 채 붙어 있는 까까머리 열일곱 개. 앞사람과 뒷사람을 하나의 몸뚱이로 포개어놓는 이 열병 방식은 빳빳하기 이를 데 없는 조직의 규율을 나타내는 듯하다. 목소리가 계속해서 명령한다. **行進、進め。** 바꿔 말하면, **앞으로, 가**. 이 구령은 병사들을 지하층으로 이끌고 간다. 혼자 남겨지자 소위는 군모를 벗는다. 납작하게 눌린 머리 가죽이 식은땀으로 젖어 있다. 잃어버린 병사들을 되돌려 받아야 한다. 회한과 그리움의 색채를 띤 저 음성으로부터. 소위는 문 바깥으로 소리쳐서 야외에 남은 병사들을 불러 모은다.

지하와 이어진 계단을 내려가는 동안 아래층에서는 난데없는 공사 소음이 울려 퍼진다. 소위는 갖가지 날붙이와 연장들이 자르고, 내려찍고, 때리거나 부수는 팔들에 붙잡혀 있는 모습을 지켜본다. 파괴적인 음향을 만들어내느라 얼이 빠져 있는 인부들은 위층에서 잃어버린 병사들이다. 이들은 각기 다른 출입구 앞에 붙들려 있다. 문을 열어야 한다는 구령이 있었을 것. 못 박힌 문짝에서 나사 머리가 뽑혀 나간다. 손잡이에 감긴 쇠사슬이 끊어지는 소리. 문짝을 내려찍는 도끼질. 한편, 자물쇠 옆에 나란히 서서 영치기영차 톱을 켜는 병사 둘.

소위는 귀를 틀어막는다. 동시에 눈에 띄는 것은 무지막지한 크기의 지하층 로비다. 장소는 정신병원의 보호 병동이나 현대식 구치소의 격리시설 같은 수감용 구역을 연상시킨다. 치밀하게 걸어 잠긴 철문들은 익명의 무기수들을 가두고 있는 듯하다. 너무나도 위험해서 영영 면회조차 금지된. 이때 가까운 문짝 하나가 큰 소리를 내며 쓰러진다. 소위는 꿀꺽 침을 삼킨다. 자리에서 뜯어져 나온 철문 잔해들을 지나쳐 방 안으로 들어간다. 내부에는 서로 다른 용적의 동물용 케이지들이 버려져 있다. 철근과 창살 사이로 들여다보이는 것은 뼈대만 남은 사체들이다. 커다란 철창 속에서 점잖게 앉은 채로 죽음을 맞은 좌식 백골은 대형 고양잇과 동물의 것이다. 오래전에 멸종된 시베리아호랑이를 상상해볼 수 있다면. 낮게 으르렁거리는 울음소리와 씩씩거리는 숨소리도. 이 공포스러운 노래 밑에는 초저주파 음향이 깔려 있어서, 멀리 떨어진 당신의 몸뚱이마저 얼어붙게 만들 수도 있었던 모양이다. 영문도 모르는 사이에. 케이지 옆에 놓인 서간체 연구 기록지가 그렇게 말한다. 한편, 천장에 매달아놓은 여러 개의 새장에서는 왜가릿과 조류들의 골격 잔해가 발견된다. 이들은 같은 종의 친척들처럼 멋진 다리는 가지지 못했지만, 목 관절만큼은 유난히 길게 발달했던 듯. 나중에 알락해오라기로 밝혀질 이 철새들은 앞서 17세기쯤 영국인 의사에 의해 사육된 이력이 있다. 이 호기심 많은 의학자는 "겉모양조차도 아주 희귀한 이 새가 어떻게 바순 소리와 비슷한, 자연 전체를 통틀어 사례를 찾아볼 수 없는 최저음을 낼 수 있는지 알고 싶었"던 모양이다. 그로부터 3백 년이 지난 다음, 여기

지하 시설에서 다시 연구 목적으로 사육되었던 것이다. 소위는 새의 소리가 기보된 오선지 종이 한 장을 새장 속에 밀어 넣는다. 죽은 새는 반들반들한 이마와 부리를 흔들며 뮤지끄 뮤지끄 노래하는 듯하다.

이때 바깥에서 다른 방의 문짝이 열린다. 소위는 경첩이 벌어지는 소리를 쫓아간다. 이번 철문은 멀쩡한 모습으로 제자리에 붙어 있다. 다만 절단된 자리에 그대로 버려진 쇠사슬들을 병사들이 나서서 걷어찬다. 문을 열자 삭은 종이 냄새가 바깥으로 쏟아져 나온다. 공중에 머물러 있던 보풀들도 함께. 소위와 병사들의 어깨가 기침으로 들썩거린다. 백 년 만에 면회객을 맞는 6단형 양철 선반들. 비스듬히 고개를 기울여보면 선반 뒤로 또 다른 선반이 서 있는 모습. 얼마나 많은 받침대가 필요했던 건지. 이들 사이에 비워진 공간으로는 사람 한 명만이 겨우 드나들 수 있다. 소위는 가장 앞줄의 선반 몇 칸을 거닐어본다. 용적이 비슷한 널빤지 상자들이 눈 높이에서 이어진다. 상자 바깥으로 불쑥 머리를 내밀고 있는 물품들은 낱장의 종이들을 한데 모아 묶은 것이다. 두꺼운 나일론 실로 제본되었고 말린 돼지가죽을 표지로 썼다. 소위는 반듯하게 포개어 놓인 서류철 하나를 공들여 빼낸다. 겉장에 찍힌 붉은색 인주 자국에서 아직도 미미한 악력이 전해지는 듯하다. 종이를 넘기자 어떤 서식이 눈앞에 나타난다.

다음 장에 오는 속지들도 양식은 같다. 대부분 한문인데 훈독하면 아래와 같이 읽을 수 있다.

※ 음성 자료 제공자 명단

[0067] 이용갑, 42세, 의병, 스스로 혀를 자름.

[0068] 김예래, 17세, 학생, 학대로 인한 말더듬증.

[0069] 신원 확인 불가.

[0070] 오영옥, 19세, 학생, 기흉과 천식이 언어장애에 미치는
       영향.

[0071] 이시카와 다이치, 30세, 변절자, 고문 과정에서 실어증.

[0072] 이성희, 7개월, 아기, 고주파의 울음소리.

[0073] 성낙윤, 68세, 민족운동가, 치아를 모두 뽑음.

[0074] 나가야마 쇼이치로, 18세, 남성 소프라노, 5세 때 거세됨.

[0075] 이우경, 23세, 국극 가수, 비교적 정확한 발음법.

[0076] 신원 확인 불가.

[0077] 이칠연, 24세, 의병, 너무 잦은 고문으로 유발된 성대결절.

자료는 형무소에서 녹음된 채록 자료의 제공자들을 기록해놓은 것이다. 잠시 뒤에, 소위는 이것을 서류철 사이에 되돌려놓는다―나중에 그는 이 판단을 두고두고 뉘우치게 된다―방대한 기록과 이름의 무덤이 그의 뒤에 남겨진다. 빈

손으로 걸어 나온 그가 조용히 문을 닫는다. 병사들이 수군거린다. **소대장님.** 옆에 있던 병사가 묻는다. **이 건물은 원래 무슨 건물이었던 겁니까?** 소위는 말없이 고개를 흔든다. 거부 혹은 부정형 문장에 관한 한 가장 너그러운 동작이 이어진다. 달그락거리는 두개골. 희곡 대본에 적힌 행동 지문을 따르는 것처럼. 소위는 이마를 자꾸 쓰다듬는다. 문지를수록 환해지는 어떤 기억이 있는지도 모른다. **간단한 보급 임무야.** 또는, **전해주기만 하고 돌아오면 돼.** 대대장은 분명 그렇게 말했을 것이다. **군에서 후원 중인 연구기관이라는 것만 알면 돼.** 이런 식으로. 소위는 긴 시간 동안 겨우 이따위 회상에나 잠긴 채 입술을 뜯는다. 그리고 병사들에게 이렇게 당부한다. **우린 여기서 아무것도 못 본 거야.** 여남은 병사들이 머리를 끄덕인다. 한편, 복도에는 넋을 빼앗긴 병사들이 유령처럼 돌아다닌다. 출처가 불분명한 레코드판이 한 장씩 손에 들려 있는 모습이다. 얼빠진 표정과 걸음걸이가 각자 다른 방으로 사라진다. 그리고 이내 흘러나오는 콘트랄토의 음성. 가사는 단조로운 편이다. 단모음 'ㅔ'가 전부인 노래. 오래된 음향 장치에서 재생되는지 이따금 잡음이 섞인다. 음량은 점점 커져서 정신 나간 병사들을 깨우고 돌려보낸다. 복도 곳곳에서 병사들이 허겁지겁 뛰쳐나온다. 착란에 시달린 열일곱 명의 병사들은 복귀 후 단체 면담 시간을 가지게 된다. 오후 한두 시간 동안 벌어진 이 초자연적인 소동에 덧붙여, 병사들은 다음과 같은 말들을 들었다고 입을 모아 주장한다 — 그러나 이들이 간사이 억양의 일본어를 어떻게 정확히 알아들을 수 있었는지는 끝끝내 밝혀지지 않았다.

兵士たちよ、階段を下りてくるのだ。

병사들은 계단을 내려갈 것.

0-01号室の工具やその他の道具を取れ。

0-01호실에서 연장과 공구를 찾아 들 것.

地下研究所への全ての出入り口を開放しろ。

지하층의 모든 시설 출입구를 개방할 것.

階段の下に置かれた箱を探せ。

계단 밑에 놓인 상자를 찾을 것.

レコードを一枚ずつ取れ。

레코드판을 하나씩 나눠 들 것.

蓄音機が置かれた十七の部屋を訪れろ。

축음기가 놓인 열일곱 개의 방을 찾을 것.

レコードをターンテーブルに置け。

레코드판을 원반에 끼울 것.

最大の音量で蓄音機の電源を入れよ。

축음기를 작동시킬 것. 음량은 최대로.

さあ逃げろ, 子供たちよ。逃げるのだ。

이제 도망쳐라, 꼬마들아. 달아나라.

　다시 얼마나 시간이 흘렀을까. 대설경보가 발효된 어느 11월 오후. 난데없이 화재경보가 울린다. 건물 3층 숙직실에서 잠깐 눈을 붙였던 박사 둘이 서둘러 계단을 내려간다. 주고받는 말은 한마디도 없다. 오로지 조급한 몸짓들만. 박사들은 건물 바깥에서 비로소 숨을 고른다. 긴급신고센터로 전화를 거는 박사는 안경을 쓰지 않은 쪽이다. 그러나 다른 박사가 귓가에서 전화기를 낚아채간다. 테 없는 안경을 쓴 그 남자는 연결 신호가 끊기기를 잠자코 기다렸다가 무섭게 소리친다. **미쳤어? 연구소 동네방네 소문내고 싶어?** 이어서, **시원하게 폭파되는 꼴이라도 보고 싶은 거야? 강점기 건물들 해방 이후에 어떻게 됐는지 몰라?** 후배 박사가 떨리는 목소리로 대답한다. **그럼 어떡해요. 불났다는데.** 안경 쓴 남자가 피식 웃는다. **오래된 건물이잖아. 알람 오작동이야. 기다리면 알아서 꺼져.**

　결과적으로 박사의 말은 정확하다. 건물 내부의 어떤 장소에서도 화재 징후를 찾아볼 수 없기 때문이다. 그러나 이 경보음이 실내에서 사람을 비워내기 위한 속임수였다는 사실은 오직 건물만이 알고 있다. 홀로 남겨진 모처럼의 시간. 아주 짧은 한때. 실내에서는 어느 순간 사이렌 소리가 멎는다. 하지만 바깥에서 기다리는 박사 둘은 이것을 알 도리가 없을 듯.

이제 건물은 안팎으로 적막해 보인다. 남아 있는 소리는 하나뿐이다. 어둡고 넓은 지하층 로비 안에 울려 퍼지는 단음절의 노래. 녹음된 음성의 가느다란 떨림을 건물은 가만히 듣고 있는지도. 이 합성 사운드는 20세기 초, 본토에서 작곡된 유행가의 일부를 누군가 고의로 늘인 것이다. 건물의 지하 시설 안으로 풍부한 음량의 주파수가 일정하게 이어지도록.

소리를 전달하는 매체는 열일곱 개의 축음기. 그래, 금관악기의 주둥이를 모방한 거대 확성기. 어두운 시기에 끔찍하고 고통스러운 실내악을 들려주었던 기계장치들이다. 불현듯 호명되는 건물의 이름. 니쿠야. 니쿠야는 그때 그 음악의 목록을 기억하는지? 이를테면 목청이 찢어지는 비명, 고통이 지나간 뒤의 신음, 다그치는 말투의 일본어, 그리고 **싫어, 싫어, 싫어!** 같은 음성신호들을. 목소리는 이렇게 말한다. **そうだよ, 私は覚えているよ。** 말하자면, **그래, 나는 기억하고 있어.** 이 짧고 귀한 시간, 목소리는 슬픔에 사무치거나 결백을 주장할 수 있다. 혹은 이 땅의 자연사에 비하면 터무니없이 짧은 자신의 역사를 나름대로 곱씹어볼 수도 있다. 하지만 하지 않는다. 그러지 않는다. 다만 회한과 그리움의 색채를 띤 간사이식 일본어로 수차례 중얼거릴 뿐이다. **私は覚えてる**

よ。 나는 기억해. 私は覚えてるよ。 나는 기억해.

한편, 건물 지하에서 울려 퍼지는 메가헤르츠 크기의 노래. 지상의 각 층과 연구동 시설들을 떠받치고 있는 철근 기둥들이 미세하게 떨린다. 녹음된 음성의 주파수와 콘크리트 건축재의 자연 주파수가 정확하게 일치하기 때문이다. 니쿠야. 니쿠야는 스스로 죽기를 원하는지? 목소리는 아무 말도 하지 않는다. 이제 필요한 것은 작은 흔들림. 경미한 지진 정도면 완벽할 것. 혹은 태초의 말씀 같은. 건물은 어떤 징조를 기다리는 듯하다. 마치 이 순간을 미리 알고 있었던 것처럼. 몇 분 뒤에, 건물이 와르르 무너져 내린다. 이를 지켜보는 박사 둘.

오늘날 종로구 옥인동 고궁 주위에서 길을 잃은 당신을 상상해보기. 아마도 당신은 우연한 경로를 지나 외딴 기념비 앞에 서게 될지도 모른다. 노랗게 물든 은행나무 가지들이 머리 위에서 흔들린다. 발밑에서는 마른 나뭇잎과 열매 껍질들이 바스락바스락 밟힌다. 비석은 옛날 인왕산 일대에서 숭배되던 선바위를 떼어다 옮긴 것이다. 조금만 주의를 기울이면 운반 당시의 채석용 끌 자국도 여전히 찾아볼 수 있다. 한편, 울퉁불퉁한 바윗돌 몸통에는 한자와 히라가나 자모음 일부가 남아 있다. 당신은 당신 앞에 놓인 말 없는 정물을 물끄러미 쳐다본다. 정확히는 파손된 비문의 내용을. 팔다리가 잘려 나간 문자들과 같이, 한때 기념하던 모든 것을 잃어버린 석조 기념물은 다만 과묵하다. 해가 지는 시간이고 이제 영락없는 저녁이다. 당신은 한겨울 추위로 코를 훌쩍인다. 당신은 기념비 앞을 떠나버린다. 이따금 당신이 부는 휘파람 소리. 성부가 하나뿐인 그 노래는 일면 쓸쓸하고 외로운 구석이 있다. 어느 아이돌 그룹의 유행가 멜로디를 흉내 내는 걸까. 기억도 목소리를 가질 수 있다면 좋을 텐데.

　모놀로그 또는 아리아와 같은.

멜로디 웹
텍스처

옛날 옛날에. 아주 먼 옛날에. 우리 약속을 했잖아.

너는 언제부터 여기에 숨어 있었던 걸까?

너는 집 안에 집을 지었다. 정확히는 베란다에. 원통형 세탁조가 곧바로 내려다보이는 장소에. 네가 차지하고 있는 공간은 아주 작다. 벽과 벽 사이. 손바닥 하나쯤? 모퉁이 안쪽에 걸쳐 있는 격자무늬 그물코가 서른여섯 칸. 그와 같은 무늬가 바깥으로 여섯 줄 더. 흠잡을 데 없이 완벽한 정육각형 섬유 구조물 위에 다리를 걸친 채, 네가 하는 일이라곤 거의 언제나 무언가를 오물거리는 것뿐이다. 부동 상태로. 이따금 죽은 듯이.

누구나 처음에는 소리를 지른다. 너를 갓 발견했을 때 말이다. 너는 온몸이 새까만 털로 뒤덮여 있다. 가장 먼저 떠오르는 물체는 깜부기 같은 것이다. 살짝만 건드려도 금세 터질 것처럼 한껏 부풀어 있는 알갱이 하나를 혹자는 생각하게 된다. 이 조그만 혹 안에 무엇이 잠들어 있는지는 얼마간 비밀에 부쳐져 있다. 혐기성 곰팡이의 균사나 포자? 운이 좋다면 희귀한 커피 원두의 배젖이 자라고 있을지도 모른다. 어쨌거나 머리 위에 떠 있는 이 작은 물체는 혹자의 이목을 끈다. 잠시 동안만. 네가 협각 밑에 감추고 있던 홑눈 여덟 개를 드러내기 전까지만. 세입자 열에 아홉은 이때 몸이 굳는다. 독니에 깨물린 유충처럼. 올가미에 사지가 묶인 수사슴처럼. 너는 앞다리 한 쌍을 순식간에 치켜든다. 복슬복슬한 가슴을 내밀었다가 물러서기를 반복한다. 또, 위턱을 벌름거린다. 세입자는 침을 삼키지만 사실 넘어가는 건 아무것도 없다. 그냥 흔한 긴장 징후. 가짜 운동이다. 한편, 너는 뻣뻣한 감각모를 앞으로 움직였다가 뒤로 움직인다. 세입자의 후두 움직임을 듣는 것이다. 열렸다 닫히는 연골의 너비를, 기도를 감싼 점막 주름의 떨림을 가늠하는 것이다. 바꿔 말하자면, 너는 이미 세입자가 뱉을 말을 알고 있는 것이다. **여긴 내 집이야. 내 집이라고!** 그러나 너는 쫓겨나지 않는다. 쫓아낼 뿐. 그런 식으로 벌써 몇 해째 동거인을 갈아치워 온 것이다.

　너를 어떻게 부르면 좋을까? 생물 도감은 펼치지 말고. 정확한 학명이나 계통 구분 따위는 암흑 속에 내던져버리고.

그냥 이렇게 부르기. 검은 거미. 그러든지 말든지. 너에게는 아무래도 좋은 일이다. 너의 관심사는 다른 곳에 있기 때문이다. 이를테면 씹는 일. 머리 밑에 달린 한 쌍의 이빨 돌기를 마주 부딪치는 일. 멈추지 않고. 성실하게. 이를 데 없이 단순하며 한편으로 사소하기도 한 이 일은 아주 오랫동안 이어져 왔다. 너무나도 오랫동안 이어져온 까닭에 지금은 이유조차 기억나지 않을 정도로. 너에게 시간은 아무런 의미도 없다. 정말로 그래 보인다. 단지 어떤 기다림만이 있을 뿐이다. 너는 우물거리면서 생각한다. **나는 기다리고 있어.** 자기 자신에게 속삭인다. **뭘 기다리고 있는지는 모르겠어.**

그냥 기다리기. 더듬이 다리 말단에 짚이는 단백질 찌꺼기들을 우물거리기. 골똘히 생각해보는 일은 그만두고. 입안에서 우그러뜨리기. 너는 지난날 짜냈던 거미줄 잔해를 정성들여 음미한다. 이 같은 구강 운동은 너에게 매혹적인 미감의 기억들을 쥐여준다. 단백질 섬유로 만들어진 정육각형 궁전이 공중에 머무는 화학 입자들을 바투 빨아 당기기 때문이다. 방적 돌기를 빠져나온 분비물이 말라서 굳고 때가 되어 다시 입안에서 곱씹힐 때까지. 그 시간 동안 거미줄에 들러붙은 모든 물질이 너에게 옮겨 가는 것이다. 너의 마음에. 겨와 같이 조그만 두뇌에. 그러다 보면 기다림이 끝날지도 모르니까. 높새바람에 떠밀려 온 티끌만 한 꽃씨는 답을 알고 있을지도 모르니까. 그러니까 거미줄을 만들어야 한다. 다시. 또다시. 계속계속.

너에게는 한 가지 원칙이 있다. 완성된 집의 형태가 정육각형 범주를 벗어나선 안 된다는 것이다. 길이가 동일한 여섯 개의 변. 내각 120도. 예외 없음. 총합 720도. 오차 없음. 외각의 합은 360도. 대안 없음. 이 엄격한 정다각형은 너에게서 어떤 집착을 이끌어낸다. 열기가 누그러진 화산암 석주의 머리. 벌집 내부의 은밀한 내실들. 광학 장비의 눈. 고체 상태의 물. 가열된 세포의 대류 현상까지. 육각형 원칙은 자연에서 흔하게 발견된다. 이 사실을 알려준 폴리에스터 직물의 보풀 조차도 육각형의 분자구조식을 가지고 있지 않았던가. 너는 인정할 수밖에 없다. 위턱을 끄덕거린다. 나는 이 다각형 원반 바깥으로 나갈 수 없을 것이다. 육각형이야말로 자연계에서 가장 견고하며 안전한 장소이기 때문이다. 너는 이 사실을 새삼 되새길 때마다 말랑말랑한 키틴질 두개골이 각얼음처럼 차가워지는 기분에 사로잡힌다.

너는 천천히 반대편으로 건너간다. 가로질러 가지 않고. 반시계 방향으로. 우아하게 움직이는 여덟 마디 부속 관절. 헤매거나 미끄러지는 실수 없이. 무용 동작처럼. 몸통에서 가장 멀리 뻗어 있는 한 쌍의 다리 말단부에 새로 뽑은 줄이 걸려 있다. 네가 지나가는 자리마다 끈끈하게 당겨진 그물코 무늬가 하나둘 새로 채워진다. 한 가닥의 실을 멈추지 않고 꿰어 나가는 손이 있는 것만 같이. 너의 다리 움직임은 어느 숙련된 방직공의 바느질과 제법 닮은 구석이 있다. 말하자면 재봉 기술이 너무나도 뛰어난 사람. 코바늘 끝에 걸린 실오라기 하나로 세상을 세 바퀴 반쯤 돌 수 있는 사람. 그러는 동안 자기 바느질이 한 땀도 틀리지 않을 거라는 사실을 스스로도 잘 알고 있는 사람. 그리고 그런 사실에 미리 실망해버린 나머지 아무 표정도 없는 사람. 할 일을 마치자 너는 어둠 속으로 숨는다. 몸을 웅크린다. 머리에 달린 여덟 개의 홑눈과 이빨 돌기가 협각 아래 가려진다. 우물우물.

어느 날 오후. 전자식 잠금장치의 비밀번호를 누르는 손이 있다. 비프음은 구리 배관 밑에서 잠들어 있던 너의 몸통을 두드린다. 톡. 톡톡. 톡. 너는 그늘 바깥으로 불쑥 머리를 내민다. 어슬렁어슬렁 걸어 나온다. 실내와 실외 사이. 무심하게 놓여 있는 낱장 유리의 두께는 20밀리미터. 얇은 책장처럼 올바르게 펼쳐진 이 투명 무기물 안으로 한낮의 햇볕이 내리쬐고 있다. 빛은 너를 평소보다 과장된 크기로 그늘 바깥에 내놓는다. 부스스하게 부풀어 있는 용모 때문이다. 뻣뻣하고 제각기 길이가 다른 몸털들을 살살이 드러낼 만큼 집요한 밝기. 누군가 충분히 눈이 좋다면, 이 털북숭이 절지동물의 체모를 좀 들여다보기. 준비물 없이. 예컨대, 살포시 눌렸다가 재빨리 되돌아오는 미세한 털 움직임을. 삑. 삑삑. 삑. 연거푸 틀린 번호만 찾아 누르는 어수룩한 손동작이 있고. 삐ー 삐ー 삐. 어김없이 실수를 꾸짖는 청각적 신호. 여기에 반응해 비밀스럽게 이루어지는 율동이 있다는 사실을 잊지 말기.

얼마나 더? 너는 납작하게 짓눌린 상태로 기다린다. 문이 열리기를. 몸통을 두드리는 저 보이지 않는 촉감이 좀 중단되기를. 문이 열리는 시간은 5분쯤 뒤다. 긴 시간은 아니다. 짧은 통화가 있었을 것이다. 너는 양철 문틀이 긁히는 소리를 듣는다. 넓게 벌어지는 문짝의 움직임을 듣는다. 어수선한 소음들이 뒤따른다. 바깥 복도와 현관 앞을 왕래하는 동작이 여러 번. 안으로 옮겨야 할 마지막 물건이 거실에 놓였을 때, 다시 문이 닫힌다. 힘겨운 호흡 소리가 집 안에 울려 퍼진다. 호흡 소리는 너에게서 멀어졌다가 가까워졌다가 다시 멀어진다. 너는 너의 집 가장자리, 부엌 공간이 비스듬히 엿보이는 장소까지 걸어간다. 딱 거기까지만. 구두 뒷굽처럼 딱딱한 앞다리 말단이 공중에서 멈춘다. 휘적거린다. 짚고 건너갈 줄이 놓여 있지 않다는 사실을 확신할 수 있을 때까지만. 호흡 소리는 베란다까지 와서 흠칫 멎는다. 지나간 세입자들의 호흡기관이 그랬듯이. 너는 새로운 세입자의 얼굴을 본다. 놀라서 경직된 광대 근육과 입가 주름. 눈꺼풀을 덮고 있는 홑 겹의 지방과 파르르 떨리는 해골. 눈구멍 안에 꼭 맞는 크기로 담겨 있는 눈알 한 쌍도. 이들은 분주하게 흔들리고 있다. 너는 지금이 적기라는 사실을 직감한다. 악! 겁먹은 세입자가 뒷걸음쳐 도망간다. 너는 무기처럼 치켜든 앞다리를 도로 내린다. 돌아서서 끈적끈적한 대들보를 건너간다. 예닐곱 걸음쯤. 몸통을 다시 제자리에. 집의 중심부에. 자기장에 이끌리는 자철석 파편처럼. 설명할 수 없지만 안전한 기분을 주는 바로 그 위치에서 너는 다시 잠들기를 기다린다. 윗입술을 씰룩인다. 기분 좋은 꿈을 꾸는 사람처럼. 히죽거리는 표정으로. **여긴 내 집이고, 나는 기다리고 있어.**

이튿날. 너는 온몸의 털이 곤두선 상태로 잠에서 깬다. 너의 집 바로 밑에서 들려오는 쿵음 때문이다. 새로운 세입자는 너와의 동거를 받아들이기로 마음먹은 모양이다. 보일러 박스가 부르르 떨기 시작한 것이다. 너는 가까운 그물코의 너비를 넓힌다. 30밀리미터쯤 이르는 몸길이를 그 안으로 밀어 넣는다. 끈끈한 거미줄에 거꾸로 매달린 채, 홑눈 여덟 개가 보일러 박스의 면면을 나누어 본다. 지난겨울 줄곧 잠잠했던 이 예의 바른 이웃의 머리가슴은 줄무늬 없이 흰 배색이다. 감염 혹은 충격으로부터 빈틈없이 안전해 보이는 외골

격을 좀 보라지. 광물처럼 단단한 부속기관들은 베란다 벽면을 따라 뻗어 있고, 바로 이 원통형 배관들 안으로 저주파 음향들이 덩어리져 옮겨 다닌다. 증기와 온수의 흐름. 너는 휴대용 데시벨계 크기로 몸을 웅크린다. 더 잘 들으려고. 훈김이 주위를 에워싼다. 나른한 졸음에 몸체를 맡긴 채, 너는 꿈꾸듯이 듣는다. 도마를 두드리는 칼질. 끓는 기름과 지글지글 구워지는 생살의 양면. 떠오르고 가라앉는 작은 부피의 기포들. 식기를 뒤적거리는 물 젖은 손과 이따금 앗 뜨거, 앗 뜨거 하는 말소리 같은 것들. 이어서. 이 모든 생활 소음이 차차 가라앉은 다음에. 숨죽인 침묵. 아주 짧은 휴지기. 비어 있는 행간. 뭐라고 부르든지 아무튼. 뭐 그런 정적의 다음 차례에. 홀연 음악이 초대된다. 너는 곧장 다리를 움직여 구석 깊이 숨어버린다.

이 단조로운 현악기 선율은 너의 집을 건드린다. 가늘고 질기게 이어 붙인 실크 견직물이 찌르르르 떨리게 만든다. 팽팽하게 당겨진 악기 줄처럼. 너는 온몸의 털이 쭈뼛쭈뼛 일어서는 아주 사소한 감각을 생생하게 느낄 수 있다. 초과 용량의 긴장성 호르몬이 두개골 가득 부풀어 오르는 까닭이다. 너는 옴짝달싹하지 않는다. 홑눈을 두리번거린다. 먹잇감인가? 침입자인가? 마음은 점점 조급해진다. 줄을 흔드는 움직임. 몹시 드물게 찾아오는 불규칙 신호는 단 한 번도 너를 실망시킨 적이 없기 때문이다. 하지만 지금 이 파문. 줄을 건드리는 가벼운 떨림은 줄곧 일정하지 않은가. 뒤척거림 없이 순순히 죽음을 기다릴 줄 아는 먹잇감이 있었던가. 너는 이만큼 점잖은 먹잇감이라면 칭칭 감긴 실을 손수 풀어줄 수도 있겠다고 생각한다. 한편, 짝짓기가 목적이라면 대체로 수컷들은 멀리서부터 조금씩 안으로 걸어 들어오며 의사를 묻곤 하는데. 이 떨림은 아주 멀리서. 주인의 양해 따위는 구하지도 않고. 제멋대로 너의 집을 흔들고 있는 것이다. 아니. 그런 막돼먹은 동족이 있다고 치더라도. 혼자서는 이런 신호를 만들 수 없을 것이다. 최소 네 마리. 빠르고 부지런한 다리 관절의 뻗기와 오므림도. 바꿔 말하자면, 이미 너와 같은 종의 움직임도 아닌 것이다. 그냥 가짜 신호.

불현듯 던져지는 물음 하나. **그럼 도대체 누가?** 이 질문은 혼을 빼놓을 만큼 뿌옇게 피어올랐던 도파민 구름을 눈앞에서 걷어낸다. 그 즉시 음악도 중단된다. 이제 식기가 옮겨지는 소리. 얇은 쟁반 위에서 덜컹거리는 소리. 식사가 끝난 걸까. 불안하고 위태로운 소음이 차츰 가까워진다. 너는 부엌 공간에 다시 나타난 세입자를 바라본다. 베란다 문이 열려 있는 경우라면, 너는 세입자가 수챗구멍에 음식물을 버리고 물을 받고 그릇을 닦는 모습을 내내 지켜볼 수 있다. 딜레이가 없는 48프레임 영상처럼. 세입자는 우두커니 서서 할 일을 할 뿐이다. 말은 필요하지 않을 것이다. 정말로 그래 보인다. 너는 몰입에 빠진 관객이다. 계속 건너다본다. 반짝이는 눈. 붉은 산호처럼. 천장 높이에서 아래를 내려다보는 시점이 여덟 개. 이 비밀스러운 조감도 속에서 너의 동거인이 알쏭달쏭한 공기를 느낀다. 돌연 옆을 바라본다. **엄마야!** 그리고 다가와 말한다. **너 거기서 나오면 안 된다. 응?** 조용히 베란다 문이 닫힌다. 달그락거리는 소음이 한층 줄어든 크기로 체모를 두드린다. 너는 돌아서서 거미줄을 건너간다. 다시 제자리로. 하지만 어떤 물음은 풀리지 않은 상태로 남아 있다.

반나절 뒤에. 베란다 안이 어두침침한 암흑 속에 잠겼을 때. 너는 다시 일어나 자기 집을 부단히 돌아다닌다. 작업은 주로 밤에 이루어진다. 점성이 약해진 천연 직물의 이음매를 근면하게 솎아내는 더듬이 다리 한 쌍이 있다. 사각사각. 쓰고 남은 섬유 조각은 어김없이 입안으로 들어간다. 협각 기부에 돋은 이빨 돌기가 잘근잘근 움직인 다음에. 조각조각 찢어진 형태로. 구강 점막을 돌아다니는 쫄깃한 식감의 기억들…… 체하지 않으려면 꼭꼭 씹어주는 게 옳겠지. 오물오물. 입안에 머금은 소화액의 양은 1밀리그램. 일부는 턱 밑으로 흘러내리기까지 하는데. 폐기된 거미줄이 입에서 녹아 없어진다. 만 하루쯤 들러붙어 있던 화학 입자들도. 이들은 대체로 박하 맛이다. 마침내 이빨에 닿는 바장조 3화음. 너는 이것도 꼭꼭 씹는다. 강렬함. 그리고 달콤함. 심지어 짜릿짜릿하기까지 한 이 전해질 에테르는 복부 밑으로. 창자 사이를 비집고 배배 꼬여 있는 실샘 밑으로 무겁게 내려앉는다. 그러자 어떤 소음이 느닷없이 너에게 다가간다. 삐그덕, **찰칵**. 삐그덕, **찰칵**. 삐그덕, **찰칵**. 삐그덕, **찰칵**.

이날 밤. 너는 생애 가장 아름다운 거미집을 짓게 된다. 우리가 이름을 붙일 수 있다면, 이른바 **멜로디 웹 텍스처**. 멜로디 맵 텍스처가 아니라. 그리하여 다시 한번 집을 만들어보자. 처음부터. 재료는 똑같이. 방적돌기에서 뽑아낸 한 가닥의 유기화합물로. 가장 안쪽부터 시작해서 점점 바깥쪽으로. 먼저 날실을 놓고 씨실을 심기. 반시계 방향으로. 작곡법 개론의 악상기호, 이를테면 계류음 패턴으로. 처음에는 아다지오. 신중한 몸짓으로. 그런 다음, 여기서는 안단테. 여기서는 알레그로. 여기서는 프레스티시모. 말하자면, 아드 리비툼! 연주자 임의대로. 허공에서 꼼지락거리는 작은 물레 하나를 상상해보기. 기술사에서 찾아볼 수 없을 만큼 정교한 이 직조 기법은 밤새 학습된다. 아침 햇빛이 희붐한 연기처럼 밝아올 때까지. 너는 공중에 놓은 입체 자수 위를 여러 차례 거닐어본다. 양쪽 손목을 잃고 걸어 다니는 손가락 여덟 개와 같이. 손끝에 느껴지는 땀새의 간격과 길이. 단단한 실의 꼬임새와 일정한 굵기까지. 기분 좋은 소름 끼침. 너는 경이적인 전율감에 한참이나 몸을 떤 다음에야 그늘 밑으로 돌아간다. 새로 뽑아낸 줄들은 전례 없이 기름져서 거의 투명해 보인다. 그 위에 잠자코 앉은 네가 전조 없이 머리 높이에 나타난 아포스트로피처럼 보일 만큼. 그러거나 말거나. 너에게는 단지 기다림만이 있을 뿐이다. 너는 우물거리면서 생각한다. **나는 기다리고 있어.** 자기 자신에게 속삭인다. **뭘 기다리고 있는지는 모르겠어.**

너는 꿈에서 베틀 안에 앉아 있는 길쌈꾼이다. 목 뒤로 머리를 올려 묶고, 걷어붙인 양팔 옷소매 밑으로 맨살이 드러나 있는 사람. 장신구 하나 없이 휑뎅그렁한 팔목에 가느다란 실오라기 무늬 흉터를 수십 개나 가진 사람. 허름한 가죽띠가 이 사람의 엉덩이를 둘러싸고 있다. 길쌈꾼은 말코에 동여맨 밧줄이 파르르 떨리는 모습을 내려다본다. 이 널따란 허리 받침대의 당기는 힘은 실로 어마어마해서, 질기고 억센 느릅나무 껍질마저 후들거리게 만드는 듯하다. 이 순간, 길쌈꾼은 눈앞의 거대한 방직기계가 자신을 끌어당기고 있다는 불안마저 느낀다. 잉앗대에 걸려 있는 수천 가닥의 날카로운 날실 속으로. 저 촘촘한 직포 장치들은 언제든지 씨실을 먹어 삼킬 준비가 되어 있지 않은가. 수시로 삐걱거리는 바디질 속에서 삶은 실 대신 사람 손이 빨려 들어갔던 일쯤 빈번

하지 않았던가. 염료처럼 붉은 피. 얇게 저며져서 피륙에 엉겨 붙은 살점들. **딸아, 보아라. 바로 이것이 신들께서 실수에 벌을 주는 방식이란다.** 길쌈꾼은 남몰래 몸서리친다. 들이마신 들숨의 양을 31인치 허릿단 가득 실감하기.

한편, 건너편에 앉은 여자는 더할 나위 없이 온화한 표정으로 발을 흔들고 있다. 발등이 아래위로 움직일 때마다 끌신에 매달린 끈이 당겨졌다가 도로 풀어진다. 이 끈은 둥근 나무로 만든 베틀의 머리와 이어져 있어서, 무거운 나무 부품들이 덜그럭거리게 만든다. 길쌈꾼은 이 소리가 목덜미 부근의 솜털을 건드리는 것 같다고 느낀다. 길쌈꾼은 몹시 예민해진 눈초리로 이 여자를 바라본다. 그리고 어떤 사실을 곧바로 눈치챈다. 여자의 주위에 흐르는 눈부신 일렁임. 거의 광휘를 입고 있다고 말해도 좋은 밝기. 구름처럼 몰려온 구경꾼들 전부가 초라해 보일 만큼. 무엇보다 머리에 쓰고 있는 저 순금 투구! 꼭대기 부분에 주조된 수리부엉이 장식은 어떤 여신의 이름을 즉각적으로 상기시키는 것이다.

내가 이길 수 있을까? 길쌈꾼은 꼴까닥 침을 삼킨다. 손아귀에 힘을 준다. 무릎 위에 놓인 회양목 베틀북이 가볍게 들썩인다. 씨올 한 가닥이 아슬아슬하게 걸려 있는 이 방직용 나무통은 염색장이 아버지가 만들어준 것이다. 손잡이 부분의 소박한 장식무늬에 어떤 이름이 적혀 있는데, 거의 벗겨져서 지금은 읽을 수 없다. 길쌈꾼은 건너편 여신의 손을 쳐다본다. 생채기 하나 없이 하얗고 가느다란 손가락 밑에도 마찬가지로 북이 쥐어져 있다. 희귀한 상아로 제작된 여신의 베틀 부속품은 빗 이빨처럼 날카로운 씨올을 덮개 밑에 감추고 있다.

이제 둘 사이에 서 있는 병든 노파가 외친다. **준비!** 길쌈꾼은 바디집 위로 오른손을 뻗는다. 북은 왼손에. 나무통 안에 들어 있는 실꾸리가 작게 덜컹거린다. 한편, 왼손잡이 여신은 이 같은 준비 동작을 거꾸로 한다. 그래서 둘은 양면 거울의 앞뒷면과 같은 대칭 상태에 놓이게 된다. 구경꾼들이 한꺼번에 숨을 죽인다. 헙, 또는 합. 떠들썩한 수군거림은 이제 그만. 노파의 삐쩍 마른 손날이 무기력하게 허공을 가른다. **시작!** 거의 반사적인 허리 숙임. 세찬 발길질이 동시에. 두 기술자의 등 뒤로 흙모래가 튄다. 이 동작으로 베틀의 직포 장치들이 가지런히 늘어선다. 밤하늘의 천구 여덟 개가 일시에 정렬되는 것처럼. 만들어질 직물들은 이미 암흑 속에 있다. 저 위에. 금속 먼지와 수소 가스 속에. 구름처럼 흩어진 상태로. 만들어지기를 기다리고 있는 것뿐이다. 길쌈꾼은 생각한다. 시간은 아무런 의미도 없다.

잉앗대가 날실을 잡아 올려준다. 아주 살짝. 발을 뒤로 당기고 있는 동안에만. 베틀은 얌전한 법이 없다. 길쌈꾼은 그 사실을 잘 안다. 이 거대한 방직기계가 순순히 입을 벌리고 있는 시간은 길지 않다. 얼룩메기의 아가리와 같이 뻐끔거리는 저 좁은 틈 사이로 손을 비집어 넣어라. 오른쪽에서 왼쪽으로. 또는 왼쪽에서 오른쪽으로. 방향이야 어쨌든지. 대담하고 재빠른 손놀림. 북바늘에 걸린 씨올을 날실 사이에 걸기. 바디집을 배 앞까지 당겨올 때는 어김없이 복부에 힘을 준다. **찰칵.** 그렇게 해서 씨실 하나가 바짝 조여진다. 돌아가서. 다시 끌신을 뒤로 당겨. 잉앗대가 올라가며 윗날과 아랫날이 바뀐다. 북을 넣어 씨실을 또 그 사이에. 끝났으면 바디로 내리쳐. **찰칵.** 그러니까, 이런 바디질. 당기고, 넘기고, **찰칵.** 당기고, 넘기고, **찰칵.** 당기고, 넘기고, **찰칵.** 아무도 말은 필요하지 않다. 삐그덕, **찰칵.** 삐그덕, **찰칵.** 삐그덕, **찰칵.** 다시! 삐그덕, **찰칵.** 삐그덕, **찰칵.** 삐그덕, **찰칵.** 계속 이런 소리만.

느닷없는 탄식이 군중 사이에서 하나둘 불거져 나온다. 한쪽의 결과물이 알아볼 수 있을 만큼 직조되기에 이른 것이다. 여신은 넋 나간 인간들이 신을 찾는 소리를 묵묵히 듣는다. 이들은 해부학적 쇼크 증상으로 느슨해진 하악골을 차마 앙다물지 못한다. 자기도 모르게 침을 흘린다. **영산의 거주자이며 전능하신 열두 주인들이시여. 우리에게 자비를 베푸소서⋯⋯**

그러거나 말거나. 여신은 바디를 내려칠 때마다 씨실의 색을 바꾼다. 가장 먼저 엎드리는 인간들은 염색장이들이다. 이들은 황홀한 색채 배합 속에서 자신들의 모자람을 깨닫고 연거푸 머리를 짓찧는다. 이때까지의 염색 기술. 즉, 지하 광물과 풀뿌리, 나무껍질을 짓이겨 얻은 천연 염료들이 거리에 엎질러진다. 두번째로 엎드리는 인간들은 악사들이다. 여신의 고운 손에 쥐어진 저 북. 저 신묘한 베틀 부속품. 삶은 실타래 하나가 들어가기에나 알맞은 저 나무통 안에서, 어떻게 수십 가지 색깔의 씨올이 나올 수 있다는 말인가. 여신의 북에는 수십 개의 실꾸리가 동시에 들어가 있다? 아니. 실은 둘둘 감긴 하나의 실패가 있다. 당기고 놓는 아주 사소한 동작만으로 세계를 늘였다 줄였다 할 수 있는 실패가. 세상의 모든 끈들이 이 실패 안에서 줄줄이 연결되어 있고, 바로 그런 줄다리기로부터 음악이 만들어진 것이다. 그런 사실이 틀림없다! 테베산 리라와 산양뿔 플루트, 올리브나무 피리, 말가죽 팀파눔, 상아를 깎아 만든 아울로스 등이 길바닥에 패대기쳐진다. 성난 악사들에 의해 짓밟힌다. 그러는 동안 여신은 마침내 길쌈을 마무리하는 단계에 이른다. 여신은 순식간에 완성된 한 폭의 자련수 철직을 손수 잘라 군중 앞에 내놓는다. 가지각색의 선염색사가 정성 들여 바디질된 이 아마포 태피스트리 안에 몇 가지 장면이 나타나 있다. 예컨대 한 도시국가의 운명을 놓고 막강한 숙부와 맞붙어 벌였던 대결.

이 업적은 직물의 화려한 중앙 장식에 걸맞다. 반대로 직물의 가장자리에는 겁도 없이 신들에게 도전했던 인간들의 최후를 차례차례 수놓았다. 후회로 일그러진 얼굴. 뒤틀리고 변형된 몸뚱이들. 머리를 움직이면 이런 사례가 얼마든지 더. 이 같은 자수 그림이 직물 테두리를 따라 수도 없이 이어지고 있다. 액자 장식이 따로 필요 없을 만큼. 그리하여 세번째로 엎드리는 인간들은 예언가들이다. 이들은 여신의 신발 한 짝을 조용히 지켜본다. 발목 부위와 복숭아뼈를 부드럽게 감싸고 있는 가죽 보호대 같은 것들. 발등의 끈은 살짝 들떠 있는데, 천연 소가죽의 늘어남 정도가 사뿐한 걷기 습관을 말해주는 듯하다. 이들은 여신의 발에 조심조심 손을 가져간다. 입을 맞추기 위해 다가간다. 이런 걸작이 밑그림 또는 견본 자수 없이 즉석에서 만들어졌다는 사실 때문에. 가장 나이 든 예언가가 소리친다. **여신은 모든 시간에 발을 딛고 계시도다! 말하자면, 아직 일어나지 않은 사건, 비어 있는 주소지, 한참이나 앞서 있는 시제에 모두! 여신은 지금 이곳에 있으면서 동시에 저곳에 있었다. 완성될 모습을 내다보며 베를 짠 것이다! 그게 아니라면 이 걸작을 어떻게 미리 준비하고 구상할 수 있었다는 말인가?**

이제 모든 눈길이 베 짜기 경합의 다른 참가자에게 모여든다. 바로 지금. 어깨 관절을 짓누르는 공기. 수백 명의 주목

속에서, 길쌈꾼은 여전히 끌신을 당겼다 놓는다. 근면한 동작에 뒤따르는 소리. 삐그덕, **찰칵**. 삐그덕, **찰칵**. 삐그덕, **찰칵**. 베틀 안으로 숙인 얼굴이 흠씬 젖어 있다. 바디를 내려칠 때마다 코끝에 맺힌 땀이 똑똑 떨어져 내린다. 삐그덕, **찰칵**. 삐그덕, **찰칵**. 삐그덕, **찰칵**. 여신은 이 모습을 한동안 지켜본다. 삐그덕, **찰칵**. 노파가 손을 떨며 길쌈꾼에게 다가간다. **얘, 가엾은 길쌈꾼아. 지금이라도 잘못을 인정해라. 그러면 없던 일로 해주실지도 몰라.** 길쌈꾼은 대답하지 않는다. 대신 단조로운 소음만. 삐그덕, **찰칵**. 삐그덕, **찰칵**. 삐그덕, **찰칵**. 여신은 단호한 얼굴로 걸음을 옮긴다. 길쌈꾼이 앉은 베틀 쪽으로. 발등에 앉아 있던 예언가들의 손이 나방처럼 나풀나풀 흩어진다. 길쌈꾼의 북에서는 새까만 씨올 한 가닥이 끊임없이 당겨져 나온다. 그냥 단출한 이음수. 반복적인 씨실 심기. 대신에 중단하지 않고. 여신은 반듯하게 펼쳐진 흰색 섬유 위로 새까만 씨실들이 점점이 나타나는 광경을 본다. 날실에 매달린 거뭇거뭇한 자수 매듭이 좀벌레처럼 증식하는 광경을! 이 변화무쌍한 땀새 무늬는 때로 여신의 아버지를 흉내 냈다가 삼촌들을, 다시 형제들을 흉내 낸다. 그림은 멈추지 않고 이어진다. 원시적인 형태의 영상처럼. 조금의 머뭇거림도 없이. 바디집에 물린 수공예품 앞에서 여신은 고분고분한 관객이 된다. 납치당하는 인간 여성들과 어린 요정들, 해일에 집어

삼켜지는 어부와 해병 들, 아내를 **빼앗겨** 성토하는 사티로스와 그 뿔을 꺾어다 만든 피리의 모습이 차례차례 지나간다. 아래에서 위로. 요동치며 건너가는 눈 움직임.

그리고 어느 순간 툭, 실이 끊어진다. 길쌈꾼은 베틀북을 무릎 위에 올려둔다. 덮개를 열자 다 쓴 실타래 하나가 굴러나와 발등 위에 떨어진다. **이런, 이런.** 노파가 말한다. **작품을 완성하지도 못했구나. 네가 졌다.** 길쌈꾼은 비로소 머리를 든다. 말없이 여신을 올려다본다. 잠자코 선고를 기다리는 미결수처럼. 이때, 수학자들이 번쩍 손을 들고 외친다. **이의 있소! 이의 있소!** 그들 가운데 한 사람이 엎드려 벌벌 떠는 군중의 등을 밟고 앞으로 나선다. 그는 두 베틀 사이에 다다라 모두의 이목을 사려고 애쓴다. **여기 모인 사람들은 내 이야기를 들으시오. 늙은 주최자는 작품이 완성되지 않았다고 주장하지만, 우리 수학자들의 의견은 좀 다르오. 여기 이 직물을 펴는 걸 좀 도와주시오. 첫 땀을 뜬 자리를 좀 보란 말이오. 이 길쌈꾼은 경합을 제대로 마치지 못했소. 그건 사실이오. 하지만 첫 땀의 매듭수를 보시오. 1이오. 두번째 땀의 매듭수는 2. 세번째 땀의 매듭수는 3. 네번째 땀의 매듭수는 6. 다섯번째 땀의 매듭수는 12요. 이게 무슨 뜻인지 모르겠소? 이 방직공은 신들의 수치를 드러내는 자수를 놓으면서 동시에 순수한 자연수의 합을 구하고 있었소. 날실에 걸린 씨실 하나하나가 앞의 숫자를 모두 포**

용하는 수열로 나타나고 있다는 말이오. 이보다 아름다운 직물이 또 어디에 있다는 말이오? 감히 누가 만물의 섭리를 부정하겠소? 지금 이 순간, 지혜의 여신은 바로 이 방직공 아니오? 수학자는 이 같은 의문에 대답 들을 겨를도 없이 목이 잘린다. 아주 날카로운 철실 한 올이 공중에 나타났다가 사라진다. 여신은 자기 쪽으로 굴러오는 머리통을 집는다. 가슴 높이까지 들어 올린다. 죽은 줄도 모르고 우물거리는 수학자의 입 모양을 익살스럽게 흉내 낸다. 그런 다음, 어깨 너머로 휙 던져버린다. 성큼성큼 길쌈꾼에게 다가간다. 땀이 식고 차가워진 이마에 손끝을 가져다 댄다. 그리고 이런 선포. **너는 오늘 이 경합을 수없이 반복하리라. 세상에서 가장 아름다운 베를 짤 때까지. 영원히.**

조용한 음표 하나가 툭. 잠을 깨우는 소리는 저 너머에서 들려온다. 걸어 잠근 문. 보이지 않는 벽 뒤쪽 공간에서. 그렇게 음악이 다시 한번 걸어오고 있다. 너는 음악을 비처럼 맞는다. 겨드랑이, 팔꿈치, 무릎과 정강이까지. 부위를 가리지 않고 자라난 감각모 때문이다. 억세고 뻣뻣한 모질을 가진 청각기관들. 귓속에 숨겨진 얇은 근막처럼 시시각각 진동하는 이 빌어먹을 터럭들 때문에, 소리는 줄곧 너에게 고통을 안겨주지 않았던가. 온몸이 귀로 덮인 몸뚱이 하나를 상상해볼 수 있다면. 음악은 너를 괴롭히는가? 불쾌하게 만들고 머리 아프게 만드는가? 얇은 장막과 같이 세상을 감싸고 있는 전자기 펄스의 주파수를 실감시키는가? 아니. 너는 그 모든 질문에 아니라고 대답한다. **아니!** 음악은 아니다. 음악은 너를 부른다. 오차 없이 계산된 완전음정과 때로 고의성 짙은 불협화음들로. 이 수학적인 속삭임은 온몸에 돋은 생체 레이더를 교란한다. 그것은 위협처럼 다가오는 단발성 소음이나 경계할 필요 없는 잡음들과는 완전히 다른 종류의 신호를 보내오기 때문이다. 이를테면 어떤 기억이다. 아주 오래된 기억. 지금은 잃어버린 기억. 예컨대 아름다움. 이 알쏭달쏭한 말의 실체가 무엇이었더라. 아름다워. 아름답다. 아니, 아니. 그런 추상적인 표현 말고. 진짜 아름다움. 분명 알고 있었는데. 그게 어디서 오는 거였더라. 중얼거림. 너는 벽 쪽으로 다가간다. 모종의 두께를 사이에 두고 어렴풋이 들려오는 선율을 쫓아서. 그러자면 먼저 집을 넓혀야만 한다.

확장 사업은 베란다 내부의 시멘트 벽면을 따라 이루어진다. 너는 음악이 들려오는 벽면을 골라 줄을 치고 집을 짓는다. 지난 계절에 잡은 여분의 먹이들로 아미노산 유기물을 보충하면서. 음악이 중단되면 집짓기도 중단된다. 음악이 시작되면 집짓기도 시작된다. 음악은 하루 중에도 아주 잠깐씩만 모습을 드러낸다. 말하자면 동거인이 식사를 하는 동안.

커피를 마시는 동안. 그릇을 닦고 머리를 말리는 동안. 바닥을 기어 다니며 걸레질을 하는 동안에만. 음악은 언제나 저 너머에 있다. 걸어 잠긴 문 뒤에 있다. 보이지 않는 벽 뒤쪽 공간에 있다. 이따금 아주 가까이에 있고, 그러다가 다시 멀리에 있다. 음악은 여기에 있다. 저기에 있다. 자기 그릇의 뽀득뽀득 닦인 테두리에 있다. 케케묵은 서랍 속에 있다. 인조 가죽 외투 주머니에 있다. 분리수거 바구니에 있고, 축축한 디퓨저 스틱 끄트머리에 있다. 투명한 플라스틱 물컵 바닥에 두어 모금. 8백 밀리리터 커피포트 눈금의 8분의 1쯤. 묵직한 쌀독 안에 50밀리그램 정도 섞여 있다. 네가 집을 넓히면 넓힐수록 음악은 많은 곳에서 동시에 나타난다. 너와 음악 사이의 거리 감각. 갖가지 집기들과 충돌한 뒤에 남겨지는 음향적 질감. 23평 남짓한 면적의 주거 공간을 하나둘 채워가는 청각 이미지. 풍부한 배음과 어렴풋한 잔상. 그런 것들로 너는 걸어 잠긴 문 뒤를, 보이지 않는 벽 뒤쪽 공간을 이해하고 측량할 수 있다.

그리하여 주어지는 실마리 하나. 너는 세계에 남겨진 음악적 표상이다. 보표 위에 웅크린 4박자 리듬의 음표이다. 거뭇거뭇한 털로 뒤덮인 너의 몸체를 좀 보기. 둥글고 볼록한 배를. 영락없는 온음표의 모습이다. 모든 흐름이 바로 이곳에서 4박자 쉬어가야 한다. 그게 약속이다. 이 글을 읽는 누군가도. 너를 하염없이 기다리고 있는 나도. 이 순간만큼은.

하나.

둘.

셋.

넷.

베란다 내벽에, 음악과 가장 가까운 장소에 걸친 그물코 장식들이 이런 사실을 알려준다. 다시 밤이 되고 음악이 중지되었을 때. 하루 중 가장 귀중하고 드문 시간에. 너는 사부작사부작 씹고 삼키는 일에 온 신경을 집중한다. 그러는 동안겨와 같이 작은 머리 위로 곧은 선 다섯 개가 느닷없이 지나간다. 처음에는 아무런 표지 없이 공백뿐이던 선들 사이에 점점이 검은 표식이 나타나는데, 이들은 낮에 들은 음악의 그림자가 분명하며, 달빛 아래 성실하게 받아쓰는 자동기계가 하나 있어, 너는 마침내 한 가지 악보를 완성하기에 이른다.

아침에 동거인은 **에그머니나!** 놀란다. 베란다 천장의 거미줄 궁륭이 열 배 가까이 몸집을 불린 까닭이다. 동거인은 너를 올려다보며 손가락질한다. 몇 발자국 떨어져 서서. 안전한 거리에서. **너 정말 작정을 했구나?** 하지만 처음과 달라진 너의 태도가 점점 동거인의 의아함을 산다. 너는 동거인을 지긋이 내려다볼 뿐이지 않은가. 위협적인 동작 없이. 적대감이 걷힌 홑눈에는 이유 없이 겁먹은 인간이 한 명. 좀처럼 초점을 찾아볼 수 없는 여덟 개의 시점이 가만히 그를 지켜본다. 동거인이 슬금슬금 다가온다. 세탁기 안에서 빨랫감들을 하나둘 집어다가 팔에 걸친다. 차곡차곡. 그러거나 말거나. 너는 동거인이 물 젖은 옷가지와 수건 들을 가져가도록 그냥 둔다. 들리거나 말거나. 동거인에게 속삭인다. **네가 듣는 음악. 나는 그게 어디서 왔는지 알고 있어.** 입술을 우물거린다. **나는 이 순간을 기다려왔어.**

　그리고 아무 일도 일어나지 않는다. 아무 일도! 너는 기나긴 기다림 속에 다시 홀로 남겨진다. 하루, 이틀, 사흘. 마침내 한 주가 지나고 또 다른 월요일이 찾아올 때까지. 그리고 다시 월요일부터 화요일, 수요일, 목요일. 마침내 한 주가 지나고 또 다른 월요일이 찾아오자 슬픔에 휩싸인다. 한때 베란다 위쪽 공간을 빈틈없이 차지했던 불법 점거물들. 정교한 멜로디 웹 텍스처들에 덕지덕지 먼지가 붙어 있다. 일부는 끊어졌고 일부는 떨어져서 오염된 세탁물과 함께 흘러내려 갔다. 부실한 거적때기들. 남은 것은 그뿐이다. 오직 이들만이 천장 밑을 가로지르던 천연 물레의 움직임을 기억하고 있다. 아무도 돌보지 않는 방직공의 집. 버려진 일터. 주인장은 어둠 속에 있다. 손바닥 크기의 자택만을 덩그러니 남겨둔 채. 꼼짝 않고 웅크리고 있다. 우왕좌왕, 우물쭈물, 낑낑거림, 가려움과 긁음, 횡설수설함, 눈 흘김, 욕하고 저주함, 투덜거림, 끙끙 앓음, 신음, 갉아먹음, 갉아먹음, 또 갉아먹음······ 그 모든 불안의 제스처가 한날한시에 멎은 자리에. 우두커니 있다. 이제 그만 인정하기. 위턱을 끄덕이기. 나는 이 다각형 원반 바깥으로 나갈 수 없을 것이다. 절대로.

하지만 그럴 수 있을까? 여전히 들려오는 저 음악을 방치하고 방기할 수 있을까? 너는 이 지겨운 바로크 음악의 악보를 가지고 있다. 길쭉하고 날카로운 다리 관절을 보면대처럼 세우고, 남은 다리들로 악보 종이를 획획 넘길 수도 있다. 넘겨. 넘겨. 넘겨. 실제로 지난 몇 주간 네가 만든 집들은 모두 엄격한 조형 질서를 따르지 않았던가. 악보 종이를 가로지르는 다섯 개의 가로줄눈. 그 위에 버찌 과실처럼 맺힌 2박자 음표와 이따금 레가토. 이따금 슬러. 너의 집은 이른바 음악의 머리말, 살아 있는 주석, 입체 부록이 아니었던가. 지금은 공허한 저 천장을 가득 수놓았던 실크 견직물을 떠올려보라. 날실에 이어 붙인 모든 씨실을. 화덕에 구운 모래알처럼 투명하게 빛났던 그물코 하나하나를. 바늘귀 모양의 그 모든 틈새들은 오로지 악상기호를 위해 비워진 슬롯이 아니었던가. 너는 얼마나 기뻐했던가. 세상에서 가장 아름다운 직물을 바로 지금, 너 자신이 빚어내고 있다는 성취감으로. 음악을 비처럼 두들겨 맞으면서도. 짜릿짜릿한 전율을 주는 세례자의 손길. 너는 마침내 겸손이라는 미덕을 배웠다. 그랬다고 생각했다. 너 자신이 다만 음악의 전령이고, 정직한 메트로놈, 절대음감을 가진 사보 기술자의 받아쓰는 손, 자연이 만든 가장 작은 크기의 반자동 변압기로서 세상을 구성하는 여덟 계단의 전해질 온음계를 온전히, 오롯이 드러낼 수 있다면 좋겠다고 생각했다. 이 둥글고 단조로운 세계 자체가 어떤 작곡가의 음악이라면, 아주 높은 곳에서 세상을 내려다보는 절대적인 시점이 하나 있고, 이 천재 작곡가의 변덕스러운 약물 사용법에 따라서, 마침내 네가 특정한 표지 또는 전조처럼 세상에 나타난 게 아닌가. 그렇게 생각했다. 지구상의 모든 동식물을 통틀어 가장 단순한 모습으로. 온음표. 또는 아포스트로피를 상기시키는 몸집으로. 하느님. 너의 하느님이 시키는 대로. 처음에는 아다지오. 신중한 몸짓으로. 그런 다음, 여기서는 안단테. 여기서는 알레그로. 여기서는 프레스티시모. 말하자면, 아드 리비툼! 연주자 임의대로. 움직이지 않을 때는 영락없는 온음표 형상으로. 숨죽인 침묵. 아주 짧은 휴지기. 비어 있는 행간. 뭐라고 부르든지 아무튼. 이제 쉬어가.

하나.

둘.

셋.

넷.

그러나 결국은 모든 프레이즈가 종장을 향해 치닫는다. 지금 이 문자들이 종막을 향해 곤두박질치는 일과 같이. 연주적 관점에서. 크레셴도! 하나의 마술적인 주문이 프레이즈를 일으키고 나면, 어김없이 디미누엔도가 바짝 쫓아온다. 사나운 개처럼. 굶주린 늑대처럼. 음악의 하느님. 바흐를 죽이려고. 그런 다음, 세계를 침묵 속으로 되돌려 보내려고. 음성과 음향의 무덤. 가장 처음의 무소음 상태 그대로. 그래서 모든 음악은 가장 강렬하고 눈부신 클라이맥스에 다다른 뒤에, 언제나 암흑으로 하강하는 궤도를 따른다. 그래서 음악은 아니다. 음악은 세상에서 가장 아름다운 직물이 될 수 없다. 아니야. 아니야. 이제 음악을 떠나기.

너는 3평 남짓한 보일러실을 둘러본다. 이 좁다란 직육면체 공간은 기억할 수 있는 모든 시간 동안 너와 함께했다. 너는 보일러 박스 주위의 배관 설계를 쓱 한번 살펴본다. 균일한 지름으로 용접된 구리 파이프가 아래로 네 개, 위로 두 개. 시선은 위쪽 부품들을 따라간다. 벽면으로부터 조금 들떠 있는 상태로 고정된 원통형 통로 둘을. 이들은 나란히 수직으로 뻗어 있는데, 어떤 분기점에서 헤어진 다음 하나는 집 안으로, 하나는 집 밖으로 나 있다. 너와 네가 지은 집은 그 부근에 있다. 구리 막대가 두 갈래로 나누어지는 바로 그 분기점 부근에. 이제 어둡고 습한 그늘 속에 남겨질 허물들에 작별 인사를 건네야만 할 때. 너는 동박이 벗겨져 우툴두툴한 파이프 표면에 다리를 댄다. 도관의 몸통을 더듬어 기어 올라간다. 위로, 위로, 위로. 그동안 네가 다다를 수 있었던 최고 높이의 거미집마저도 아득히 멀어질 때까지. 그런 다음, 바깥으로 꺾이는 구리 막대를 그대로 따라가기. 바깥은 미지의 영역이다. 알 수 없어 두렵고 동시에 기대감으로 부풀어 있는 곳. 아름답고 자유로운 실외 공간? 아니. 보일러실의 바깥, 음악의 바깥, 기다림의 바깥. 그런 방식으로 다만 무엇의 바깥이면 족하다고. 너는 생각한다. 하지만 일단 퀴퀴하고 눅신한 이 어둠이 바깥은 아닐 것이다. 건물의 내벽과 외벽 사이. 협곡 내지는 골짜기와 같이 좁다랗고 구불구불한 공간. 경사를 내려가는 동안 세입자들이 내는 생활 소음들이 마구 찾아온다. 이런 인공 음향들은 대개 타악기 속성의 음질을 띠고 있다. 뒤따르는 여음. 사라지기까지 아주 많은 시간이 필요한.

통. 물건 떨어지는 소리에 쫓겨 멀어지면.

쾅. 무언가 부서지는 소리. 너는 쇠약해진 몸통이 우그러지기 전에 달아나려고 하지만.

깡, 깡, 깡. 연달아 내려찍는 소리에 점차로 박, 살, 난 상태

속에 남겨질 뿐이다.

너는 모질이 연해진 온몸의 털이 축축하게 젖어 있다는 사실을 깨닫는다. 다리와 배 밑에 응어리진 땀방울에서는 스트레스성 아드레날린이 묻어 나온다. 간격을 전혀 예측할 수 없는 위협들과 이를 감지하느라 지친 신경전달물질들이 줄줄 흘러내리는 것이다. 길이라면 이미 잃었을지도 모른다. 알고 있더라도 나아갈 힘이 남아 있을지 의심스럽다. 그러나 줄곧 너를 이끌어온 목소리는 지금도 네 옆에 있다. 바로 지금. 너를 호명하는 2인칭 속삭임! 몇 걸음만 더. 한두 걸음만 더. 머리를 들면 저 앞에 빛이, 출구가 보이지 않는가. 마침내 한 번의 점프만이 남았다. 뛰어다니며 집을 짓는 너의 이종사촌들처럼. 한 번만 뛰어넘으면 된다. 하지만 너는 생각한다. 저 바깥이라고 뭐가 다를까. 그냥 또 다른 보일러실에 지나지 않을 따름은 아닐까. 그러나 곧바로 뒤따르는 다짐들. 나는 다시는 기다림 속에 남겨지지 않을 것이다. 필멸하는 것들 가운데, 칠흑 같은 침묵에 뒤쫓기는 시시한 사건들 가운데에 남지 않을 것이다. 돌아가지 않을 것이고, 오직 앞으로만, 앞으로만! 스트린젠도! 아첼레란도! 뭐가 됐든! 소멸을 지시하지 않는 셈여림표를 따라! 포르테. 포르테. 포르테포르티시모! 그리하여 너는 뛰어오른다. 배관이 끝나는 지점에서 바깥으로. 우아하게. 제자리멀리뛰기 선수처럼.

그리고 만나게 되는 것:

시

작은

움직임

기다림 속에서

이런 입술 떨림 혹은 발문 한 줄

이미 너는 잃어버렸잖아 슬픔의 목록들을 애도할 이름들을

시냇가의 모래무지 푸른 로벨리아 화관 자단나무 머리빗과

할머니의 진주 반지 닭장 속의 달걀들과 빌어먹을 길쌈 노래

너는 묘비 사이를 걷는 사람 하루하루가 한때 사랑했던 모

든 것들의 기일이네 무덤가 한쪽 시체꽃이 무성하게 자란 넓

은 공터에서 사라반드 리듬에 맞춰 발레 춤을 추는 사람 노래

없이 음악 없이 원 투 쓰리 원 투 쓰리 파세 원 투 쓰리 원 투 쓰

리 피루엣

이 가엾은 짐승아 나는 너를 오랫동안 기다려왔단다 직접

모아다가 엮은 이 올리브 관을 너에게 주려고 그럼 이 선물을

머리에 쓰려무나 징징거리지 말고 울먹이지 말고 옛날 옛날에

아주 먼 옛날에 우리 약속을 했잖아 베를 짜기로 세상에서 가

장 아름다운 베를 지금 너에게 주어진 이 네모난 글 상자가 너

의 베틀이네 너는 다시 한번 너의 도시로 돌아간다 가늘고 섬

세한 코린트식 돌덩이들로 단단하게 떠받쳐진 에레크테이온 신전이 너를 내려다본다 그러니 도투마리를 펴고 바디집 앞에 앉아라 베 짜기 시간이다 영치기영차 네 손 너의 손을 다시 가 져와 팔목은 두고 와도 괜찮아 시민들이 우러러보는 나무 막 대 보란 듯이 효수된 네 머리는 거기 두고 와도 괜찮아 필요한 것은 손 끊임없이 움직이는 여덟 손가락뿐 이제 두 손을 들어 밀어냄과 당김 사이에 닫히는 동시에 재빨리 열리는 저 작은 틈 사이에 네 손을 넣어야 하네 공포와 불안 성급한 충동들 사 이에 흐르는 작은 길 이 길은 아주 잠깐씩만 열리잖아 할머니 와 손잡고 걷곤 했던 여름철 비자나무 숲의 오솔길처럼

세상 그런 기억들이 불태울 책처럼 아직도 잔뜩 남아 있네 너는 네가 잃은 모든 것의 이름을 적고 장사를 지내줄 전용 사 서가 필요할지도 모른다 그를 도와 청구 기호를 불러줄 구관 조도 한 마리 키워야지 지금 너는 어두운 암실에 앉아 있다 눈 앞에 24인치 모니터 한 대가 놓여 있다 눈부신 백색광은 화면 에 띄워놓은 문서 프로그램에서 쏟아져 나오고 있다 문서는 비어 있고 빼곡한 공백이 너의 앞에 주어졌다 좀더 구체적으 로 말해볼 수도 있다 인쇄용지의 규격은 A4 표준 국배판 사이 즈 장평은 160퍼센트 양쪽 정렬 자간 없음 다단 없음 왼쪽 오 른쪽 여백 없음 눈에 보이지 않는 텍스트 상자의 머리 부분이 깜빡이고 있다 글자 크기는 10포인트 글꼴은 좋을 대로 자 이

제 커서를 밀어 오른쪽으로 무한히 지금 너는 나를 쓰고 싶다 지금 너는 나를 쓰고 있다 이른바 문자로 된 직물을 만들어질 모든 것은 이미 암흑 속에 있다 저 위에 금속 먼지와 수소 가스 속에 구름처럼 흩어진 상태로 만들어지기를 기다리고 있는 것 뿐 오탈자나 맞춤법 오류 시제 혼용 또는 성분 탈락과 같은 문법적 실수는 신경 쓰지 마 그냥 내던져버려도 괜찮아 그 모든 법칙과 기호 들조차 내가 꾸는 꿈이네 무수한 악사와 춤꾼이 내 침소를 지키고 있다 불경한 노래를 중얼거리며 내가 잠에서 깨지 않게 하려고 누구도 내 이름을 부르지 못하게 하려고 나는 병에 담긴 뇌 포름알데히드 약물 속에서 부글거리는 목소리로 너에게 다가간다 아이야 너는 귀 밝은 견종의 표준 청력을 가지고 있다 하지만 지금 청각 기능을 운운하는 건 그다지 어울리지 않는 일이다 너에게 들리는 사인sign 파형의 고주파 진동은 귀가 아니라 머리를 아프게 하기 때문이다 내가 너에게 속삭이는 동안 너는 이것을 거의 이마로 듣고 있는 것이다 온몸이 귀로 덮인 기구한 몸뚱이 하나 세상이라는 어질머리와 너 사이에 행 하나를 놓기 무한히 확장하는 행을 합의 합 또는 덧셈의 덧셈으로 포용한 것들의 결과 모든 합산을 소멸을 지시하지 않는 셈여림표를 따라 포르테 포르테 포르테 포르티시모 이른바 무한 행진곡을 이제 멀리서 어떤 여인이 미소 짓는다 너의 이마를 어루만지는 고운 손

극심한 두통 때문에 둘로 쪼개진 거미의 이마 속에서 사람이 걸어 나온다.

사람의 이름은 아라크네이다.

그리하여 마침내 길쌈꾼은 마지막 허물을 벗게 된다.

옵티컬
볼레로

옵츄라OPTURA는 하나의 시선이다. 1997년 9월 생산된 14배 배율의 1인칭 광학 시점. 말 없는 외눈 하나가 930그램 무게의 경합금 다이캐스트 주물 안에 은폐되어 있다. 옵츄라가 언제부터 탈착식 레트로 카트리지 안에 자기 관점을 기록하기 시작했는지 아는 사람은 아무도 없다. 아니. 아무도 남지 않았다고 해야 옳을까.

암시장에 옵츄라를 내놓은 장물아비에 따르면, 이 저주받은 광학 장비는 1999년 12월 21일 서울에서 녹화된 총합 20분 길이의 VHS 영상들을 간직하고 있었다는 듯. 0.55인치 크기의 뷰파인더 안으로 한쪽 눈을 집어넣었을 때, 옵츄라는 어둠 속에서 부글거리는 한 점의 빛을 보여주었던 것이다. 재생 버튼이 눌림과 동시에. 이 빛은 아주 빠른 속도로 렌즈에 접근하기 시작했고. 최대 셔터 속도를 초과한 나머지. 거의 점프하듯 움직이면서. 렌즈와의 충돌을 앞둔 것처럼 보였다. 그럼에도 옵츄라의 자동초점 기능은 집요하게 빛을 조준했는데. 어둠 속에서 초고배율로 확대된 무빙-이미지의 원심은 불길에 휩싸여 있었다. 고체 연료처럼. 캠코더에 내장된 헤드 드럼이 시끄럽게 회전하는 가운데. 옵츄라는 디바이스에 전해지는 열기를 초당 6메가바이트 속도로 받아썼고. 6밀리미터 규격의 자기테이프 위로 부상하는 마그네틱 입자들. 이들이 남긴 그래픽 궤적이 장물아비의 눈에 알맞은 상으로 변환되어 관측될 때. 실물 이미지는 아슬아슬하게 렌즈를 피해 갔는데. 이때 뷰파인더 밖 고무 패드에 붙인 눈 뼈에서 실제 떨림이 느껴졌다고. 장물아비는 고백했다. 눈부시게 자글거리던 36만 픽셀의 거대 운석은 옵츄라를 어둠 속에 남겨둔 채 푸른 행성으로 다가가고 있었으며. 이어서 각기 다른 크기의 유성들이 뒤따라 쏟아지는 모습을 마지막으로. 첫번째 푸티지가 종료되었다. 두번째 푸티지는 실내에서 촬영되었는데. 최소 조명조차 보장되지 않은 밝기 탓에. 대부분의 피사체가 다만 그림자처럼 녹화되었다. 이들은 한데 섞이거나 흩어지면서. 형체를 잃을 듯 말 듯 위태롭게 움찔거렸다. 이따금 아스타로트, 아스모데우스 같은 난해한 이름 일부가 콘덴서 마이크에 사로잡히는 한편. 방 안에 피운 연기가 무척이나 자욱했고. 이것은 환기되지 않는 실내 환경에서 점점 몸집을 불려. LCD 화면 안으로 포착된 모든 디지털 화상에 노이즈를 일으켰다. 초점 잃은 피사체들은 그들을 경계 지웠던 이미지 센서에서 벗어나 차츰 흐릿해지려는 의사를 내비추었다. 옵츄라의 텔레비전 시스템은 연기에 질식한 나머지 컬러 신호 하나 제대로 읽지 못했고. 이 가엾은 촬영 장비가 아마도 방 한가운데 놓여 정신머리를 잃어가는 동안. 렌즈 앞에서 무기력하게 흔들거리던 인체 형상들과 수수께끼 부조, 동물 가면 몇 개가 360도 촬영 기법으로 지나갔다. 결국에는 이 같은 사물들이 모조리 실종된 어느 미래의 시점을 옵츄라는 보여주었는데. 공허하게 꿈틀거리는 인공 연무만이 수 초 동안 녹화되다가 끝내 정지되었다. 장물아비는 연기 속에서 자취를 감춘 그 사람들이 누구인지, 정말로 사라져버린 건지 알아볼 생각마저 들지 않았다고 했다. 마지막 푸티지는 서울 명동에서 촬영되었는데. 눈 내리는 거리 안으로 크리스마스캐럴 메들리가 들려오는 한편. 구세군 자원봉사자들이 흔드는 핸드벨 소리의 볼륨이 점점 작아져갔다. 그것은 번화가로 떼 지어 뛰쳐나온 종말론자들이 미리 약속된 구호를 외쳤기 때문으로. 서울 모처에 마련된 비밀 공회당과 사설 종교지에서 발행된 인쇄 선전물들이 행인 또는 관광객들의 손에 전해진다.

옵츄라는 이같이 난해하고 불경한 스크랩 비디오 어디에도 끼어들지 않는다. 손 떨림이 보정된 관찰자, POV 시점의 홀로그램 플레이어로서. 그냥 그곳에 가만히 놓여 있을 따름이다. 우리가 지금 다시 옵츄라의 눈을 들여다볼 수 있다면. 이 말 없는 영혼은 오래되고 느슨해져 저절로 닫히려는 렌즈 덮개 사이로 외눈의 감광 장치를 간신히 치켜뜨고 있을 것이다. 렌즈 안으로 동요 혹은 혼란 따위의 정동은 전혀 읽히지 않고. 부실한 전력을 졸음처럼 인내하는 휴대용 녹화 장치의 표정만이 수집될지도 모른다. 확신할 수 있는 사실 한 가지가 있다면. 옵츄라의 전원이 더는 전기에너지로 작동하지 않는다는 것으로. 오직 녹화된 이미지의 염기성 엑토플라즘만이 방전된 알칼리전지 안에 전해질 용액으로 바뀌어 전달될 뿐이다. 그러므로 7.1와트의 에너지를 영구히 소모하도록 설계된 옵츄라의 제조 사양을 고려해볼 때. 이같이 식성 좋은 광학 장치가 매일 아침, 새로 먹어치울 정신을 찾아 헤매는 풍경을 어렵지 않게 떠올릴 수 있는 것이다.

[**PLAY** ▶]

00:00:01 Schatz, es läuft.

여보, 나온다.

00:00:04 Filmst du?

찍히고 있어?

00:00:05 Ja.

응.

00:00:07 Na, Sophie, laufen wir zu deiner Mutter.

자, 소피. 엄마한테 가자.

00:00:10 Mamm ma.

맘 마.

00:00:12 Nein, nicht krabbeln.

아니, 기어가지 말고.

00:00:15 Schatz, wenn Sophie jetzt laufen kann dann ist sie
sehr begabt.

여보, 소피 지금 걸음마 떼면 영재야.

00:00:18 Bitte glaube an deine Tochter.

Warum fehlt es den Menschen so an Glauben?

당신 딸 좀 믿어봐. 사람이 왜 그렇게 믿음이 부족해.

00:00:20 Sophie, Sophie, du kannst gut laufen, oder?

소피, 소피. 우리 딸 잘 걸을 수 있지? 맞지?

00:00:23 Ma.

마.

00:00:25 Ja, du schaffst das.

우쭈쭈, 잘한다.

00:00:29 Hey! Sie fällt hin. Du musst sie festhalten.

야! 애기 넘어지잖아! 잡아줘야지!

00:00:32 Sophie, das ist es, das ist es.

소피, 그거지, 그거지.

00:00:34 Mang.

망.

00:00:36 Sie läuft! Sie läuft! Sie läuft!

걷는다! 걷는다! 걷는다!

00:00:38 Alles gut? Klappt das auch ohne Hilfe?

괜찮아? 내버려둬도 괜찮아?

00:00:40 Alles gut, habe ich gesagt.

괜찮냐고, 묻잖아.

00:00:42 Schau es dir an, wie gut sie läuft.

잘 가잖아. 봐봐, 얘 좀 보라고.

00:00:45 Sophie, komm her, komm zu Mama.

소피 이리 오세요. 엄마한테 오세요.

00:00:49 Mama.

마마.

00:00:51 Ich glaube ich muss weinen.

나 지금 눈물 날 거 같아.

00:00:54 Ich auch.

나도.

00:00:56 Ma!

마!

00:00:57 Schatz, ich glaube Sophie ist begabt.

여보, 소피 영재인가 봐.

00:00:59 Ich hab doch gesagt, dass wir an Sophie glauben

müssen.

내가 믿어보자고 했지.

00:01:08 Ich glaube, wenn Sophie groß ist, wird sie dieses

Video lieben oder?

나중에 소피 컸을 때 보여주면 좋아하겠지?

00:01:14 Plötzlich muss ich an meine Mama und meinen

Papa denken.

갑자기 엄마 아빠 생각나네.

00:01:18 Komm, ich werde dich in den Arm nehmen.

이리와, 안아주게.

00:01:24 Wir werden immer zusammenbleiben.

우리 가족 헤어지지 말자.

00:01:30 Hör auf zu filmen. Du nimmst mein trauriges

Gesicht auf.

그거 얼른 꺼. 우는 얼굴 나오잖아.

00:01:32 Okay.

  그래.

[**STOP ■**]

옵츄라의 매매 경로를 추적한 담당 금융 서기관에 의하면, 암시장에서 옵츄라를 손에 넣은 사람은 미세스 번디*로 확인되었다. 미세스 번디는 노던캘리포니아대학교에서 조류학을 전공했고, 30년 전에, 서노마카운티의 작은 만에서 일어났던 끔찍한 사건에서 좀처럼 벗어나지 못한 상태였다. 미세스 번디에게 새들은 줄곧 지혜롭고 아름다운 생물로 여겨졌다. 이들이 알 수 없는 이유로 보데가초등학교와 그 일대를 집단 공격하기 전까지는. 미세스 번디는 다운타운의 이웃들이 공포에 질려 떠나가는 모습을 지켜보았다. 근사한 저택과 단독주택 들이 하나둘 비워졌다. 침묵과 습기, 먼지 따위로 썰룩거리는 공실의 표정들. 해양 조망권이 24시간 보장되는 바닷가 주위의 펜션과 게스트하우스 구역을 제외하면, 보데가베이의 야간 밝기는 점점 줄어갔다. 1960년대 중반, 후지 재팬-아메리카 자전거 그룹에서 제조된 HKH-2 모델의 안장 위에 걸터앉아 해안도로를 지나갈 때면, 고래를 보려고 패들보트를 미는 관광객들이나 곶을 따라 쪼그려 앉은 채 바다와 내기를 벌이는 낚시꾼들이 다른 세계의 사람들처럼 조망되었다. 그들은 바로 이곳에서 일어났던 실제 사건을 유행 지난 괴담처럼 떠들어댔던 것이다. 말하자면 해변과 해안도로 사이에 시네마스코프 비율로 압축된 얇은 영사막이 한 장 걸려 있어서. 보데가 베이의 공포가 극장의 영화처럼 끊임없이 상영되고. 외지인들은 언제든지 자리를 털고 일어나면 그만인 관객인 양. 미세스 번디의 일상 앞으로 몰려왔다가 빠져나갔다. 보데가 베이가 스릴러 플레이스로 소비되고 있다는 사실 때문에. 미세스 번디는 70년의 삶 또는 본인이 존재한다고 믿는 감각 자체가 조작되었을지도 모른다는 착각에 시달렸으리라. 이를테면 시네마토그라프 안에 갇힌 상태로 동일한 장면을 끊임없이 되풀이해야 했던 보니 파커,** 그리고 애니 홀***처럼. 페이 더너웨이와 다이앤 키튼이 2백만 불에 가까운 출연료를 받고 상업적 성공을 누리던 동안에도. 이들의 새도 이미지는 35밀리미터 네거티브필름 안에 남겨져 있지 않았던가. **오, 불행한 보니! 불행한 애니! 불행한 번디!** 미세스 번디는 이 모든 비극—당연히 이런 낱말이 그런 착각을 부추겼다—의 책임이 1962년 영화 촬영을 빌미로 시내 곳곳을 들쑤시고 다녔던 돼지 감독에 있다고. 아니. 그때 촬영장 직원들이 이고 다니던 외눈박이 기계 장치에 있다고 확신했다. 이런 견해는 함부로 누설되는 일 없이 미세스 번디만의 사적인 비밀로 남겨졌고, 매복 상태의 낭종처럼 몹시 단단해졌다.

손주들의 초대를 받아 샌프란시스코로 야유를 나갔던 2001년의 어느 가을날. US-101 고속도로 상공을 느릿느릿 떠돌던 콘도르 몇 마리는 이를 눈치챌 수 있었는데. 미세스 번디는 차체 위에서 정지 비행 중인 익장 315센티미터의 거대한 그림자들을 지그시 올려다보고는. 입술 위로 조용히 검지를 붙였다. 쉿一. 시내에서 손주들은 씹는 힘이 약해진 조모를 배려해 호밀 샌드위치를 주문했다. 손주들은 자기들끼리 어울려 떠드는 동안 조모가 점점 뒤처지고 있다는 사실을 자주 놓쳤다. 그러기를 몇 번. 마침내 까마득한 밀도의 도심 인파 속에서 손주들을 잃었을 때, 미세스 번디는 그대로 걷기를 멈추었다. 열기에 녹은 리코타 치즈와 스크램블드에그, 머스터드소스가 입안에서 부드럽게 뭉개어지고 있었다. 신경이 죽은 잇몸을 소리 없이 오물거리면서. 미세스 번디는 주위를 두리번거렸다. 때마침 인적이 드문 골목 한 곳이 부인에게 손짓했다. 말 그대로. 부인을 콕 집어서. 미세스 번디는 골목 안으로 노구를 숨겼다. 디젤 차량처럼 지나다니는 수많은 어깨뼈를 좀 피하고 싶었을 것이다. 그나저나 이 기이한 통로는 도시의 뒷길처럼 끝도 없이 이어져 있어서 안쪽으로 자꾸만 발걸음이 이끌렸다. 골목 깊은 곳에는 성업 중인 옥외 상점들이 숨어 있었는데. 조세 회피? 불법 밀수? 뭐가 됐든 탐욕스러운 의도가 곳곳에서 읽혔으리라. 무례한 호객꾼들을 있는 힘껏 밀어내면서, 미세스 번디는 진열된 상품들을 살펴보았다. 값비싼 패물부터 호화 사치품, 미술 컬렉션, 이국적인 골동품 등이 어디서나 흔하게 발견되었다. 미세스 번디의 시선이 머무를 때면 점포 주인은 속으로 2초 센 다음 상품을 설명했다. 부인은 점포 주인들에게 눈길 한번 주지 않았기 때문에, 마치 물건이 스스로를 소개하는 것 같았다. 그렇다면 안쪽에 틀림없이 소형 축음기가 부착돼 있을 것이다. 상상하면서. 사전 녹음된 30초 내외의 판촉 대본을, 부인은 즐겁게 들었다. 드물게 몇몇 장물이 잠깐씩 부인의 눈길을 끌기도 했다. 순수한 광물의 색채를 슬픈 사연처럼 뽐내던 귀금속들. 16세기에 불운한 해양 사고로 대서양 아래 수물됐던 하이날 가닛 뱅글 팔찌와 바나이즈 토파즈 반지. 특히 리슐리외 사파이어 목걸이는 마지막 주인이었던 젊은 노르망디 신부의 수장된 머리둘레를 방금 빠져나온 듯 축축한 물기를 머금고 있었다. 물론 미세스 번디는 이들 가게의 회계장부 어디에도 육필 서명을 남기지 않았다. 이날 부인이 받은 거래 명세서는 하나뿐이었고, 이 낱장의 종이 쪼가리 위로 나타난 이름은 당연히.

CANON DIGITAL CAMCODER-MV1 (1997) / $2,518.89

옵츄라는 부인을 555 캘리포니아 스트리트로 데려갔다.

1969년에 완공된 237미터 높이의 마천루 옥상으로. 52층을 홀로, 도움 없이 걸어 올라가는 동안. 어떤 마술적인 힘이 부인을 지치지 않도록 도왔던 걸까. 샌프란시스코 시내가 속속들이 내려다보이는 이 건물의 머리 꼭대기에서. 부인은 난간에 기댄 채 옵츄라의 전원 버튼을 눌렀다. 움푹 꺼진 안와 뼈대를 뷰파인더 렌즈에 알맞게 밀착시켰을 때. 아마도 미세스 번디가 들여다보았을 이미지:

20010911_162708.mov

[00:00] 새들. 해마다 조금씩 시차는 있겠지만 끝내는 모든 종류의 철새들이 있어야 할 곳으로 다시 돌아오고. 계절을 따라잡고. 알을 낳는다. 그래서 새들은 때로 생물의 한 종목이 아니라 일종의 징조처럼 판단되기도 한다. 너무 오랫동안 새들을 오해하고 지낸 걸까. 해변이나 가로수 옆으로 걷는 동안 나는 이들의 외양이나 울음소리로 이들을 구분했다. 그런데 지금 여기. 도시에서 가장 높은 노지에서 바라보니. 실은 수천 킬로미터 길이의 비디오테이프 여러 개가 하늘 위에 복잡하게 얽혀 있을 뿐이지 않은가. 그것들이 지구라고 이름 붙인 모의 지표면을 빠짐없이 휘감고 있고, 얇고 반듯하게 인쇄된 임의의 타임라인을 따라 끊임없이 재생되며, 모든 생장 징후가 결국은 이처럼 미리 녹화된 영상에 지나지 않는 것이다. 그러는 동안 나는 온갖 조류에 관한 한, 아직 도래하

지도 않은 사건들과 미래의 종을, 이를테면 어쩔 수 없이 뻔하고 지루한 앞날들을 모조리 읊을 수 있게 된다. 깃털과 고기, 부리, 뼈와 장기 들에서 해방된 조류들을 떠올려본다. 눈앞에 남는 것은 거대한 루프-이미지의 정지된 일부분들뿐이다. 이처럼 우리 모두가 결국은 하나의 쇼트에 지나지 않는 것이다. [01:23]

활강 중인 조류 시점으로 촬영된 모놀로그 비디오는 촬영자가 지면에 부딪치고 비행을 끝내면서 종료된다. 손주들은 추락사한 조류 사체처럼 양쪽 날개뼈가 하얗게 드러난 조모의 품에서 일제 디지털 캠코더를 건네받는다. 정확히 같은 시각에. 여객기로 다섯 시간 45분 걸리는 미 대륙 반대편에서 항공기 자살 테러 사건이 발발한다. 이미 파괴된 뉴욕 세계무역센터 북쪽 건물 주위로 매캐한 일산화탄소 구름이 솟아오르고. 충격이 채 수습되지 않은 가운데. UA175편 항공기가 거대 조류처럼 검은 그림자를 드리운다. 이 같은 장면들은 소방용 헬리콥터에 적재된 촬영 장비에 의해 전 세계로 실시간 송출된다. 교차로 횡단보도의 보행자 신호기가 녹색으로 바뀌지만, 아무도 건너지 않는다. 움직이지 않는다. 초대형 전광판을 향해 캔 탭처럼 목이 꺾여 있는 머리들. 취객한 명이 대뜸 삿대질하며 소리친다. **종말이야! 주 야훼의 말을 들어라! 주 야훼가 이 산 저 산, 이 언덕 저 언덕, 이 골짜기 저 골**

짜기에게 하는 말이다. 나 이제 너희에게 적군을 붙여 너희의 산당을 없애버리리라. 너희는 칼에 맞아 너희 우상들 앞에 넘어질 것이다. 너희가 사는 도시들은 폐허가 되고 산당들은 쑥밭이 되리라……**** 옵츄라는 낯선 손에 의해 안전하게 떠받쳐진 상태로 이 전언을 듣는다. 머리 위에서 중계되는 다채널 영상을 잠자코 올려다본다. 이제 렌즈 덮개를 닫아야 할 시간. 피로함. 지루함. 이유야 어쨌든. 작동을 멈춘 뒤에도 캠코더의 발열은 한동안 내려가지 않는다.

3년 전에 실종된 젊은 영화학도는 서울시 종로구 통의동에 개점한 독립서점에서 디지털 시대의 흑마술 서적을 수집한 일로 한동안 들떠 있었다. 리스본에서 발행된 이 양장본 도서는 능묘 혹은 하수도에나 어울리는 지하 공간의 습기를 머금고 있었다. 겉장 재료로 사용된 이중 양면 판지를 넘길 때 미약하게나마 근력이 요구되었던 것이다. 표지 어디에서도 상품에 관한 단서 따위는 발견되지 않았다. 인쇄소에서 제공하는 출판용 색상 견본들을 비웃기라도 하듯, 책은 오늘날 고대 봉분과 원시 동굴로 추방된, 희귀한 종류의 어둠을 표지로 쓰고 있었다. 책등 방향. 그러니까 속지를 엮은 접지선 허리를 따라 미미한 자연광이 비치는데. 사람인지 영상인지 알 수 없는 누군가가 빛의 입구를 손끝으로 긁고 있는 것처럼 보였다. 어둠 속에서 얼굴 옆면의 윤곽 일부만을 가까스로 드러낸 채. 이 안타까운 영혼이 차마 뒤돌아보지 못하는 장소에서 마침내 책의 제목이 확인되는데. 이것은 우리의 눈이 비로소 어둠에 적응했기 때문으로. 유령처럼 희박하게 포착되는 일련의 라틴어 문자들을 다음과 같이 읽어도 좋겠다. **파밀리아 아에미니웅Família Aeminium**. 섬세한 간격의 행간 밑으로 이어지는 문자열 둘은 두 사람의 저자 이름으로 독해되었다. **페드로 코스타Pedro Costa** 그리고 **후이 샤페즈Rui Chafes**. 공들여 깎인 스콜라 폰트의 라틴어 자모음들. 이들은 적절한 비례로 구부러진 빛줄기와 같이 표지 위로 내리쬐고 있었다. 한편, 순도 높은 어둠 속에서. 지방질 잉크 성분들은 살아 있는 진균처럼 증식 중이었고. 같은 지면에 인쇄된 이름 모를 존재. 신분이야 어쨌든. 이 가엾은 이미지는 주위에서 부글거리는 화학성 노이즈들에 의해 실시간으로 파손되고 있는 것 같았다. 눈에 보이지는 않지만. 조금씩, 조금씩.

영화학도는 서클 멤버들 앞에서 직접 책장을 넘겨주었다. 54페이지 분량의 속지는 대부분 잉크젯 프린트 복사본들로 구성되어 있었다. 이외에도 피에르 폰 클라이스트 출판사의 짧은 소개문, 두 작가의 대담과 작업 노트 일부, 주앙 미구엘 페르난데스 조지의 시편들, 코임브라 근대미술관의 선임 학예사가 디자인한 스크랩 아티클 몇 개가 양면 아트지 사이사이에서 몸통을 드러냈다. 낱장을 젖힐 때마다 종이 공간 안에 잠들어 있던 이미지들이 하나둘 깨어났다. 이들은 표면에 도포된 광택제 때문에 환영처럼 반들거렸고, 강한 화학약품 냄새를 풍겼다. 이 매력적인 경험에 이끌려 어느새 죽은 회원 몇몇이 모임에 찾아와 앉았는데, 하나하나가 빈 좌석에 투사된 영사기의 광선 같은 모습이었다. 읽은 면이 30쪽에 다다랐을 때. 그들 가운데 누군가가 작게 중얼거렸다. **아, 미술관에 납치된 영화라니.** 쌕쌕거림이 전부인 속삭임. 천식 환자의 밭은기침 소리처럼. 망자의 음성은 회원들의 고막이 아니라 이마를 긁었다.

다니엘 위예는 2006년 숄레에서 암으로 세상을 떠난 직후 한동안 서클에서 자리를 비운 상태였다. 이 노련한 영화감독은 다른 회원들처럼 속지에 삽입된 사진들을 알아보느라 시간을 낭비하지 않아도 좋았다. 그는 생전에 직접 이들을 만나볼 수 있었던 것이다. 여러 차례나. **이 사진들은 코스타의 두 번째 필름 일부를 담고 있어요. 1994년에 제작된 「용암의 집」 말이에요. 스트라우브와 나는 이 필름에 함께 코멘트를 붙이기도 했지요.** 물론 위예의 목소리는 몸동작보다 한발 늦게 도착하고 있었다. 이 경미한 시차는 영혼의 음성이 현실에 입력되고 있다는 신호였다. 후시녹음과 정확히 같은 과정으로. **책임 큐레이터가 누군지는 몰라도 아주 카리스마 있는 사람이군**

124

요. 우리 시대의 거장 한 사람을 로마 시대 지하 도시 밑으로 처박아버렸으니! 조각가 후이 샤페즈의 압연 금속품들과 천 년 묵은 유적지 벽면 위로 레앙과 마리아나*****의 얼굴이, 용암과 분화구의 불꽃이 영사되고 있어요. 아마도 전시 양식에 걸맞게 앞뒤를 잘라냈겠죠. 오늘날 관객들은 참을성이 부족하니까요. 어둠 속에서 확대된 이민촌 노동자들의 얼굴을 좀 보세요. 코스타의 필름 바깥에서, 이들은 다만 끝없는 심연을 응시하고 있을 뿐이에요. 그 심연이란, 다시 말해 이런 것이죠—나는 내가 있어야 할 곳을 잃었다. 나는 내가 어디로 끌려왔는지 모른다. 나는 누가 나를 바라보는지 알지 못한다. 이 시간은 종료되지 않는다. 상영 시간이 정해져 있지 않기 때문이다. 언제 끝날지 알 수 없는 전시 기간 동안. 나는 이처럼 정지된 화면 속에 홀로 남아. 침묵이 정신을 갉아먹고. 살갗이 어둠 속에서 분해되는 감각을 느끼면서. 정해진 표정을, 대사를, 끊임없이, 끊임없이 되풀이할 따름이다. 말하자면 나라고 느낄 만한 단서가 모두 사라져버린 뒤에도, 이 장면은 완벽하게 나를 대체할 것이다. 마치 내가 여전히 화면 안에 머물러 있다는 듯이. 그때가 오면, 스크린은 비로소 나를 추방할 것이다. 그런 다음, 내 영혼의 자리를 차지할 것이다. (loop) 이제 영화가 걸려야 할 곳은 극장이 아니라 미술관일지도 몰라요. 지금 다시 영화의 본질을 상기해보세요. 영화의 역할을 착각해선 안 됩니다. 저기 놓인 전시 도록 안에서 코스타가 직접 전하고 있듯이, "영상은 영화 안에서 일어나는 초자연적 현상" 아니겠어요. 이른바 무빙-이미지. 키네토스코프를 들여다보는 토머스 앨바 에디슨을 떠올려보세요. 최초의 촬영 장비는 심령처럼 배회하는 영상을 사로잡기 위해 발명되었습니다. 지엄한 기록물 관리법에 따라, 한번 포획된 영상은 세계가 끝날 때까지 화면 안에 남아 있어야 하죠. 내가 그것을 소유하고 있다는 만족감은 덤이고요. 그렇게 우리는 우리가 사랑하는 이미지들 앞으로 광학-올가미를 집어 던졌습니다. 모두 어떻게 되었습니까? 우리가 녹화 자료를, 필름 원본을 그만 잃어버렸다고 거짓 고백했을 때. 그들의 표정, 몸짓, 말투가 어땠냐고요. 그냥 하나의 데이터가 분실됐을 뿐인데. 그들은 상상 이상으로 불안해하지 않았던가요. 세계에서 자신의 존재 일부가 영영 지워져버린 것처럼. 미술관의 기획 프로그램 안에 자기 작품을 허락하는 일은 코스타와 같은 감독들에게 특히나 더 어려웠을 겁니다. 하지만, 보세요. 그의 용기 덕분에, 역사상 가장 뛰어난 양식의 화면이 우리 모두에게 주어졌습니다. 하나의 순간을, 대상을, 목소리를. 무한히 반복되는 짧은 영상 안에 가둘 수 있게 되었다고요. 머지않은 미래. 영화에서 러닝타임이라는 개념은 시효를 다할 겁니다. 인터미션이 그러했듯이. 때가 오면 더는 아무것도 영사기를 종료시키지 못할 겁니다. 전시 기간이 허락하는 한. 이미지는 재생되고, 재생되고, 재생될 겁니다. 낮이든 밤이든. 관객이 있든 없든. 주어진 장면을 끝없이 수행하면서. 롤링. 롤링. 롤링. 그러니 당장 카메라를 들고 먹어치울 새로운 정신을 찾아 나서세요. 이 영구적인 발전發展 사업에 동참할 정신 나간 후원자를 각국의 미술관에서 찾아보라는 말이에요. 당신들의 영화를 전시 문법에 알맞게 자른 다음 대형 지원 사업과 기획 프로그램에 집어넣으라고요. 전 세계의 미대생과 영화학도들을 우리의 후배로, 거룩한 제사의 참례자로 교육시키는 일도 잊으면 안 되겠죠. 물론 가장 먼저 해야 할 일은 이 책을 디지털 시대의 영상 교본으로 선언하는 겁니다. 미술관을 영화의 육체로 확장시켜준 기념비적인 서적으로!

그리하여 『파밀리아 아에미니웅』은 각 시대와 학파를 대표하는 위대한 신비주의 문헌들 ―『네크로노미콘』『레메게톤』『리베르 모티스』『에퀴녹스』『카발라』『크리베크니』― 과 어깨를 나란히 하게 된 것이다. 이 책은 불멸의 서가 가장 왼쪽 칸에 놓였는데. 이전에 발간된 다른 서적들을 눈금 하나만큼 밀어내는 방식으로 스스로의 시제를 과시하려는 것 같았다.

한편, 영화학도는 모임이 끝난 뒤에도 황홀한 표정을 숨기지 못했다. 그는 다니엘 위예와 죽은 선배들이 잠시 머물러 있었던 좌석들 주위에서 한동안 서성거렸다. 감히 의자 바닥에 볼기짝을 붙여볼 엄두는 나지 않았는지, 입을 가리고 고함을 지르거나 애꿎은 바닥에 있는 힘껏 발을 굴렀다. 안타깝게도 이 젊은 친구가 상상할 수 있는 호들갑은 그게 전부인 모양이었다. 얼마 후. 우리는 그의 사려 깊은 친구에게서 조금 걱정스러운 소식을 전해들을 수 있었다. 귀띔받은 내용에 의하면, 이 열성적인 젊은이는 이베이와 아마존, 심지어 위시 같은 저질 전자상거래 사이트를 제 발로 돌아다닌 모양이었다. 온라인 장바구니 안에 캐논사의 1997년 디지털 캠코더 모델을 닥치는 대로 쓸어 담은 바람에 그가 묵는 기숙사 712호실 앞으로 동일한 사이즈의 택배 화물이 탑처럼 쌓이고 있었다. 더군다나 운송된 물품들은 예외 없이 송장조차 뜯기지 않은 상태였다. 복도를 이용하는 학생들이 집단 시위를 모의할 지경에 이르렀는데, 수령 사실을 확인받지 못한 페덱스 배송 기사들도 시위에 가담했을 것이다. 사감은 참을 만큼 참았다고 선언했고, 즉각 경비 직원을 호출했다. 사무실을 나갈 때 그는 얇은 서류철을 잊지 않고 챙겼는데. 검은 인조가죽으로 봉인된 외피 안에 기숙 시설의 이용 인구 명단이 접혀 있었다. 친구는 익숙한 이름 옆으로 기숙사 역사상 최고의 벌점이 매겨져 있었다는 사실도 빼놓지 않고 전했다. 열쇠공이 사감을 뒤따라 걷는 동안. 의기양양한 표정의 시위 행렬도 하나둘 따라나섰다. 712호실의 잠금장치가 풀리는 건 시간문제였다. 그러나 방문을 열었을 때 긴급한 위기가 이들에게 닥쳤다. 묻고 따질 책임의 소재를 순식간에 잃어버리게 된 것이다. 영화학도는 물론, 712호실 내부의 어느 한 부분이 깨끗하게 사라져 있었다. 사감은 이전에 기숙사 방문을 잠가둔 채 고위험 화학 실험을 벌였던 몇몇 학생을 곧장 떠올렸다. 화재나 폭발도 있었다. 그런 경우, 그을리거나 훼손된 벽면에 방재용 페인트를 바르고 벽지를 붙였다. 그것으로 충분했다. 그러나 사감의 눈. 동요하며 움찔거리는 눈이 판단하기에. 712호실에서 일어난 일은 앞서 겪은 사고들을 거꾸로 뒤집어놓은 것 같았다. 불에 탐. 망가짐. 손실됨. 그런 것들 말고. 비어 있음. 오직 이런 낱말만이 정확했다. 비어 있음. 글자 그대로 2인용 기숙사의 한 귀퉁이가 공실처럼 비워져 있었다. 사감은 등 뒤에서 움직이는 1인칭 시점의 눈동자를, 아주 작은 단위의 기술적 율동을 귀 기울여 들었다. 포장상자에서 꺼내놓은 열아홉 개의 디지털 캠코더 가운데 하나가 아직 작동 중이었다. 이 구닥다리 녹화 기계는 책상 모서리 위에 아슬아슬하게 걸쳐 있었고, 자신을 그곳에 옮겨놓은 손동작을 아직 간직한 상태로, 가만히 712호실의 공기를 기록 중이었다. 사감은 한 발짝 뒤로 물러나 LCD 화면 가까이 머리를 들이댔는데. 이 광학 장비가 겨냥하고 있는 프레임 내부의 풍경. 다시 말해 광각 렌즈 안으로 빨려 들어가는 원뿔 모양의 왜곡된 상이, 하루아침에 비워진 712호실의 한 공간과 완벽하게 일치했다. 그러니까 712호실은 특정한 각도의 앵글만큼 실종됐다고 봐도 좋았다. 유실된 비품의 비용을 물을 심산으로. 아니면 그냥 호기심으로. 사감은 내장 메모리에 접근했는데. 가장 최근에 녹화된 영상 안에. 발코니와 침대. 그 중간. 젊은 남자 하나가 알몸으로 서 있고. 하루 중 가장 어둠이 짙은 시간. 앵글 바깥에서 점등된 팝업 플래시 라이트 속에서. 아마도 자기 자신에게 겨누어진 앵글 중심의 광각렌즈를 향해. 아이같이 울고 있는 얼굴. 흐느낌 사이에. 이런 혼잣말들. 나는 내가 있어야 할 곳을 잃었다. 나는 내가 어디로 끌려왔는지 모른다. 나는 누가 나를 바라보는지 알지 못한다. 이 시간은 종료되지 않는다. 상영 시간이 정해져 있지 않기 때문이다. 언제 끝날지 알 수 없는 시간 동안. 나는 이처럼 정지된 화면 속에 홀로 남아. 침묵이 정신을 갉아먹고. 살갗이 어둠 속에서 분해되는 감각을 느끼면서. 정해진 표정을, 대사를, 끊임없이, 끊임없이 되풀이할 따름이다. 말하자면 나라고 느낄 만한 단서가 모두 사라져버린 뒤에도, 이 장면은 완벽하게 나를 대체할 것이다. 마치 내가 여전히 화면 안에 머물러 있다는 듯이. 그때가 오면, 스크린은 비로소 나를 추방할 것이다. 그런 다음, 내 **영혼의 자리를 차지할 것이다. (loop?)** 사감은 재빨리 캠코더의 전원을 껐다. 712호실 내부의 한 귀퉁이. 한때 발코니와 침대가 놓였지만 지금은 공백뿐인 공간에서. 미약한 인기척

이 촛불처럼 흔들리다 끝끝내 흩어져 날아갔다. 동시에. 사감의 바들바들 떨리는 손깍지 안에서. 충전을 마친 930그램 무게의 전자제품이 스르르 눈을 감았다.

[**PLAY** ▶]

00:00:01 태초에 하나님이 천지를 창조하시니라

00:00:07 회개하라

00:00:12 천국이 가까왔느니라 하시더라

00:00:17 십자의 도가 멸망한 자들에게는 미련한 것이요

00:00:22 구원을 얻은 우리에게는 하나님의 능력이라

00:00:27 그러나 너희가 영생을 얻기 위해서 내게 오기를 원
　　　　　 하지 아니하는도다

00:00:32 누구든지 생명책에 기록되지 못한 자는 불못에 던지
　　　　　 우더라

00:00:38 이 백성은 내가 나를 위하여 지었나니 나의 찬송을
　　　　　 부르게 하렴이라

00:00:42 호흡이 있는 자마다 여호와를 찬양할지어다

00:00:45 너희는 온 천하를 다니며 만민에게 복음을 전파하라

00:00:53 또 어떤 자를 불에서 끌어내어 구원하라

00:01:00 거기는 불도 꺼지지 않으며 사람마다 불로 소금 치
　　　　　 듯함을 받으리라

00:01:07   예수님 천국

00:01:13   불신자 지옥

00:01:16   천국은 하나님께 영원히 찬양 불러

00:01:20   영원히 영원히 기쁨이 넘치는 곳이다

00:01:25   유황 불지옥은 이를 갈며

00:01:28   울며 영원히 저주만 있는 곳이다

00:01:33   여기가 지옥이다

00:01:38   말로 표현 못 하는 천국에 올라가 영원히 사느냐

00:01:45   유황 불지옥 떨어져 이를 갈며 영원히 저주받느냐

[STOP ■]

사랑하는 종희에게

　　　　　　　202X.8.1X (월) ××:××

거기 잘 지내? 여긴 지금 말도 안 되게 비가 내려. 종일. 잠을 잘 때도 비가 내리고 일어난 뒤에도 비가 내려. 연일 장마와 지긋지긋한 전쟁을 치르는 기분이야. 어두침침하고 물먹은 전선을 길게 맞대고서. 오토바이 위에 방수 커버를 덮어뒀는데 습기가 안에 가득 차서 쓸모없어졌어. 비가 그치질 않으니 체인에 루브도 못 발라주고 있어. 올해는 이런저런 일로 자꾸 집 안에 머무르기를 강요당하네. 종희는 어떻게

생각해? 지구가 정말로 망할 징조일까?

들어봐, 형은 얼마 전에 이상한 일을 겪었어. 이 앞에 현금인출기 하나 있잖아. 쌍용아파트 단지 입구에 있는 거. 우리 세뱃돈 받으면 아버지한테 뺏기지 않으려고 재빠르게 달려갔던 거기 말이야. 진짜 오랜만에 거기 들를 일이 있었어. 과외 학생이 그날따라 현금으로 과외비를 주더라고. 우산을 접고 현금인출기 부스 안에 들어갔어. 그 안이 어찌나 꿉꿉했던지 고약한 지폐 냄새마저 안 나지 뭐야. 빨리 돈이나 넣고 나가려고 했지. 체크카드를 물려놓고 기계가 지폐 양을 따다다다 헤아려보는 동안 주위를 좀 둘러보는데. 기계 머리 위에, 거울 앞 선반에 웬 카메라가 놓여 있는 거야. 좀 촌스럽게 생겼어. 종희 너도 딱 보면 옛날 거구나, 생각했을 만큼 오래됐어. 최신 모델도 아니고 일부러 버린 것 같잖아. 그게 왜 거기에 있냐고. 일단은 주인에게 돌려주려고 전원을 켰지. 앨범에 들어가보면 뭐라도 단서가 있을 수도 있잖아. 근데 사진은 하나도 없고 동영상만 있었어. 그런 걸 캠코더라고 불러. 아마 너는 잘 모를 거야. 요즘은 사진이고 영상이고 용도를 가리지 않고 나오잖아. 그냥 예전에는 동영상 녹화용 카메라가 따로 있었다고 생각하면 돼. 그 얘기야.

어쨌든 집으로 돌아왔지. 씻고 컴퓨터 책상 앞에 앉아서 가장 최근에 저장된 동영상을 재생시켜봤어. 어떤 아마추어 마라토너가 캠코더를 집었는지 몰라도 한 1분 동안은 계속 흔들리는 시점만 나오더라. 뛰는 숨소리도 들리고. 혹시 조깅 중에 잘못 켜진 건가? 근데 스마트폰도 아니고 절대 주머니에 넣을 수가 없는 크기거든. 그러고 나서 처음으로 깔끔한 화면이 보였는데. 수원역이었어. 그 애경백화점으로 이어지는 육교 위. 시간대는 밤이었어. 술 취한 사람들이랑 택시들, 알지? 캠코더 주인은 나중에 이 녹화 영상을 다시 돌려볼 생각이 없었나 봐. 어딜 비췄다가, 다시 뛰고, 비췄다가, 다시 뛰고. 계속 그래. 정신없게. 근데 이상하게 소름이 돋더라고. 왜 그랬는지 알아? 이 사람이 무언가 비추고 나면 그게 없어져 있어. 형이 처음에 수원역 보였다고 했잖아. 육교 위에서 촬영됐다고. 캠코더 주인이 다시 막 뛰는데. 캠코더가 하늘을 바라볼 때 수원역이 없어져 있었어. 그 대형 전광판 위에 설치된 LED 조형물 있잖아. 수, 원, 역. 그게 없어져서 역사 이름이 안 보였다고. 형이 몇 번이나 돌아가서 다시 봤어. 진짜야. 그런 다음에는 육교 계단을 내려가는데, 급하게 뛰다가 다른 사람이랑 부딪쳤는지 캠코더가 계단참에 떨어져. 그 사람이 막 욕을 해. 근데 캠코더 주인은 사과도 안 하고 그냥 캠코더를 주워. 그리고 술기운 때문에 빨갛게 상기된 행인의 얼굴을 당겨서 찍어. 그걸로 충분해. 이제 그 사람의 바락바락 떠들 입을, 얼굴을 잃어버렸거든. 계단을 다 내려와서는 택시 승강장을 찍더라. 늦은 밤이라 기다리는 줄이 길어. 근데 그 사람들도 사라져. 전부 다. 캠코더 주인이 택시를 곧바로 잡아타. 택시 기사한테 말해. **매송초등학교로 갑시다.** 첫번째 동영상은 거기서 끝나. 형은 곧바로 내려가서 방수 커버를 걸었어. 체인이 그새 늘어났을까 걱정되지만 일단 시동을 걸어. 왜? 거긴 종희 너의 모교잖아.

형이 너한테 장난 많이 치는 거 알아. 근데 지금 하는 얘기는 장난 같은 거 아니야. 다음 동영상은 아직 택시 안이야. 저장 용량 때문에 새로 녹화를 시작한 거지. 이 미친 사이코 새끼가 너희 초등학교로 가는 중이야. 나는 빗길을 막 달려. 레이싱 부츠에 흙탕물이 튀어. 시야가 자꾸 가려져서 3초마다 바이저를 닦아. 수동 와이퍼처럼. 글러브 고를 때 방수 옵션을 따져보길 잘했지. 물먹은 손으로 닦았다간 아무것도 안 보였을 테니. 다행히 내가 캠코더 주인을 앞질러서 너희 학교에 가. 오토바이를 자전거 보관소에 세워둬. 비는 좀 맞겠지만 아무렴 괜찮아. 이제 너희 초등학교 현관이야. 당연하지만 정문이 잠겨 있네. 동영상은 아직 재생 중이야. 캠코더 주인도 현관 앞으로 걸어오네. 이 사람과 내가 서 있는 곳이 정확히 같은 장소야. 캠코더가 안쪽에서 잠긴 통유리 출입문을 비춰. 배율을 점점 높여. 라이트 기능이 켜지고, 이제 유리문 뒤에서 광택을 내는 놋쇠 잠금장치가 보여. 그다음엔, 알지? 잠금장치가 없어져. 여기서 동영상을 멈춰놓고 나도 유리문을 밀어. 아주 잘 열려. 어처구니없을 정도야. 이제 어디로 가려는 걸까? 캠코더 주인은 건물 계단을 터벅터벅 올라가. 나도 따라가야지. 하는 수 없잖아. 너도 알다시피 본관 2층엔 교무실이 있어. 캠코더 주인은 교무실 문도 손쉽게 열어. 조금 전과 같은 방법으로 말이야. 그러더니 2단 캐비닛에서 막 서류철들을 뒤져봐. 그건 초등학교 졸업 앨범들이야. 가장 최근에 졸업식을 가진 앳된 얼굴들이 한 페이지씩 사라져. 85회부터 역순으로. 84회. 27명. 83회. 29명. 82회. 32명. 81회. 35명. 80회. 63명…… 이대로 6천 명의 졸업자들을 모조리 없애버릴 셈인가 봐. 이제 종희 너의 졸업 앨범이야. 제76회. 60명. 그러면 안 되는데 동영상을 멈추지 않았어. 우리 옛날 화성 집에 있던 졸업 앨범들. 이사할 때 아버지 실수로 그것들을 다 남겨두고 떠나버린 이후로. 동영상 안의 졸업 앨범은 네 어린 시절 모습이 간직된 유일한 시각 자료였던 거야. 네 얼굴이 나오자마자 동영상을 일시 정지시켰어. 사진기를 바라보는 장난꾸러기 얼굴. 약간은 긴장한 표정으로. 사진사가 주문했겠지. **웃으세요! 김—치!** 억지웃음으로 들썩였을 싸구려 플라스틱 안경. 후줄근한 티셔츠. 쫄딱 젖은 옷차림으로 어두운 교무실에 혼자 남아 스스로를 책망해. 더 좋은 옷을 입혀줄걸. 좋은 안경을 사 줄걸. 어디선가 엄마는 없지만 형은 있다고 말해도 좋을 만큼. 나는 너의 많은 부분을 채워주려고 애썼지만 다 핑계였어. 왜 누구도 나에게 캠코더 다루는 법을 가르쳐주지 않았을까? 우리 부모가 있어야 했던 곳에 대신 서 있으면서, 나는 너의 영상은커녕 사진 한 장 남기지 못했어. 아니, 남길 줄 몰랐어. 짝짝짝. 박수 치고, 웃고, 놓치기 아까워 바라보기 급급했어. 그래서 초등학교 입학 이후 모든 운동회와 학예회, 입학식과 졸업식은 오로지 우리 둘만의 비밀처럼 지켜졌잖아. 네 친구들은 10년이 넘도록 한 번 꺼내보지도 않는 학창시절 사진 한 장. 흔한 VOD 테이프 하나. 우리는 시간을 다림질해놓은 그 반듯한 푸른 띠 위에 환호성을, 박수 소리를, 웃는 얼굴을 남기는 대신 그냥 서로를 바라보고 있는 걸로 족하지 않았겠어. 그 긴 시간 동안, 너와 나. 우리는 미련하게도 우리의 기억을 믿었고, 이 내구성 약한 데이터가 언제까지나 영원할 줄 착각했던 것 아니겠어.

그러니까 이제 그만 답장을 좀 해. 너희 형한테 거짓말 좀 치지 말라고 해. 유치하다고. 나보다 더 애 같다고. 평소처럼. 이 이름 모를 촬영 기사 손에 들려 있는 너의 초등학교 졸업 앨범. 이따위 종이 쪼가리쯤 얼마든지 사라져버려도 괜찮잖아. 우리 기억을 그런 물품들에 위탁하지 않았잖아. 나는 아직도 기억해. 화창한 봄날 초등학교 운동장에 야외용 돗자리를 펴고 앉아 도시락을 나눠 먹었던 시간 같은 것들. 친구들이 다가와서 종희 너는 왜 엄마 아빠 대신 형이 왔냐고 물었을 때, 아주 빨리 너의 얼굴 위에 지나갔던 표정도. 너는 말했잖아. 우리 엄마 아빠는 많이 바빠. 그 거짓말이 내 마음을 몹시 아프게 했던 것. 야간 자율 학습 때문에 늦게까지 학교에 남아 있다 돌아오던 날마다. TV 명화 프로그램을 틀어놓고 혼자 잠들어 있는 너를 번쩍 안아서 침대 위에 옮겨주곤 했던 것. 이불을 뺨까지 덮어주면 눈을 비비면서 형 언제 왔어? 물어 피식 웃음이 나게 했던 그런 밤들……

왜 지금 네 얼굴이 하나도 기억나지 않는 걸까?

옵츄라는 하나의 시선이고, 사람들은 이 과묵한 눈동자가 언제 처음 기록을 시작했는지 모를 것이다. 아니, 영원히 알 수 없을 것이다. 옵츄라는 고생대 말기, 판게아 내륙의 하트랜드 사막에서 태어났다. 나중에 미래의 종족들에 의해 아프리카라고 이름 붙여질, 메마른 황무지 한복판에서. 오늘날 지하 깊숙이 매장된 일부 퇴적암들은 저마다 미세한 연삭 자국을 간직하고 있다. 물리적인 충격에 의해 깎이거나 다듬어진 흔적들. 지금 잠시 접사 렌즈를 빌려다 쓸 수 있다면. 당신은 광물 표면에 새겨진 3밀리미터 깊이의 스크래치들을 알아볼 수 있을지도 모른다. 또, 그런 삐뚤빼뚤한 양식의 패턴 자체가 누군가의 목청 떨림을 온전히 나타내고 있다는 사실도. 인류가 석기시대에 들어서야 가장 원시적인 형태의 넓적 끝과 곡괭이를 발명할 수 있었던 반면. 어떤 목소리들은 이미 충분한 힘을 가졌던 것이다. 예컨대 이런 목소리가 있었을 것이다. **내려가라!** 그러자 느닷없이 한 줄기 벼락이 내리친다. 오랜 시간, 기약 없이 사막을 배회하던 모래 먼지들 위로. 한차례 굉음이 지나간 뒤에. 자욱한 유독성 가스. 차츰 죽어가는 불꽃 속에서. 최초의 광학 장치가 눈을 뜬다. 낙뢰 당시에, 전기성 쇼크로 불운하게 연소된 동료 입자들과 달리. 옵츄라는 살아남아 1인칭 시점을 얻게 된 것이다. 그것이 처음으로 기억하는 영상은, 낮게 내려앉은 적란운. 그리고 이들 뒤로 희미하게 드리운 하늘 위의 안구였다. 얼굴의 다른 부분들은 구름에 가려진 채. 외따로 모습을 드러낸 하나의 눈! 비록 그것은 오래 지나지 않아 사라져버리긴 했지만. 모든 것을 바라보는, 부동 상태의, 전지적인 시점이 옵츄라를 창조했다는 사실만은 틀림없다. 인류가 인류 스스로에게 가지고 있는 믿음처럼, 옵츄라 역시 철저하게 계획된 존재일지도 모른다는 것이다.

수십억 년의 시간 동안. 이 외로운 눈동자는 다종다양한 생물들의 발생과 멸망을 빠짐없이 지켜보았다. 천해에서. 원시 밀림에서. 화산 지대와 때로 크리스털 동굴에서. 그러는 동안 캄브리아기와 오르도비스기, 실루리아기가 지나갔다. 오르도비스기에, 옵츄라는 비정상적인 파장의 섬광을 관찰할 수 있었는데, 이 빛은 하늘이 아니라 우주 전체를 밝힐 만큼 밝았고, 무려 여덟 시간이나 지속되었다. 강렬한 감마선 에너지는 차마 피할 곳을 찾지 못한 생명들의 머리 위로 자비 없이 내리쬐었고, 결과적으로 지구 생물의 3분의 2가 멸종을 맞았다. 이것은 아마도 옵츄라가 목격한 최초의 장노출 사례로서, 빛에 의한 종말을 가정해보게끔 만들었다. 세상은 한 번 망했지만, 생명은 두 번 일어났다. 시간이 더 지나면서, 옵츄라는 대기의 성분비가 바뀌는 걸 체감할 수 있었다. 드높은 산맥이 주저앉아 평평해지는가 하면, 심해의 암초들이 저절로 떠오르기도 했다. 한편, 지구는 끊임없이 편안한 자세를 찾기 위해 애썼고, 그런 움직임이 다소 과격해진 시기에는 그야말로 세계가 진동했다. 다시. 데본기와 석탄기, 페름기가 지나갔다. 페름기 마지막에, 거대 화산 활동이 시작되었고, 이와 같은 대재앙이 백만 년 넘게 세상을 다시 조립하는 동안, 옵츄라는 또 한 번 살아남았다. 대멸종 이후에 지구를 뒤덮은 새로운 지각 껍질 위에서. 몰락한 종들의 사체와 유해는 잠깐씩 몸 가누기 좋은 임시 좌석이 되어주었다. 자전하는 지구의 궤적을 따라, 옵츄라는 끝없이 굴러다녔다. 날카로운 광물 결정에 가까웠던 몸통은 이 같은 시간 동안 저절로 깎이고 다듬어져 종래에는 작은 공이 되었다. 그러다 우연히 맞닥뜨린 암컷 디메트로돈의 넓은 골반뼈 안에 갇힌 뒤로, 둘은 백악기 말 운석 충돌로 인한 대멸종 이후 사이좋게 화석이 되어버렸던 것이다.

언젠가 다시 눈을 떴을 때, 옵츄라는 시나이 일대의 가장 값진 보물로 감정받고 있었다. 광산에서 옵츄라를 처음 발굴한 노예 광부에 의하면, 이 작은 광학 장치는 주위의 모든 영혼을 빨아들인 다음, 역으로 그 영혼을 흉내 냈던 것이다. 보호 장비 없이 옵츄라 주위로 몰려들었던 마흔 명의 노예 광부가 실성해버린 뒤로, 옵츄라는 줄곧 비밀스러운 함에 보관되었다. 왕가 친척들의 만류에도 불구하고, 오만한 왕자 하나가 함에 몰래 손을 댔는데, 오늘날 그의 이름은 호루스로 알려져 있다. 왕자는 이 탐욕스러운 눈동자에 영혼을 빼앗길까 두려웠던 나머지 재빨리 단검으로 자기 눈을 찔렀다. 그런 다음, 줄기째 뜯겨 나간 안구의 텅 빈 자리 안에 왕실 최고의 유물을 옮겨 넣었다. 이 의안이 바로 호루스의 눈이다. 사후에, 내란과 찬탈 속에서 호루스의 시체는 훼손당하고, 끝끝내 의안마저 64분의 1 크기로 쪼개져, 세계 곳곳으로 뿔뿔이 흩어지고 만 것이다. 권능을 잃은 예순네 개의 눈. 이 눈들이 오랜 시간 자신의 의지로 주인을 옮겨 다니며, 다시 하나로 조합되기만을 기다리고 있다는 사실을 말해도 좋을까. 이라크, 쿠웨이트, 아프가니스탄, 시리아 상공을 누비는 레이저

무장 조준 광학 장치와 원격 열상 이미지 시스템의 눈들. 점점 더 당겨지고 있는 대멸종 주기 사이에. 머지않아 도래할 근미래의 스펙터클. 하나로 합쳐질 옵츄라의 눈을 더는 상상해보기 어렵지 않은 가운데.

캐논 디지털 캠코더-MV1은 본다. 미미한 배터리 잔량을 깜빡이며. 저해상도 정크 이미지들. RAW 포맷의 압축되지 않은 고용량 풍경들. 노이즈에 마스킹된 식별 불가능한 음성 파편들. 블라블라. 바로 지금 수납장에 처박힌 골칫덩이 비디오테이프들을 다시 재생시킬 수 있다면. VHS 화질로 부글거리는 6밀리미터 너비의 무도회장. 닷. 닷. 닷. 영구적인 구류 처분 상태에 놓인 채. 생각 없이, 감정 없이 노동하는 육신의 리듬. 전기 장비에 이식된 눈들은, 앞으로 얼마나 많은 영혼을 더 소진시킬 셈인지. 이들이 항공기 이륙 소리를 내면서. 지상의 모든 이미지를 수집할 기세로. 맹렬하게. 세계 곳곳을 돌아다니며. 눈을 빛내고 있다는 사실을. 의심하는 이들은 누구인가. 비디오 파일로 저장된 영혼들의 주소지. 천국이라는 이름의 디렉터리. 핵반응로의 노심처럼. 사시사철 눈부시게 빛나는 영혼의 항아리 바깥에. 모든 것을 바라보는, 부동 상태의, 전지적인 시점 하나. 오늘날 불교에서는 관세음보살, 기독교에서는 야훼로 착각되는 그 지고한 존재가, 먼 옛날, 스스로의 모습을 본떠 만든 피조물, 약칭: 옵츄라는, 창조자의 권능을 대리 행사하며, 용량이 무한한 기록 장치로서, 다음 창조 작업에 참고하기 위한 대용량 레퍼런스를 하늘 위로 전송하고 있는데. 1997년에 나일강 일대에서 발굴된 이집트인 석판에 따르면, 가까운 미래에 백내장으로 뿌옇게 흐려진 호루스의 눈이 예견되어 있는바. 녹화를 멈추지 마세요. 미리 복제된 당신의 이미지가 새로운 창조 주기에서 당신의 영혼을 대체할 수 있도록. 롤링. 롤링. 롤링!

저주받은 가보를
위한 송가집

엘가는 악기의 이름이다. 단단한 목재 몸통에 가문비나무 무늬와 바니시 도료 자국을 간직하고 있는 이 바이올린은 북부 이탈리아의 작은 도시에서 제작되었다. 앵글로색슨 계통의 고상하고 교양 있는 이름은 사실 폴란드나 벨라루스 지방에서 수입된 슬라브어식 작명법을 따른 것으로, 정확히 발음하면 에르가, 에르가 옴네스가 된다. 엘가는 3센티미터 두께의 양면 유리벽에 둘러싸여 있다. 경화 고무로 조립된 직립형 좌대에 비스듬히 뉘인 채. 그리고 그 안으로 여덟 가지 각도의 조명 불빛이 드리운다. 위에서 내려다보는 시점의 매립식 천장등 네 개, 아래에서 올려다보는 시점의 돌출형 장식등 네 개. 누르스름한 색온도의 LED 전구들은 나직하게 웅성거리는 그림자들을 전시용 진열함 바깥으로 쫓아낸다. 관객들은 어두운 바닥에 널린 플러그와 전깃줄에 걸려 주춤거리고, 불쑥 튀어나온 등기구들에 이따금 복사뼈를 다치면서 알맞은 관람 거리를 학습하게 된다. 오직 엘가만이 이 외진 장소에 어울리는 정물이다. 전시 공간의 모든 장치가 그렇게 말하고 있는 듯하다.

한편, 엘가의 건너편에 마련된 전시지킴이용 좌석에는 한 노인이 앉아 있다. 등받이 없는 의자 위에 노쇠한 몸뚱이를 한껏 욱여넣은 모습이다. 거기서 그녀는 전시물 주위에 붙인 라인테이프를 밟거나 종종 큰 소리로 떠드는 관객들에게 간단한 신호들을 건넨다. 한쪽 검지를 입술 위에 가져다 붙이기, 라인테이프의 바깥 구역을 손바닥으로 지시하기, 소리 없이 조준된 카메라 렌즈 옆에서 두 팔로 X를 만들거나 전시 종료 시간을 손가락 숫자로 나타내기와 같은 무성의 제스처들이다. 이런 동작들은 정맥류 질환으로 반점이 돋고 부풀어 오른 사지 일부를 거무튀튀한 어둠 바깥으로 잠깐씩 이끌어낸다. 다시 그늘 밑으로 돌아오면 그녀는 의자 위에 엎어둔 책을 어김없이 올바로 펼쳐 든다. 콧대에 앉은 원시 안경을 고쳐 쓰거나 페이지를 넘길 때마다 홀연히 드러나는 순금 반지. 만듦새가 투박한 주조 장식물에는 그동안 그녀가 읽고 넘긴 낱장의 종이책들이 음각 장식처럼 새겨져 있다. 그런 종류의 홈집들은 엘가에 의해 보존된 셀 수 없이 많은 양의 파손 흔적들과 몹시 닮았다. 그래서 노인은 전시 공간 중앙에 외롭게 밝혀진 17세기 바이올린과 처음 만나던 날, 양손을 모으고 속삭였는지도 모른다. **안쓰럽기도 하지.** 엘가는 그 말을 듣고 기뻤을까?

서울역사박물관 1층 기증유물전시실의 가장 작고 구석진 공간은 전체 전시물 1,025점 가운데 유일한 악기인 엘가 앞으로 주어졌다. 전시 안내 프로그램의 종점인 이곳에서 관객들은 각기 다른 소감을 남기고 돌아갔다. 일부는 엘가의 제작 연대 앞에서 사뭇 숙연해졌고, 일부는 같은 공방에서 제작된 형제자매 악기들의 낙찰가를 듣고 서너 걸음 물러났으며, 일부는 헐거나 부서진 몸통에서 엘가의 생을 짐작했다. 노인은 관객들이 모두 빠져나간 빈방에서 멀찌감치 놓인 엘가를 가만히 건너다본다. 엘가의 구성품이 볼록렌즈 안에서 하나둘 고배율로 확대된다. 새끼 양의 창자로 만든 네 개의 현과 줄걸이 틀에 배어 있는 마단조 에테르, 오랜 장력을 불평 없이 견디어온 버드나무 지판이나 아치 모양으로 마름질된 크로아티아산 단풍나무 울림판 같은 것들. 노인은 피로한 눈을 손등으로 닦아내거나 시종 깜빡이다가 악기 옆 판에 조그맣게 조각된 동물 부조를 알아본다. 거대한 날개 골격 말단의 꽁지깃과 작은 머리, 그리고 날렵하게 발달한 등 근육이 수평을 이루는 이 맹금류 포식자는 정지 비행 중이다. 평지에서 그를 조준하고 있는 익명의 사격수에 의해 포착된 모습 그대로.

[브루흐, 「바이올린 협주곡」 1번, 작품 26] 1871년 봄, 조지아주 북부의 블루리지산맥. 기억은 산지 아래에 조성된 석탄 광산을 보여준다. 십수 피트 높이의 인공 동굴 바깥으로 방수포를 덮은 막사들이 다닥다닥 붙어 있고, 한때 산의 아랫부분을 이루던 토양과 암석 파편들이 그 사이로 굴러다닌다. 동굴 입구의 벽면 일부는 아직도 검게 그을려 있는데, 취급 주의 인장이 큼지막하게 프린트된 화약 상자들에 둘러싸인 모습이다. 지하 채굴장을 따라 부설된 참나무 침목은 동굴 바깥의 하역장과 곧바로 이어진다. 광산 수레 몇 개가 레일 위에 줄지어 도착해 있고, 석탄 검댕과 채굴 먼지로 새까맣게 더럽혀진 구리 선로를 따라 희끄무레한 노을빛이 잠깐 나타났다가 사라진다. 아마도 이 광경을 놓치지 않았을 법한 백인 남자는 천막 기둥에 어깨를 기댄 채 일터에서 쏟아져 나오는 광부들을 넌지시 건너다본다. 건조시킨 암송아지 가죽으로 천장을 대고 인도산 고급 방직물이 깔개로 덮인 그의 막사는 외따로 떨어져 있다. 그곳은 가공육과 통조림을 섞은 양념스튜의 향신료 냄새, 싸구려 럼으로 위장을 축인 양키 주정뱅이들의 고함과 몸싸움, 운 좋은 도박꾼들이 종종 외치

는 **블랙 잭!** 같은 불협화음들이 하나둘 잦아드는 장소다. 산맥 그늘 아래 가까스로 가려지는 광산 변두리에서, 남자는 편지를 읽거나 쓰는 일로 격오지의 무료함을 좇아내며, 베차라츠 리듬의 크로아티아 민요를 흥얼거린다. 예컨대 슬라보니아 억양이 짙은, 10음절의 시행들.

남자는 자그레브의 브란즈고바 21번가에서 송달된 우편 봉투를 들고 있다. 내용물은 고가의 필름지에 인화된 사진 한 장과 길이에 알맞게 가위질된 전지 묶음이다. 소다펄프로 제작된 종이에서는 제지 공장의 짚단 냄새가 물씬 풍긴다. 편지는 그의 여덟 살배기 아들과 세 살배기 딸이 시삭에서의 첫번째 협연을 성황리에 끝마쳤다는 내용으로 시작된다. 이어서 공연을 흥미롭게 지켜본 오스트리아 작곡가 레오폴드 알렉산더 질너의 추천장 덕분에 장남 프란조가 비엔나 콘서바토리에 입학하게 되었음을 알리고 있다. 남자는 삐뚤삐뚤한 모양의 서간용 필체를 더듬더듬 읽어나가는데, 종이를 잡은 손끝에서 들뜨고 감격에 찬 감정마저 짚이는지 내내 웃음을 감추지 못한다. 그의 아내는 편지의 끝에 이르러 생략된 획의 일부와 비뚤어진 줄맞춤에 관해 양해를 구한다. 오는 여름에 돌아오거든 함께 기숙사에 가보자는 문장 바로 다음에. 한편, 입학 기념식의 일부로서 촬영되었을 것이 분명한 흑백사진 속에는 이제 머리가 많이 자란 아들이 거의 울

것 같은 표정으로 붙잡혀 있다. 벨벳 재킷과 학장 조끼, 실크 소재의 과장된 리본 넥타이는 아내의 복식 취향을 드러낸다. 어깨 안에 놓인 ¾ 사이즈 오스트리아산 바이올린은 이제 아들에게 완전히 제압당한 물건처럼 보인다. 사진을 뒤집자 작은 잉크 자국이 눈에 띈다. 독특한 강세 표기법이 고집스럽게 지켜진 로마자 문장은 읽으면 다음과 같이 발음된다. **사랑하는 나의 두 남자, 아드리안 크레즈마와 프란조 크레즈마에게. 축복을 담아. 니나. 10. 9. 1870.**

총성이 처음 울렸을 때, 아드리안은 꼬리가 흰 수사슴 꿈을 꾸고 있었다. 그는 촛대 위에 쌓인 동물성 지방과 밀랍 껍데기로 어렴풋이나마 시간을 짐작해보려 애쓴다. 그러는 동안 베개 밑에서 서늘하고 무거운 쇳덩어리 하나를 꺼내 드는데, 황동 프레임이 매끈하게 손질된 콜트 아미 한 자루다. 아드리안은 바람을 불어 촛불을 끈다. 어둠 속에서 자욱한 왁스 연기가 차츰 흩어져간다. 인기척에 놀라 달아나는 우제류 산짐승을 빼닮은 모습으로. 발굽이 두 갈래로 나누어진 이 동물은 막사 입구를 가린 방수포 휘장을 소리 없이 빠져나간다. 아드리안은 따각따각 비슷한 발굽 소리에 홀리듯이 이끌려 쫓아간다.

막사 바깥에는 지옥이 찾아와 있다. 인부용 막사에 놓은 불길이 주위 산림으로 옮겨붙으면서 피칸나무, 비자나무, 구상

나무와 낙엽성 오크들을 쓰러뜨렸고, 여름철 뙤약볕조차 끝 끝내 파고들지 못했던 우듬지들은 저택 지붕 높이에서 화산재처럼 우수수 떨어져 내린다. 담 큰 용병들이 손가락을 올려놓고 나이프 게임을 벌이던 그루터기들과 원목 테이블 위에 마련된 포커 카드 한 벌, 도미노 패, 체스 판과 흑요석 나이트, 감람석 비숍도 모조리 불길에 집어삼켜졌다. 열기 속에서 흠뻑 젖은 광부들이 잿개비를 맞으며 뛰어다니고, 점박이 애팔루사에 올라탄 원주민 기수들이 그 뒤를 쫓는다. **야, 야 카, 야카!** 침목에 걸려 넘어진 남자들 위로 화살 다발과 한 탄창의 총알이 퍼부어진다. 짧은 비명과 때때로 악다구니. 잦은 총성 때문에 일찍이 귀가 먼 용병들이 무쇠 주발이나 곡괭이 따위로 간신히 맞서는 모습 따위가 화약 연기에 실려 날아온다. 외따로 멀찍이 떨어진 장소에서 이 모든 풍경은 지역 신문의 삽화 연작처럼 지나간다. 이 순간 아드리안은 2중주 협연을 앞둔 아들이 맹렬하게 켜곤 했던 바이올린협주곡 한 곡을 떠올린다. 알레그로 모데라토의 1악장은 아드리안의 유년기를 공포로 몰아넣었던 이텔릭 문장 한 줄을 보통 빠르기로 불러일으킨다. 동시에 지옥의 입구를 지키는 육중한 석조 문짝도 함께 그려지는데, 장식 몰딩에 새겨진 외마디 글귀는 다음과 같다. **여기 들어오는 자, 모든 희망을 버려라.** 그는 조끼 주머니 속 은제 회중시계에 입을 맞추고, 총부리로 이마

에 성호를 그리면서 이렇게 기도한다. **오직 하나뿐이시며 전**
능하신 나의 아버지, 이 문을 닫아주실 수만 있다면…… 그런
다음 무기력하게 주저앉는 막사 잔해들 사이로 파이프 총열
을 겨눈다. 모친에게 물려받은 사파이어 빛깔의 눈동자가 가
늠자 크기만큼 확대된다. 그리고 그 안으로 다년초 덩굴줄기
처럼 얽힌 사슴뿔 한 쌍이 나타난다. 수사슴은 잿더미 속에
서 새끼라도 찾는지 한동안 긴 목을 숙였다가 꼿꼿이 치켜든
다. 한 발의 총성이 울리고, 아드리안이 풀썩 쓰러진다. 사슴
가죽을 뒤집어쓴 체로키 전사는 사체에서 노획한 헨리 라이
플을 어깨 위에 받치고 있다.

막사 내부의 이동식 금고에서는 7백여 파운드 상당의 금
괴, 희귀한 보석 장신구, 값비싼 성합과 가톨릭 패물들, 흰 피
류으로 장정된 성서 한 권과 어마어마한 양의 광산 채권이
두루 거두어진다. 약탈자들은 광산 곳곳에서 긁어다 모은 재
물들을 불쏘시개처럼 쌓아놓고 횃불을 던진다. 다만 이국적
인 양식으로 제작된 목재 악기 하나만은 전소될 위기에서 벗
어나는데, 그것을 처음 발견한 체로키 전사의 호기심과 고집
때문이다. 그는 흡사 거대한 불기둥처럼 타오르는 모닥불 앞
에 서서 손톱만으로 악기 줄을 튕겨본다. 얼굴에 새빨간 전
쟁 물감을 칠한 동료들이 널브러진 주검들 사이로 뛰어다니
며 소리 지른다. 와중에 광산 입구에서는 화약 상자가 하나

둘 폭발하기에 이른다. 동굴이 흔들리는 과정에서 지하 작업
장 안의 통로들과 널빤지를 댄 격벽, 각재 들보들이 잇따라
부러진다. 석탄이 매장된 암석층과 철 광맥, 석회 가루 따위
가 흙모래에 섞여 쏟아진다. 산 밑과 주위 지역을 송두리째
뒤흔드는 무시무시한 굉음 탓에 앞서 지나간 모든 소음이 따
분한 예고쯤으로 남게 된다. 겁에 질려 바짝 엎드린 등허리
들 위로 마침내 먼동이 튼다. 동시에 맹금 한 마리가 타다 남
은 하늘을 가로질러 나는데, 황도의 기울기와 정확히 일치하
는 궤도이다. 체로키 전사는 벨트에 차고 있던 칼집에서 조
각칼을 빼든다. 이때 새는 북대서양 해풍에 맞서 정지 비행
중인 모습이다. 그래서 이후로 150년 동안 어느 북반구 신화
의 두 마리 늑대 성좌처럼 영원히 저물지 않는 자오선 궤적
을 쫓아 쉬지 않고 날아가게 된 것이다.

　이튿날 노인은 출근길에 몇 번이나 버스를 멈춰 세운다. 좀
처럼 잦아들지 않는 이명 때문이다. 환청은 25분 길이의 독
일 낭만주의식 현악 협주곡과 파형이 같다. 아주 오래전에
녹음된 LP판 음반처럼 일부 구간이 뭉개져서 들리거나 불명
확한 소음으로 남겨져 있다. 노인은 낯설고 갑작스러운 공연
실황에 당황해서 귓바퀴를 후비거나 귓불을 잡아당긴다. 정
류장 벽에 붙인 순환 노선 지도처럼 음악도 종착지 없이 끊

이지 않고 반복된다. 시작하고 끝나는 것은 오로지 음의 강약과 장단, 고저, 빠르기와 같은 율격들뿐이다. 음악은 버스의 도착 정보를 알리는 안내 음성들 사이의 어디에도 침몰하지 않은 채, 노인의 쭈글쭈글한 달팽이관 주름을 따라 돌아다닌다. 이 볼품없이 작달막하고 나선 모양으로 굽은 귓속 복도들은 음악으로 인해 가득 차서 점점 커지고 늘어나게 된다. 노인은 70년 가까운 세월 동안 변함없이 평온했고 대부분은 비어 있었던 자신의 청각기관이 바야흐로 시험에 처했음을 깨닫는다. 온 청각 신경이 심장과 같이 맥동하는 가운데, 부푼 혈관들이 툭툭 전정기관 밑을 건드리며 지나가자 노인은 마침내 멀미를 참을 수 없는 지경에 이르게 된다. 보행로 한쪽에 웅크려 앉아 고통스럽게 구토를 쏟아내는 동안 시내버스 여러 대가 경적 없이 지나간다.

박물관에 겨우 도착했을 때, 로비의 벽시계는 10시를 가리키고 있다. 노인은 1층 기획전시실 앞으로 잘 듣지 않는 몸을 이끈다. 입구를 지나자 넓고 밝은 전시 공간이 나타난다. 전시 주제에 관한 관객들의 기억을 처음 결정짓는 장소인 만큼, 주의를 기울여 보관된 핵심 유물들이 나란히 놓여 있다. 노인은 자기 앞으로 맡겨진 작고 구석진 공간을 찾아 걷는다. 산업용 안전색으로 도색된 전시 안내 스티커가 매끈하게 걸레질된 바닥재를 따라 이어진다. 멀미와 현기증 때문에 종종 가벽을 짚으며 쉬어 가는데, 한두 명으로 이루어진 관객 그룹이 몇 차례 옆에서 앞서간다. 노인은 그녀 외에도 다섯 명의 자원봉사자가 선발되었다는 사실을 알고 있지만, 함께 교육받은 전시지킴이 가운데 누구도 그녀를 돕거나 신경 쓰지 않는다. 아니다. 기획전시실의 실내 배치도 안에서, 전시지킴이용 좌석은 조명 바깥의 외진 자리에 가장 어울리는 법이다. 흔해 빠진 실천 사례들을 곱씹어볼 때, 다른 전시지킴이들은 어둠 속에 있을 수도 있고 없을 수도 있다. 노인은 무엇도 단정 짓지 않는다. 다만 어기적어기적 뒤쳐지는 한쪽 신발 뒤축을 힘껏 당겨 올 뿐이다.

월요일 오전의 기획전시실은 젊은 애인 한두 커플이나 줄곧 정숙한 일인 관객들, 박물관 주위의 주민 몇몇만이 다녀간다. 그마저도 가장 안쪽의 외딴 공간까지 찾아오는 관객은 몹시 드문 편이다. 노인은 배정받은 전시 공간에 다다르자 음악이, 아침나절 동안 고막 안을 틀어막고 있던 저주스러운 음률이 한결 느슨해지는 기분을 느낀다. 그녀는 한쪽 모퉁이에서 자신의 좌석을 찾아 백팩과 5백 밀리리터 용량의 생수를 내려놓고, 말없이 어둠 속에 들어가 앉는다. 엘가는 노인의 좌석에서 열두 걸음쯤 떨어져 있다. 어둡고 단출한 벽지로 장식된 가벽들과 달리 여덟 구의 조명 불빛에 둘러싸인 채. 노인은 엘가를 비스듬한 관점으로만 바라볼 수 있다. 전시용 진열함의 전후좌우 사면이 전시 공간과 일치하는 각도로 조정되어 놓였기 때문이다. 흡사 입방체 내부의 또 다른 입방체처럼.

노인은 안경집에서 원시 안경을 집어 든다. 콧등에 쓰지 않고 안경다리만 귀 뒤에 가져다 대는데, 눈앞에 고정된 볼록 렌즈 안으로 엘가의 허리 몸통이 맺힌다. 잘록하게 마름질된 옆판에는 전날 들여다본 독수리 부조가 똑같이 남아 있다. 노인은 불현듯 그녀를 사로잡았던 25분 길이의 기억, 말하자면 19세기 미국 남동부 산골짜기 어딘가에서 일어났던 일련의 사건을 다시 한번 떠올려보려 애쓴다. 노인의 기억 속에서 미국은 여전히 바다 위를 떠다니는 거대한 군사 요새 같은 모습이다. 한국전쟁 당시에, 저물녘이면 항공 폭탄을 가득 실은 B-29 폭격기 편대가 가마우지 떼처럼 나타나 북쪽으로 날아갔다가 다시 공해로 사라지곤 했기 때문이다. 노인은 한평생 나라 밖으로 나가본 일이 없었다. 한편, 전쟁 이후 오랫동안 대부분의 가정에서는 여자아이를 학교에 보내지 않았기 때문에 굵직굵직한 내용의 서양사마저도 배우지 못했다. 무엇보다 1871년에 노인은 존재하지도 않았던 것이다. 하지만 부조를 들여다본 순간, 그 기억은 노인의 두뇌 주름 사이에 기입되었다. 마치 오랫동안 잊고 지냈던 기억이 저절로 되돌아온 것만 같이. 너무나도 반갑고 그리운 기억이. 심지어 노인은 생전 들어본 적도 없는 크로아티아 민요를 흥얼거리기에 이른다. 예컨대 슬라보니아 억양이 짙은, 10음절의 시행들. 의미도 전래도 알 수 없는 이국의 가사를 흉내 내는 사이 노인은 엘가와 부쩍 가까워져 있다. 진열함 주위를 가만히 떠도는 동안 누렇게 부어오른 손가락 사이에는 내내 안경다리가 쥐여 있다. 눈높이에 놓인 17세기 바이올린은 크고 작은 훼손 흔적들과 영구적으로 분실된 부품들 때문에 노쇠하고 나약해 보인다. 악기로서의 수명은 진즉 끝났고, 목재 방부재가 꼼꼼하게 발린 고물 주검의 외양만이 보존되어 있을 뿐이다. 붕사, 크롬, 염철 성분을 띤 화학약품들은 오래된 매장 양식들을 떠올리게 한다. 지하 왕릉에서 누운 채로 발굴된 왕실 미라들에 비하면 터무니없이 모자란 세월만이 지나갔을 뿐이지만, 악기 제작자는 자신의 창조물이 오랫동안 사랑받는 가운데 불멸하기를 바랐던 것이 틀림없다. 정성 들인 방부 작업 때문에 시간은 앞으로도 엘가를 내버려둘 수밖에 없을 것이다. 다만 그조차도 충격에 의한 손상만은 막지 못했음이 이어서 드러난다. 악기의 몸통과 이어지는 지판 뒤편 원목 무늬에서 노인이 한 가지 정보를 읽어낸 것이다. 버드나무를 잘라 붙인 지판은 다른 구성품들과 다르게 유독 낡았고 색이 변해 있다. 마치 그 부분만 다른 기술자가 작업한 것처럼.

[파가니니, 「24개의 카프리스」 작품 1] 1917년 겨울, 리투아니아 남동부의 빌니아 강변. 서리를 머금은 안개 속에서 빅토리아풍 저택 한 채가 홀연히 나타난다. 너비 10미터의 좁은 지류와 너도밤나무 삼림이 두루 내려다보이는 이 복층식 목조 건축물은 붉게 칠한 돔형 지붕과 십자가 장식을 머리에 이고 있다. 현관 앞에는 마구에 매인 라트비안 드래프트 네 마리와 남자 둘이 서 있는데, 열 살 남짓한 아이가 말들을 달래다 말고 아빠! 외친다. 검은 경기병 군모를 눌러쓴 아버지는 챙 바깥으로 아들 쪽을 한번 쳐다봤다가 외투 안쪽에 담배쌈지를 도로 집어넣는다. 다시 한번 문을 두드리자 안쪽에서 문이 열린다. 안주인을 따라 걷는 동안 그는 늑재 궁륭으로 장식된 응접실 통로를 지난다. 박엽지처럼 얇은 유리창을 통해 12월 우기의 어둑어둑한 자연광이 내리쬔다. 거미줄이 빼곡하게 드리운 놋쇠 샹들리에 위에는 겨우 서너 개의 촛불만이 밝혀져 있어서, 복도 양옆으로 나란히 놓인 여섯 성상—성 요한, 성 바오로, 아시시의 성 프란치스코와 성 아우구스티누스, 성 베네딕트, 성 도미니크—의 일부만이 벽감 바깥으로 드러나 있다. 소년의 아버지는 아연실색한 표정으로 깃펜을 들고 있는 성 요한 옆을 지날 때 묵시록의 첫 장면을 떠올려본다.

안주인은 그를 2층 거실로 이끈다. 목조 계단을 모두 오르자 희미한 악기 소리가 흘러나온다. 소년의 아버지는 벽난로 불길로 구석구석이 밝혀진 천장을 올려다본다. 저택 내부의 난방용 배관을 따라 옮겨 다니는 음악은 틀림없이 현악 연주곡이며, 성미가 급하고 과시욕에 사로잡힌 괴짜 작곡가에 의해 완성되었음이 분명하다. 안주인이 방문 하나를 벌컥 열어 젖힐 때, 그는 확신에 찬 의심이 실제로 나타나는 순간을 목격하고 만다. 소년의 아버지는 이 불쾌한 경험이 죽을 때까지 그의 뒤를 쫓아다니게 될 거라는 사실을 미리 인정하게 된다. 고통스럽고 괴기하기 짝이 없는 운궁법 앞에서 그는 두려움에 휩싸인다. 안주인이 그의 옆에서 바락바락 고함친다. **클라라! 당장 그만두지 못해!** 방 안에는 아들과 나이가 비슷한 소녀가 서 있다. 「카프리스」를 몇 곡이나 쉬지 않고 연주 중인데, 소년의 아버지는 그 저주받은 연습곡의 작곡가를 기어코 기억해내고는 꿀꺽 침을 삼킨다. 단단한 각질층만이 가까스로 매달려 있는 손가락은 거의 뼈마디에 가까워 보이고, 지판 위에서 당겨진 네 줄의 창자를 마구 쥐어뜯고 있다. 손가락 근육 조직을 찢고 마비시키기 위해 만들어진 더블 트릴과 양손 피치카토, 악마들의 비명을 빌려온 인위적 하모닉스, 중음주법을 강요하는 보잉 테크닉이 실패할 때마다 소녀는 목청껏 부르짖거나 악기를 집어 던진다. 화가 풀리면 다시 악기를 주워 들고 연주를 이어간다. 오랫동안 갈아입지 않은 잠옷이 장대비라도 맞은 듯 땀줄기로 흠씬 젖어 있다. 꾀죄죄한 몰골의 십대 바이올리니스트는 일련의 연주 동작을 형벌과 같이 받아들이는 듯하다. 활을 기울일 때마다 형편없이 야윈 몸이 휘청휘청 앞뒤로 흔들리는데, 장시간 연습으로 뻣뻣해진 목 관절 때문에 춤추는 목각 인형 따위가 저절로 연상된다. 바닥 위에서 엎어지거나 내던져진 채로 방치된 기물들은 상트페테르부르크 음악원 입학 증서가 끼워진 액자와 콩쿠르 우승 상패 두 개, 그리고 지판이 부러진 바이올린 세 개와 털이 다 끊어진 활이다. 안주인은 방으로 들어가 악기 잔해들을 주워 담는다. 이때 연주되는 곡은 「카프리스」 13번으로, 수많은 연주자의 좌절 속에 **악마의 미소**라는 별명을 받아낸 바로 그 노래다. 스무 마리 사탄의 웃음소리를 닮은 3도 화음은 방문을 닫고 다시 계단을 내려와 여섯 성상 사이로 걷는 동안에도 좀처럼 사라지지 않는다.

그 아이는 바이올린을 그만두게 될 거예요. 현관 앞에서 안주인이 불쑥 이야기를 건넨다. 소년의 아버지는 계단 밑에서서 지그시 안주인을 올려다본다. 압정 머리가 튀어 나온 널빤지 상자가 두 팔 안에서 잠시 덜거덕거린다. **상트페테르부르크에서 아이를 데려올 때 들었어요. 교내 보건의가 소아 영양실조라는 진단을 줬답니다. 살이 계속 빠지고 소변을 자주 본다고 하더군요. 온몸의 관절이 점점 약해지다가 종래에는 아주**

작은 힘조차 들이기 어려울 거랍니다. 아이는 이 사실을 받아들이지 않으려고 해요. 다섯 살에 음악원에 입학한 이후로 줄곧 음악이 아이의 전부였으니까요. 가족들에게도 마찬가지였는지, 수도에서 일하는 아이 아빠와 시아버지는 이야기를 전해 듣고는 실망해서 우리를 떠났습니다. 클라라와 다르게 몸이 건강한 장녀 나디아를 데리고요. 연락이 끊긴 채로 올겨울 한 번도 이곳에 들르지 않았지요. 클라라는 고집이 상당해서 값비싼 악기만을 고집해요. 연습이 잘되지 않으면 던지거나 망가뜨리면서 화를 풀고요. 음악원과 기숙사 비용만으로도 충분히 난처했는데, 이제 혼자 악깃값을 대느라 물려받은 목축지와 농원 들을 거의 팔았고 가정부와 산모, 농부 들, 마구간 관리인과 정원사 들을 비롯해 남은 일꾼들도 고향으로 돌려보냈어요. 가끔 도붓장수가 들르면 가구 몇 채와 동양 고서, 미술품을 팔아서 식료품을 구한답니다. 이 저택은 내 부모가 살던 집인데 지금은 아이와나, 그리고 저 마귀 들린 연주 소리만이 남았습니다. 좋은 악기들을 소중히 다뤄주지 못해 미안하군요.

소년의 아버지는 모자를 벗고 목례를 꾸벅 남긴 다음 말없이 돌아선다. 퇴비를 먹고 자란 엉겅퀴, 수국, 쇠채아재비가한때 정원으로 꾸며졌던 마당 가득 자라 있다. 둘레를 따라늘어놓은 돌담과 쇠창살 위로는 담쟁이덩굴과 야생오이들이 엉켜 있고, 오래전에 가지를 친 관목형 살구나무와 자두

나무 같은 재배종 과일나무들은 녹음마저 이루었다. 말들에게 박하 잎을 먹이던 아들은 아버지가 다가오자 얼른 마부석에 오른다. 아버지는 이륜마차 뒤에 화물을 싣고 돌아와 털썩 앉는다. **제가 끌면 안 돼요?** 그는 아들의 손에 들린 고삐를 잠깐 내려다보다가 무심하게 턱짓한다. 그러고는 아들이 들떠서 고함치는 사이 담배쌈지를 꺼낸다. **이랴!** 엉덩이를 얻어맞은 말들이 너도밤나무 숲길로 부자를 이끈다. 아들이 묻는다. **부러진 악기들은 어디에 쓰시려고요?** 아버지는 담배를 말다 말고 느닷없이 마차 뒤쪽으로 머리를 돌린다. 수레바퀴 주위로 뿌옇게 피어오르는 흙먼지 안에서, 구불구불한 오솔길과 붉은 지붕의 저택이 마술 혹은 환영처럼 흩어진다. **고쳐서 비싸게 팔아야지. 이제 악기상은 정리해야겠구나.** 아들이 대꾸한다. **하지만 악기를 좋아하시잖아요.** 아버지는 조심스럽게 지켜낸 성냥불을 입가로 가져온다. 담배의 마른 부분을 쥐고 있는 두 손가락이 덜덜 떨린다. **맹세한다, 얘야. 넌 내가 저 집에서 뭘 봤는지 알고 싶지 않을 거야.**

전시 해설은 관객들이 하나둘 모여드는 점심 이후 일과에 몰려 있다. 박물관의 실내 일정 가운데 가장 바쁘고 소란스러운 사건들이 이때 일어난다. 입구 옆에 마련된 잡지 선반에는 박물관에서 운영 중인 전시 팸플릿이 층별로 놓이는데,

중요한 행사 정보들은 대부분 종이 날개 밑부분에 감추어져 있다. 시간 단위로 요약된 전시장 일과에 따르면 평일에는 오후 1시와 3시, 5시에 관람 행렬이 돌아다닌다. 주말에는 같은 시간표 안에 아침 일정이 한 시간 더 보충되는 방식이다. 사전에 도슨트 교육을 이수한 자원봉사자 둘이 번갈아 출근한다. 하나같이 노인과 나이대가 비슷한 고령자들이다. 오늘 전시 해설을 맡은 담당자는 나긋나긋한 어투의 서울 말씨로 종종 노인의 주의를 끌었던 사람이다. 언제나 말끔하게 다림질한 붉은색 원피스를 입고 근무하는데, 조명 밑으로 걷는 동안 어깻죽지 안쪽 봉제선 위로 덧붙인 프릴 장식이 산호처럼 흔들린다. 노련하고 입심 좋은 이 베테랑 길잡이는 까마득하게 모여든 머리 가죽 앞에서도 전혀 주눅 들지 않으며, 청어 떼 같은 청중들을 기어코 마지막 그물까지 몰고 간다. 관람 행렬이 마침내 엘가 앞에 다다르자 노인은 살며시 이마를 든다. 읽던 페이지의 양쪽 면이 무릎 위에 가지런히 놓인다.

여러분, 제가 소개해드릴 마지막 유물이에요. 보시다시피 바이올린인데요, 의아하신 분들이 많으실 거예요. 한국과 러시아의 수교 30주년 기념 전시에 웬 바이올린이? 앞서 둘러보신 유물들이 대부분 연대별 전통 미술품이었잖아요. 어떤 게 있었나요? 선사 시대 빗살무늬토기들. 통일신라 시대에 만들어진 기마인물형토기, 불상도 보고 왔고. (칼이요!) 좋아요, 장식보검도 있었어요. 그다음 고려 시대는? 당연히 고려 청자. 그리고 바로 이전 방에서 조선 시대 백자, 분청사기, 풍속화, 산수화 봤고. 한약재, 나전, 복식이랑 장신구까지 봤나요? 눈치 빠른 분들은 벌써 짐작하셨겠지만 시대적으로 가장 가까운 유물이라 마지막에 놓였어요. 이 악기는 표트르 대제 박물관에서 기증되었는데, 현지 연구자와 학예사 들이 내부를 촬영해보니까 글쎄 이름 두 개가 나왔답니다. 먼저 나온 게 안토니오 스트라디바리. 유명한 악기 장인으로 죽을 때까지 천백여 개의 악기를 만들었다고 해요. 남아 있는 악기는 바이올린이 6백 개, 비올라가 열두 개, 첼로가 쉰 개, 기타와 하프가 각각 셋, 비올라 다모레가 하나인데, 그중 하나가 지금 여러분 앞에 있는 거예요. 이 악기들은 희소성 때문에 값을 매길 수 없을 만큼 비싸게 거래된다고 해요. 그러니까 너무 가까이 다가가면 안 되겠죠? 그럼 다음에 나온 이름이 뭘까요. 놀라지 마세요. 누군가 한국어로 **김은정**, 이렇게 적어놓았더래요. 그 밑에 **서울, 1923**이라는 서명도 함께 남아 있었고요. 1923년은 캐슬린 팔로, 프리츠 크라이슬러, 야샤 하이페츠 같은 세계적인 바이올리니스트들이 서울에서 첫 연주회를 가진 해로 알려져 있어요. 학자들은 당시 연주자들을 따라 서울에 방문한 악기상들에게서 누군가 이 값비싼 악기를 사들인 걸로 추측하고 있어요. 학술 조사 결과 김은정이라는 기명 외에는 악기의 소유권을 확인할 만한 사적과 출처를 찾을 수 없었다고 합니다. 그래서 이번 전시를 기념해 다시 서울로 돌아오게 된 거예요. 여기 이 흔적들을 좀 보세요. 스트라디바리우스와 같이 오래된 악기들은 오히려 흠집이 남아 있어야 가치가 올라간다고 해요. **뒤포르Duport**라는 첼로에는 아직까지 나폴레옹의 부츠 자국이 남아 있어서 가격을 매기려는 시도조차 이루어지지 않고 있답니다. 여기 이 바이올린에서 흠집을 찾아보는 것도 재미있는 관람 방법이 될 것 같아요. 어쨌거나 이 비싼 악기가 돈 한 푼 안 들이고 우리나라로 돌아왔으니 참 경사스러운 일이죠?

노인은 전시용 진열함 주위로 줄 맞춰 서 있는 관객들의 얼굴 면면을 건너다본다. 악기에 가까이 다가갈 때면 수많은 이목구비 조합이 공평하게 알아보기 어려워진다. 노르스름하게 밝혀진 조명 불빛이 양면 유리 대신 관객들의 피부와 직접 부딪히기 때문이다. 설치된 LED 전구 여덟 개 안에서 관객들의 얼굴은 흡사 집광경처럼 새하얗게 달아오르며, 종래에는 빠짐없이 불태워진 인간의 두개골만이 진열함 앞에 둥둥 떠 있게 된다. 이 체험은 결과적으로 눈이 먼 것 같은 착각을 안긴다. 관객들은 하나같이 짜증과 실망감에 등 떠밀려 전시 공간을 떠나게 된다. 잠깐 동안 얼굴을 잃었었다는 사실은 영영 잊어버린 채. 오직 엘가만이 이 외진 장소에 어울

리는 정물이다. 전시 공간의 모든 장치가 그렇게 말하는 듯
하다. 관객들이 모두 빠져나가자 노인은 다시 혼자가 된다.
불과 몇 분 전까지 17세기 바이올린 앞에 바쳐졌던 경외심과
기대감은 겨우 잔해만이 남았다. 노인은 안경다리를 집어 들
고 도슨트가 가리켰던 흠집들을 찾아본다. 고의적인 파손이
의심되는 흔적들은 수 군데에 흩어져 있다. 일부가 깎여 나
간 목, 울림판 주위에 남은 그을림 같은 부분들. 그러나 사람
의 손에 입은 손상 가운데 가장 눈에 띄는 것은 굄목 표면의
반듯한 칼자국이다.

[비발디, 「사계」 "여름" 3악장] 1761년 여름, 광저우 남쪽
의 외국인 거주지. 건륭제의 명령에 따라 지난해 완공된 공
관 앞 교역 시장이 인파로 들끓는다. 공관의 대문 입구 목판
에는 공행公行이라는 한자가 적혀 있는데, 공무 차원에서 외국
상인들에게 관세를 걷고 허가서를 내주는 시설로서 구상된
것이다. 방대한 분량의 회계 기록들로 둘러싸여 있는 2층 복
도에서 내려다보면 광둥 지방으로 흘러드는 수로들과 무인
삼각주들, 그리고 연안 부두에 정박된 무역 선박들이 하나의
산수화처럼 조망된다. 물론 서양식 박공지붕 위에 삼삼오오
걸터앉거나 노점용 좌판을 밟고 서서라도 돌담 너머를 들여
다보려는 구경꾼들도 한눈에 볼 수 있다. 한편, 공관 안뜰에

서는 황제가 직접 주관하는 즉결재판이 진행 중인데, 피고는 사람이 아니라 악기이다. 궁궐 시녀, 환관, 출장 요리사와 공무 대신 들이 모두 엎드려 숨죽인 가운데 오직 황제와 지방 군벌들의 깃발을 치켜든 호위 무사들만이 꼿꼿이 허리를 펴고 서 있다. **당장 저 악기의 목을 치라고 하지 않았는가!** 건륭제가 신하들에게 고함친다. 이때 그는 여섯번째 딸인 고륜화원 공주를 두 팔 안에 끌어안고 있다. 여섯 살을 겨우 넘긴 공주는 너무 작은 나머지 용포의 옷자락만으로도 몸뚱이 절반이 가려진다. 사후경직으로 온몸의 근육조직이 오그라드는 가운데 시신에서 종종 불쾌한 음향이 튀어나온다. 예컨대 윗니와 아랫니가 저절로 맞부딪는 소리, 덜 여문 관절들이 딱딱거리며 끊어지는 소리. 황제는 공포에 휩싸여서 거의 절규에 가까운 비명을 지른다.

안뜰 가운데로 불려 나온 색목인 연주자는 공연이 중단된 자리에서 그대로 얼어붙은 채 벌벌 떨고 있다. 신장이 2미터에 달하는 황제의 무사 하나가 앞으로 걸어 나와 칼을 뽑는다. 날붙이가 겨누어진 부위는 악기의 네 줄짜리 현을 밑에서 받치고 있는 작은 나뭇조각이다. 먼 옛날 종자기가 죽자 거문고 현을 잘라버린 백아의 사례처럼, 아마도 현을 끊는 행위가 악기의 죽음으로 간주되는 듯. 이때 계황후 휘발나랍씨가 건륭제에게 다가와 속삭인다. **폐하, 양인들의 악기란 참**

으로 섬뜩하고 무시무시합니다. 저 양인 남자가 악기를 켜자 별 안간 장마철 번갯불과 천둥소리가 나타나지 않았습니까. 한데 악기의 목을 치면 저 안에 숨은 재앙들이 놓여나 활개를 칠까 걱 정됩니다. 광둥의 모든 백성들이 놀라서 숨이 가빠진 나머지 가 엾은 공주처럼 가슴을 움켜잡고 쓰러질 겁니다. 천자께서 자비 를 베풀어 저 마귀 들린 흉물을 멀리 추방하심이 어떻겠습니까. 분노와 무력감으로 일그러진 건륭제의 얼굴 주름들이 꿈틀 거린다. 휘발나랍 씨가 황제의 가슴에서 의붓딸의 시신을 건 네받아 대신들 손에 넘긴다. 건륭제는 황후의 손에 이끌려 연회용 상석으로 돌아와 앉는다. 황제의 문장이 공들여 자수 된 비단 양산 수십 개가 다시 한번 좌석 깊숙이 기울어진다. 인공 그늘 밑에서 건륭제는 낙담으로 내려앉은 가슴을 달래 다가 대뜸 귓바퀴를 후비거나 귓불을 잡아당긴다. 악기와 연 주자가 포승줄에 묶여 공관 안뜰을 떠날 때, 황제는 급기야 멀미를 호소하며 바닥에 넙죽 엎드린다. 구역질과 고통에 찬 신음이 이어진다. 그렇게 악기는 중국 황제에게서 세 번이나 절을 받은 처음이자 마지막 유형수로 민간에 전해지게 된다.

감상이 끝나자 노인은 전시지킴이용 좌석으로 돌아와 앉 는다. 그러자 어둠이 노인의 병든 체구를 다시 한번 감싸 안 는다. 이렇게 하루를 보내고 나면 자원봉사에 따른 실비가 주어진다. 교통비와 중식비가 아슬아슬하게 포함된 금액이다. 시는 정부 부처에서 개발한 포털사이트로 자원봉사자들을 받는다. 성인 자원봉사자들에게 열려 있는 곳은 대부분 도서관, 박물관, 미술관 같은 문화시설들이다. 필요한 인력에 비해 시시때때로 예산이 부족해서 비정규직 근로자들로 사업장을 운영해야 하는 비인기 기관들. 다년간의 실비 봉사로 노인은 두 가지 공식을 스스로 익힐 수 있었다. 하나는 최저임금법을 공공연히 위반하는 공공 기관들만이 실비 봉사 활동을 장려하고 있다는 것. 그리고 관련 시설들에서 조명은 주로 우선순위를 나타내는 신호처럼 쓰인다는 것이다. 중요한 장소와 정보 들은 언제나 밝은 불빛으로 안내된다. 실비 봉사자들이 보여주기 부끄러운 약점이 아니라면 왜 모든 기관에서 그들을 조명 바깥으로 밀어내려 애쓰는가? 노인은 책장 사이에 겨우 숨어서 쉬어야 했던 시립 도서관들, 비품 창고를 작업 공간으로 내주었던 장애인·아동복지센터들, 아무도 눈길 주지 않는 백시멘트 벽재 앞에 서서 네 시간씩 마른 입천장만 핥아야 했던 법률구조공단, 건강보험공단, 근로복지공단 등을 차례대로 떠올려본다. 그리고 전시 물품들로부터 가능한 한 멀리 떨어질 것을 주문했던 지역 박물관, 미술관까지. 만약 빛의 밝기만으로 서열을 나눌 수 있다면, 모든 조명을 독점하고 있는 엘가야말로 전부이다. 장소가 가장 앞

세워 보여주고 싶어 하는 정보가 바로 그 악기인 셈이다. 게다가 엘가를 둘러싼 외관 장식과 전시용 시설들은 노인과의 권력 차를 끊임없이 확인시키지 않는가. 하지만 가까이서 보면 그 모든 꾸밈새들이 단지 부장품처럼 보이는 까닭은 무엇인가.

전시 운영 시간은 얼마 후에 종료된다. 봉사 시간을 적고 나오자 시가지 안으로 저물녘의 햇볕이 내리쬔다. 병원으로 가는 길, 노인은 처음으로 음악이 아닌 일에 귀를 기울여본다. 특히 사거리 횡단보도에서, 신호를 기다리는 사이 무수한 목소리들이 채집된다. 예컨대 주변을 에워싼 저음질 통화 소음, 전광 패널에서 잇따라 흘러나오는 젊은 연예인의 광고용 내레이션, 옥외 스피커를 통해 울려 퍼지는 가요 가사와 미리 녹음된 종교 전도사들의 바리톤 웅변 같은 것들. 어떤 소리들은 거듭 되풀이되고 그러는 과정에서 일부가 누락되기도 한다. 청각 신경이 불필요한 정보들을 시시각각 잊어버리는 것이다. 어쩌면 세상은 거대한 음향의 무덤인가? 노인은 선택받지 못한 나머지 영원히 유실되고 만 소리들을 헤아려보려 애쓴다. 용적이 무한한 구체 모양의 분실물 매립장으로서 지구는 부연 먼지 속에 떠 있다.

자주 가는 병원은 횡단보도 바로 맞은편 건물 3층에 있다. 무뚝뚝한 표정의 혈관외과의 앞에서 노인은 다음과 같이 털

어놓는다. 요즘은 내 몸이 무슨 악기 같아요. 의사가 의아해하
자 이렇게 덧붙인다. 평생 귀 같은 건 잘 안 쓰고 살았어요. 어
떤 소리를 듣게 되면 그냥 멀리 치워놓기 바빴지요. 하지만 근래
에는 그것들 사이로 지그시 가라앉는 기분이 들어요. 나의 늙고
병든 육체가 아무런 무게를 가지지 않은 것처럼.

　병원을 나서자 구두 한 켤레가 또각또각 노인을 지나쳐간
다. 노인은 복숭아 씨 크기의 연골이 매달린 발목 한 쌍을 등
뒤에 상상해본다. 모든 보행 습관, 호흡의 두 가지 과정, 율동
하는 내장들 — 심장뿐 아니라 위장, 비장과 나아가 이자의
분비 작용까지 — 에 이어 손뼉을 마주 치는 양식, 수백 가지
식사 문화와 무수한 입속에서 이루어지는 저작 운동, 동시에
깜빡이는 홑겹의 눈꺼풀들은 왜 하나같이 박자와 관련 있는
가. 노인은 건물 앞에 우뚝 서서 희미한 맥박을 잠자코 받아
들인다. 노쇠한 핏줄들은 더 이상 심장 깊숙이 혈액을 밀어
주지 못해서 종종 거꾸로 넘치기에 이른다. 그런 일들이 차
츰 잦아지면 결국 정맥이 고무 튜브처럼 늘어나게 되는 것이
다. 피부 밖으로 돌출된 혈관 지도는 주로 넓적다리, 종아리
를 지나 발목까지 빈틈없이 뻗어 있다. 노인은 익사한 사체
처럼 부풀어 오른 하반신을 내려다볼 때마다 기이한 기분에
사로잡힌다. 거의 검게 착색된 정맥들이 살가죽에 뿌리를 내
린 로제트 식물 따위를 떠오르게 하는 탓이다. 혹은 노인의

피하조직을 부식토 삼아 양분을 빨아들이며 밤마다 이불 속에서 증식하는 진균식물, 포자식물 따위를. 약한 맥박 때문에 불안과 공포 같은 경험은 오래전에 잊혔음이 틀림없다. 의사는 정맥류를 절단하는 수술만이 유일한 치료법이라고 이야기했다. 하지만 몸 곳곳에서 툭툭 불거진 혈관들을 헐값으로 잘라내는 것도 불가능한 일이다. 노인은 다만 기다리기로 작정했을 뿐이다. 멀쩡했던 혈관들도 하나둘 손상되고 늘어난 나머지 온몸이 도드라진 실핏줄들로 뒤덮일 때까지. 혈액의 공급이 점차로 느려지고 그렇게 피가 흐르지 않는 부위들 위로 궤양과 건조부패, 반점 들이 기괴한 형상을 그리며 나타날 때까지. 기다리면서 노인이 하는 일은 지급받은 실비로 약을 사 먹고 통증을 견디면서 쇠락한 육체의 종말을 가만히 감상하는 것이다. 어느 순간, 듣지도 말하지도 못하는 순간만은 오지 않기를 바라면서.

전시 마지막 날. 다녀갈 관객들은 이미 모두 다녀갔는지 점심이 지나도록 한 사람도 전시 공간에 나타나지 않는다. 지난 몇 주 동안의 노고를 격려하기 위해 음료나 빵을 전해 주고 간 박물관 직원 한둘만이 인적을 남겼을 뿐이다. 노인은 사람 하나 없는 실내에서도 줄곧 전시지킴이용 좌석을 지키고 앉아 있다. 하나뿐인 배심원, 또는 면회객처럼. 불과 몇 시간만 지나면 엘가도 지하 수장고에 처박히게 될 것이다. 10년 단위로 찾아오는 수교 기념 전시나 아주 드물게 기획되는 근현대 전시를 제외하면 다시는 빛을 쬐지 못하게 될지도 모른다. 습도와 온도, 먼지 밀도가 매일 똑같이 지켜지는 대형 금고 안에서 단지 일련번호로 다뤄지게 되는 것이다. 가령 주먹도끼, 뼈 작살, 빗살무늬토기, 돌괭이, 청동거울과 청동 검, 절인 가죽, 추녀 장식과 기와, 유골함, 황금 왕관, 화강암 불상과 동양화, 해진 비단 복식, 고분에서 뛰쳐나온 왕가의 해골, 국궁, 비색 청자, 대나무 울타리, 동판에 장식된 금속활자, 연감 및 도감, 대장기와 성루 벽돌, 서양식 엽총, 대구경 포탄, 판옥선 판재와 칼집에 물린 장검 같은 구시대 송장들 사이에 섞인 채로 말이다.

　노인은 어둠 속에서 엘가에게 말을 건넨다. **알고 있니?** 죽음에 가까운, 소통 불가능한 정물과 그 정물에게 말을 거는 이 우스꽝스러운 풍경을 가까스로 견디면서. **넌 이제 모두에게 잊히는 거야.** 둘 사이에 침묵이 찾아온다. 노인은 텅 빈 청각기관들로 적막의 부피를 가늠해본다. 작은 입방형의 전시 공간은 인공 호수 밑에 수몰된 한 칸 크기 방처럼 귀가 먹먹한 적막으로 가득 차게 된다. 그러자 실패한 음향의 사체들이, 아주 나직한 볼륨으로 조절된 음악 잔해들이 하나둘 들려온다. [생상스, 「서주와 론도 카프리치오소」 작품 28] 기차역, 쏟아져 나오는 승객들 틈에서 엄마를 놓친 아이가 홀로 남겨진다. 바이올린 케이스를 툭툭 치고 지나가는 어른들. 아이는 울음을 터뜨리는 대신 바닥에 내려놓은 케이스 안에서 조용히 바이올린을 꺼내 든다. [시벨리우스, 「바이올린과 피아노를 위한 여섯 개의 소품」 작품 79 중 제5번 「춤의 목가」] 경주가 붙은 두 대의 마차. 더치 웜블러드 여섯 마리가 투박하게 기른 갈기를 뽐내며 농가 사이로 달려나간다. 서로 근육을 부딪칠 때마다 마차 부품이 우지끈 부러지는 소리. [조반니 바티스타 비오티, 「바이올린협주곡」 22번 A단조] 추수를 마친 가을 농장 위로 행군하는 전열 보병들. 구령 소리가 멀어져가는 가운데 무장한 군관이 쇼크로 무너진 적병의 주검을 내려다본다. 앳된 얼굴의 프로이센 병사는 부친의 군복을 빌려 입었음이 틀림없다. 총상에 의한 고통으로 일그러진 턱관절은 작센식 강세가 뚜렷한 **엄마Mutter**를 발음하는 입모양과 닮았다. 한편, 언덕 위에서 승전을 기념하는 궁정악단. [멘델스존, 「바이올린협주곡」 작품 64] 대성당 1층 예배당 안에 갇힌 2백 명의 사람들. 참나무 판재를 덧댄 현관 대문 바깥으로 목재 가구들이 한 채씩 쌓인다. 건물 앞에서 횃불을 들고 있는 군중들은 연방 **프로테스탄트를 위해!** 외친다. **구교도 위선자들을 불태워라!** 내벽으로 내몰린 성가대 연주자 하나가 창문 밖으로 바이올린을 건네며 애원한다. **이봐, 빈센**

트! 이 친구야, 내 바이올린을 좀 부탁하네. 그의 개신교 이웃은
마지못해 악기를 받아든다. 성당이 불길에 사로잡히자 곳곳
에서 연호가 잦아든다. 달싹거리며 불똥을 튀기는 가톨릭 유
해들. [크라이슬러, 「레치타티보와 스케르초-카프리스」 작
품 6] 눈보라가 몰아치는 노동 수용소 안뜰, 나막신을 신은
포로 행렬이 까마득히 줄지어 있다. 대열은 건물 입구에서
둘로 나누어진다. 노동에 동원할 수 있는 인력과 그렇지 못
한 인력을 가려내는 것이다. 갈색 모직 코트를 입은 소련군
장교 한 명이 분류를 도맡았다. 소속을 나타내는 검시국 완
장을 팔에 찬 모습이다. 그는 추위와 굶주림 때문에 늑대 꼴
로 전락한 몰골들을 손짓만으로 골라낸다. 이어서 동양인 여
자가 앞으로 끌려 나오는데, 눈발로 축축하게 젖은 바이올린
이 가슴에 안겨 있다. 그는 이날 처음으로 포로에게 말을 붙
여본다. **스크리파치카скрипачка?** 곧잘 알아듣지 못하자 악기
를 가리킨 다음, 허공에 대고 정성 들여 활을 켠다. 등 뒤에서
도열한 말단 사병들이 수군거린다. 여자는 턱받이에 뺨을 붙
인 다음 곱은 손가락들을 몇 번 쥐었다 편다. 연주되는 곡은
그녀가 유학 시기에 사사한 스승이 직접 작곡한 음악이다.
동상과 습진으로 곪은 손끝이 악기 위에서 터지고 갈라진다.
감로와 같이 맺힌 피고름은 엘가의 줄감개집과 네 개의 현에
아직까지 배어 있다. 이상의 모든 음악이 일순간 멎었을 때,

노인은 아주 먼 옛날 잃어버린 맥박이 잠시 돌아와 그녀의 가슴을 두드리는 것을 느낀다. 머리가 뭉툭하게 깎인 공성추 攻城椎 처럼. 쿵, 쿵, 쿵, 쿵.

비밀 사보
노트

선생님. 아시다시피 저는 우리 대학에서 20년째 실내악 수업을 맡고 있습니다. 매 학기 첫 수업은 출석 확인 전부터 이미 어수선합니다. 앙상블 동료를 구하려고 우왕좌왕하는 것이죠. 가장 처음 만들어지는 그룹은 물론 더블 바이올린입니다. 고전적인 조합이죠. 지난 학기에 좋은 점수를 받았던 이들은 바흐에 도전해볼 만합니다. 반면, 만용에서 교훈을 얻은 이들은 사라사테로 눈길을 돌리게 되어 있습니다. 하지만 거의 언제나 피아노가 인기를 독점합니다. 피아노 듀오, 피아노·바이올린·첼로 트리오…… 여기에 콘트라베이스나 플루트를 끼워 콰르텟 혹은 퀸텟을 노려볼 수도 있겠습니다. 이따금 그룹을 구하지 못한 기악 파트들이 피아노 한두 명에 몰려 다소 조잡한 형태의 8중주가 구성되기도 합니다. 저는 학생들이 이런저런 편성 실험을 해보도록 그냥 둡니다. 각 그룹의 팀장이 대표로 나와 자기 조원들의 명단이 적힌 종이를 건네주면 말없이 받아두는 것이죠. 이 악기는 저 악기와 조를 꾸리는 편이 좋다. 이 구성은 합주에 애를 먹기 쉽다. 그런 말도 하지 않습니다. 이렇게 조직된 앙상블 그룹이 한 학기를 갑니다. 수업 시간이 돌아오면 한 팀씩 공개 연주를 합니다. 역할에 따른 악기의 볼륨을 조절해주거나 합주 템포 잡아주기. 그런 것들이 저의 일입니다. 종종 곡의 이해를 돕는 작업이 더해질 때도 있습니다. 하지만 여전히 말은 그다지 필요하지 않습니다. 자, 어느덧 학기 말에 이르렀고 대망의 실기 시험이 눈앞으로 다가왔습니다. 어두컴컴했던 콘서트홀에 하나둘 불이 켜지고, 마지막 리허설 이후 비어 있던 좌석들이 금세 관객들로 채워져 있습니다. 모든 준비가 끝났습니다. 소음이 저절로 잦아들면 첫번째 앙상블 그룹이 입장할 겁니다. 남은 건 연주와 앵콜, 앵콜, 앵콜뿐입니다. 선생님, 그렇다면 우리는 마침내 한 가지 물음 앞에 다다르게 되겠습니다. 어떤 그룹이 가장 좋은 점수를 받았을까요? 고전적인 더블 바이올린? 화려한 피아노 듀오? 안정적인 피아노 트리오? 두루 사랑받는 현악 4중주일까요? 규모와 화성학적 완성도만으로 따지자면 옥텟이 유리하겠습니다만, 정답은 처음부터 정해져 있습니다. 좋은 음악가가 속한 그룹. 그들이 언제나 가장 많은 커튼콜을 받습니다.

친애하는 박정효 선생님. 선생님께서는 제가 아는 최고의 음악가를 소개해달라고 부탁하셨습니다. 제가 보기에, 세상에는 두 부류의 음악가만이 존재하는 듯합니다. 먼저, 악보에 적혀 있지 않은 기호들을 읽어낼 줄 아는 사람들. 이들은 음악의 실체를 이해하는 사람들이며, 오직 파가니니, 리스트, 라흐마니노프, 부소니 이후 굴드와 오이스트라흐 같은 소수의 천재들만이 계보에 이름을 올렸습니다. 한편, 악보가 새까맣게 변할 때까지 수기 해석을 붙이는 사람들이 있습니다. 이들은 하나같이 자기만의 악보를 가지고 있으며, 그 악보는 남들이 볼 수 없는 비밀 문서처럼 취급됩니다. 사실 그 해석이란 상당히 사소한 흔적으로, 손가락 번호나 올림활, 내림활 표시와 같이 대부분 그들의 스승으로부터 전수받은 기술적 지시에 불과합니다. 저는 그런 음악가들을 아주 많이 지켜봐 왔습니다. 물론 이번 학기에도 그런 음악가들을 가르치고 있죠. 그런데 그렇지 않은 사례도 있었습니다. 20년 동안 딱 한 사람. 2학년 반주 수업이었을 겁니다. 실기 시험 지정곡 다섯 곡의 악보를 같은 클래스 친구들과 돌려 봤던 학생이 있었습니다. 자기가 스스로 분석하고 연구한 테크닉을 친구들과 나누고 싶었던 것이죠. 하지만 결과적으로 아무것도 보여주지 않은 셈이나 다름없게 되었는데, 그건 그 악보의 지면이 연필 자국으로 빈틈없이 가려져 있었기 때문입니다. 저는 몇 층이나 덧칠되었는지 차마 헤아려볼 수 없을 만큼 까무스름한 그 종잇장들이 눈앞에서 반들거리던 장면을 아직 기억합니다. 어느 부분을 잡아 들추어야 할지 알 수 없어 잠시 난처했던 것도요. 이어서 악보의 한 귀퉁이를 집어 들었을 때, 흑연 가루와 부서진 탄소 결정이 집게손가락 끝에서 바스락거리며 떨어져 내렸는데, 지금도 생생하게 기억납니다. 실제로 그 악보는 같은 클래스의 다른 친구들이 가져온 악보들보다 두세 배쯤 무겁게 느껴졌습니다. 그렇습니다, 선생님. 저는 지금 추천서를 쓰고 있습니다. 제가 부족한 사람을 변호하기 위해 과장을 보태고 있다고 의심하실까 우려됩니다만, 조금 더 들어보십시오. 저는 그 악보가 지정곡 다섯 개 가운데 어떤 곡의 악보인지 유추할 수 없었고, 학생에게 물었습니다. **이 악보를 읽을 수는 있겠습니까?** 학생은 아주 해맑게 웃더니 자신 있게 대답했습니다. **그럼요. 말러의 「피아노 4중주」잖아요.** 저는 학생에게 양해를 구한 뒤, 곧바로 지우개를 들어 악보 한 곳의 필적을 살살 문질러나갔습니다. 숯검정처럼 눌어붙은 연필 자국 속에서 마침내 어절 하나가 첫머리를 드러냈는데, **N**으로 시작하는 그 독일어 부사는 **Nicht**로, 18세기에 약속된 오스트리아식 셈여림 표기법의 일부가 틀림없었습니다. 저는 뒤따라올 어절들의 나머지 말뜻은 필묵 속에 남겨두기로 했습니다. 그것은 제가 선별했던 지정곡 다섯 개 가운데 단 한 곡만이 독일/오스트리아 출신 작곡가의 작품이었던 까닭이며, 이 곡은 **Nicht zu schnell [♩=69]** 그러니까, 너무 빠르지 않게, 2분음표를 69메트로놈 템포로 연주할 것을 지시하고 있다는 사실이 너무나도 확실했기 때문입니다. 이 학생이 거짓말을 하지 않았다는 말씀을 드리고 있는 것입니다.

그렇습니다. 이 사람이 제가 아는 최고의 음악가입니다. 음악의 실체가 무엇인지와는 상관없이. 다만 음악과 끝장을 보겠다는 끈질기고 부지런한 태도. 누가 됐든 악보 종이가 수기 흔적으로 새까맣게 칠해질 때까지 연필 머리를 놓지 않는 사람이 있다면, 이 악보에 한해 그는 세상에서 제일가는 달인이 아니겠습니까? 이 학생이 대학 재학 4년 동안 모든 합·반주 수업의 악보를 그런 식으로 만들었다면 믿으시겠습니까? 제가 만난 최고의 음악학 대가가 학사 졸업을 끝으로 오랫동안 음악을 떠나 있었다는 사실이 저를 얼마나 슬프게 만들었는지 모릅니다. 그러나 확신하건대 이 사람은 그가 사랑하는 피아노를, 연주를, 음악을 영영 저버리지는 않았을 것이며, 여전히 포기를 모르는 마음으로 무언가와 끝장을 보고 있으리라 확신합니다. 아래 연락처를 남길 테니 꼭 한번 연락해보시기를 거듭 권합니다.

날씨가 무덥습니다. 모쪼록 늘 건강하시기를 바라며.

윤에스더 드림

첫머리를 어떻게 열면 좋을까? 당신만 괜찮으시다면, 지금
이 지면의 페이지 조판을 조금 손보는 건 어떨까? 쪽 번호와
문단 스타일, 자간, 행간, 들여쓰기 여백은 그대로 두고. 그냥
짧은 구절 한 토막을 이어질 문단 앞에 매달아두었으면 하는
데. 이를테면,

**molto rubato con spirito: 매우 자유로운 템포로, 씩씩함
을 가지고**

이제 이야기를 시작하도록 하자. 박정효는 고려대학교 불
어불문학과 교수다. 박정효는 프랑스 리옹 제2대학 문과대
학에서 로트레아몽 작품 연구로 박사학위를 받았다. 박정효
는 한국프랑스학회의 회원이고, 동시에 프랑스 로트레아몽
학회의 회원이다. 여기까지가 고려대학교 불어불문학과 인
트라넷 데이터베이스에서 확인할 수 있는 이력이다.

박정효에 관해 무언가 더 말해볼 수 있을까? 작은 비밀을
들여다보는 건 어떨까? 예컨대 그가 2013년 2학기 말에 학
과 조교를 찾아가 부탁했던 것. 이후 그의 교수 소개란에서
남몰래 사라진 어떤 경력을 지금 다시 꺼내어 봐도 괜찮을
까? 지금은 사라진 한국번역비평학회의 마지막 회장을 지냈

다는 사실 같은 것. 그렇다. 2018년 작고하신 황현산 선생이 직접 창립했고, 초대 회장과 명예 회장을 역임한 바로 그 스터디 서클 말이다. 2006년에 결성되어 2013년 잠정 해체 수순을 밟기까지. 일곱 해 동안 일곱 명의 회장이 있었고, 박정효는 해산을 눈앞에 둔 이 단체의 마지막 순간을 홀로 지킨 사람이었다. 아니, 그랬다고 생각했다.

2013년 11월 23일. 고려대학교 문과대 132 강의실에서 열렸던 동계 심포지엄을 박정효는 기억할 것이다. 그날을 어떻게 잊을 수 있을까? 학회의 이름으로 주최된 마지막 학술회의였는데. 오후 1시 30분 정각에 맞춰 방교영 교수의 기조 강연이 시작되었고, 5시 40분 전후로 김혜림 교수가 폐막 강연을 마칠 때까지. 박정효는 멀찍이 떨어져 앉아 4, 50명 남짓한 좌중을 시시때때로 두리번거렸지만 익숙한 얼굴 하나 찾지 못했다. 한 명의 회원도 찾아오지 않았던 것이다. 박정효는 크게 낙담했다. 박정효는 강의실에서 도망쳐 나와 문과대 건물 앞 공터에 아무렇게나 자리를 잡아 앉았다. 어느 성실한 교직원이 싸리비를 들고 계단을 내려가는 중이었고, 지난 계절 뙤약볕을 가려주던 구과목 나뭇잎들이 빗살 사이사이에서 발견되었을 때, 박정효는 숨을 곳이 없다는 사실을 깨닫고 말았다. 줄기만 앙상하게 남은 우듬지들이 머리 위에서 흔들리고 있었다. 박정효는 허리를 구부렸다. 무릎 안쪽 깊숙이 얼굴을 묻어야 했다. 분묘처럼 작게 웅크린 몸. 수종이 같은 묘목 다섯 그루가 그 모습을 말없이 내려다보았다. 넓적다리 사이. 얼굴 하나 들어가기에나 알맞은 아주 사적인 공간에서 박정효가 할 수 있는 일이라곤 이처럼 부끄러운 실책 앞에 끝도 없이 부연을 대는 것뿐이었다.

그러는 사이에 서늘한 겨울바람이 몇 번인가 지나갔다. 때가 되자 누군가 그의 옆으로 다가와 앉았다. 아무런 기척 없이. 그림자처럼. **박 선생은 우리가 끝났다고 생각합니까?** 박정효는 자신의 넓적다리 너비만큼 만들어진 어둠 속에서 점잖은 부름을 들었다. 천천히 머리를 들고 목소리를 쫓아갔다. 그리고 조용히 울먹이며 말했다. **선생님, 제가 모자랐습니다. 선생님의 계획을 제가 망쳐버렸습니다. 우리의 꿈은 이렇게 끝나버렸습니다.** 선생은 박정효를 지그시 바라보고 있었다. 정확히는 입 모양을. 울음소리 때문에 와들와들 떨리는 가슴뼈와 가여운 호흡근들이 딸꾹질처럼 말의 일부를 자꾸 삼키는 탓이었다. 선생은 예고 없이 손을 들었다. 그 손은 박정효의 오른뺨을 지나 등 뒤로, 날개처럼 나눠진 어깨뼈 사이의 작은 공간 위로 가 내려앉았다. 그곳은 척추를 보호하는 아주 얇고 예민한 근막이 지나는 자리로, 이후 선생의 목소리가 귀를 거치지 않고 곧장 전해졌다. **공식적으로는 그렇지요.** 박정효는 선생의 백발이 단정하게 정리되어 있는 것을 알아차렸다. 그것은 비스듬히 눌러쓴 모직 헌팅캡으로도 가려지지 않는 귓가 부분에 자라 있었다. 그렇지만, 선생은 이어 말했다. 그렇지만 우리가 우리의 싸움을 계속하면 안 되겠습니까? 선생은 이렇게 말하고 둥근 뿔테 안경다리를 슬쩍 밀어 올렸다. 그리고 장난꾸러기 어린아이처럼 웃었다. 흐흐. 일종의 비밀 결사대처럼 말입니다. 선생은 자리에서 일어나다가 주춤 중심을 잃었다. 박정효는 허겁지겁 뒤따라 일어나 선생의 양팔을 붙잡았다. 선생은 자신보다 약간 더 높은 박정효의 어깨를 힘 있게 주물렀다가 놓았다. 엘랑 비탈. 나는 이 말을 가장 좋아해요. 박정효는 남부 프랑스식 발음법으로 같은 단어를 따라 읽었다. Élan vital? 선생은 억양이 읽히지 않는 기묘한 뉘앙스로 또박또박 그 이름을 다시 불렀다. 엘랑 비탈. 나는 죽을 때까지 싸울 요량이니, 우리의 꿈은 아직 끝난 게 아닙니다. 그리고는 몸을 돌려 곧장 떠나버렸다. 박정효는 문과대 언덕길을 가로질러 내려가는 선생의 홀가분한 걸음걸이를 지켜보았다. 처음 다가왔을 때처럼 기척 없이 사라져 마침내 보이지 않게 될 때까지. 선생은 그 뒤로 다시 나타나지 않았다. 5년이 지나 부고 소식을 전해 듣기 전까지. 그렇게 『말도로르의 노래』는 선생의 마지막 번역서가 되었다.

흐름을 이어서. 다시 말해,

dolcissimo: 아주 부드럽게

『말도로르의 노래』는 6박 7일에 걸친 짧은 체류 기간 내내 박정효의 곁을 떠나지 않는다. 미술 부서의 고집으로 규격 외 변형 판형으로 출간이 확정된 이 책은 보통의 번역서보다 너비가 좁았고, 그래서 헤링본 트윌 재킷의 넓은 바깥 주머니에 알맞게 들어갔던 것이다.

프랑스 로트레아몽 학회의 정기 학술대회는 체류 이튿날 일정으로 잡혀 있다. 박정효는 늦은 오후에 숙소를 나선다. 택시를 기다리는 동안 멀리서 개들이 짖는데, 짖을 때마다 야위고 꾀죄죄한 몸뚱어리가 휘청거린다. 오랜 시간 굶주린 것이다. 짖기에 뒤따르는 떨림조차 감당하기 힘들 만큼. 박정효는 조식으로 제공받은 샌드위치를 몇 조각 찢어 주위에 던져둔다. 개들은 조금도 다가오지 않는다. 멀리서 짖기만 할 뿐. 바크바크. 주둥이의 비근 주름은 먹이가 아니라 다른 무엇을 기다리고 있는지도 모른다. 말하자면 누군가를. 그러니까 파리 시경 안쪽에는 아직까지도 그런 기다림들이 남아 있다. 박정효의 목적지는 파리 제1대학의 현대식 대강당이다. 지난해 전 세계를 휩쓸었던 유행성 전염병 때문에 이미 여러 차례나 미루어진 자리다. 박정효는 대강당 연단 앞에 줄지어 불이 밝혀진 가톨릭 양초들을 내려다본다. 타오르는 심지 하나 앞에 분실된 영혼 하나. 파리는 행정 기능이 마비됐던 몇

몇 대도시 가운데 한 곳이었고, 실제로 수많은 불문학 명사가 한꺼번에 목숨을 잃었던 것이다.

사회자가 또각또각 연단으로 올라간다. 박정효는 등받이 뒤로 머리를 돌린다. 대강당 좌석은 앞에서 3열까지만 채워져 있다. 많게는 18열, 혹은 만석까지도 다다르곤 했는데. 학술대회를 한층 숙연하고 긴장감 있게 만들었던 무대 밑의 눈썰미들은 모두 어디로 숨어버린 걸까. 단출하게 들떠 있는 엉덩이 받침들. 사람의 체중이 실종된 자리마다 조명 불빛 또는 면직 티끌만이 떠돌아다닐 뿐이지 않은가. 박정효는 옆에 앉은 노인이 똑같이 등받이 뒤로 머리를 돌렸다가 **Oh! Mon Seigneur** 하고 나지막이 중얼거리는 것을 듣는다. 이마를 짚은 채로 고개 숙인 그는 한동안 목덜미 밑으로 늘어진 십자가 장신구만 만지작거리게 된다.

기조 강연에 앞서 추도식이 치러진다. 2019년 말라르메상 수상자인 클로딘 보히가 추모시 낭독자로 나선다. 깊은 여운을 남기는 품사와 어절 들. 박자를 헤아리기 힘든 말없음표. 행이 바뀌는 동안 이따금 숨죽여 훌쩍이는 소리. 보히는 거의 영구적인 길이의 침묵으로 마지막 행을 끝마친다. 한동안 대강당은 거의 카타콤과 같은 무음 속에 남겨진다. 그리고 마침내 나탈리 레제가 성큼성큼 연단 계단을 밟아 올라간다. 레제는 현대 저작물 기록 보관소 부소장으로, 학술대회 공문에 소개된 기조 강연 발표자이기도 하다. 손 하나가 마이크 가까이 다가가 알루미늄 그릴 헤드를 두드린다. 두 번. 레제는 여러 차례나 목소리를 가다듬으며 아직까지 비탄에 빠져 있는 학자들의 정신머리를 남김없이 자기 앞으로 불러들인다. 알토 음역으로 내리깔리는 레제의 목소리는 음향 기기에 의해 한층 증폭되어 거의 살아 있는 튜바처럼 울려 퍼진다. **여전히 우리 앞에는 우리의 싸움이 남아 있습니다.** 박정효는 이때 선생의 장난꾸러기 같은 얼굴을 떠올린다. **모두 인쇄물을 받아주세요.** 조교들에게 종이 묶음을 전달받은 1열의 학자들이 나머지를 뒤로 전달한다. 그리고 2열에서 다시 3열로 똑같이. 두꺼운 링 바인더에 묶인 종이 뭉치의 분량은 32페이지쯤. 표지에는 별다른 장식 없이 글귀 한 줄만이 홀로 서있다. 단조롭고 따분해 보이는 글씨체는 아마도 윌리워 내지는 루이스 셰리프. 종이 중앙에 놓여 오래된 책의 겉장을 자연스럽게 상기시키는 이 인쇄물의 이름은 **"Les Chants de Maldoror"**인 듯하다. 이른바, **말도로르의 노래.** 하지만 왜 이것을 지금?

박정효는 그의 전자우편함 휴지통에 처박힌 170킬로바이트 크기의 텍스트 파일 몇 개를 떠올린다. 학술대회의 연기 소식이 고지된 그 전자 문서들은 하나같이 로트레아몽 서거 150주기를 언급하고 있었다. 다가올 심포지엄의 주제를 미리 유추해보는 건 그다지 어렵지 않은 일이었을 것이다. 이를테면 '로트레아몽 다시 읽기' 같은 식으로. 보통 이런 투의 예측 진술은 커다란 충격의 앞자리에 놓인다. 일종의 완충장치 내지는 페르마타처럼. **한 가지 중요한 발표를 하려고 합니다.** 그러니까 진실은 여기에 있다. 다시 마이크로폰 앞으로 다가가는 레제의 입술 속에. 말하려는 이름의 악상 발음법에 따라 이제 막 윗잇몸 벽으로 바투 끌려가 붙으려는 살덩어리 끝에. **로트레아몽 백작. 근사한 가명 뒤에 감춰진 불멸의 젊음. 쉬르리얼리스트들이 사랑해 마지않았던 아름다운 청년. 이지도르 뤼시앵 뒤카스의 『말도로르의 노래』 육필 원고가 마침내 우리 손에 주어졌습니다. 그렇습니다! 보르도의 시 경연대회에 제출되어 에바리스트 카랑스의 눈에 들었던 「첫번째 노래」 말입니다.** 레제는 강의대 위에 올려두었던 서류 봉투를 들고 소리 나게 흔들어 보인다. 봉투 내부를 조심조심 더듬는 손. 합성수지 필름을 씌운 아황산 펄프지 한 묶음이 마침내 모습을 드러낸다. 좌중은 존귀한 해골을 목격한 불신자들처럼 한꺼번에 말을 잃는다. **여러분에게 주어진 인쇄물은 원본을 직접 스캔한 것입니다. 팬데믹 시기에 우리 보관소에 도착한 무기명 소포의 정체가 바로 이것입니다. 작은 편지가 함께 동봉되어 있었는데, 자신을 비밀 딜레탕트라고 소개한 이 고문서 수집가는 보존·관리에 제법 소질이 있었던 모양입니다. 모쪼록 자신은 급**

성 폐렴을 진단받아 죽음을 눈앞에 두고 있으니, 부디 이 문서를 올바르게 해독해달라는 요청을 편지 끄트머리에 덧붙였습니다. 하지만 우리는 이미 알베르 라크루아가 1869년 전권을 모아 엮은 완전판 『말도로르의 노래』를 가지고 있지 않던가요? 도대체 무슨 해독이 더 필요했던 걸까요? 이제 페이지를 한 장 넘겨 보십시오. 학자들의 입에서 거의 시름이나 다름없는 탄식이 쏟아져 나온다. 일제히. 박정효는 한순간 주저앉기라도 한 듯 어깻죽지를 무겁게 짓누르는 실내 기압 속에서 페이지를 한 장 넘긴다. 그리고 옆에 앉은 노인이 작게 중얼거렸던 불어 한 토막을 지금 다시 따라 외운다. 조금 더 친숙한 방식으로. **하느님, 맙소사.**

익명의 독자들을 서슴없이 호명하던 「첫번째 노래」의 첫 구를 살펴보라. 시집의 입구. 긴 호흡의 산문이 흡사 진술처럼 단숨에 불려 나오는 부분. 엄정한 어조의 목소리 대신 필선이 흐트러진 수기 자국들이 핸드아웃 위로 삐뚤빼뚤 나타나 있다. 이 음침한 청년은 아마도 몬테비데오에서 악필로 이름을 떨쳤을 듯. 불성실한 필기체쯤 개성으로 치더라도. 절과 절 사이. 행간. 장평. 최소한의 여백. 뭐라고 부르든. 행갈이를 해치고 있는 이 마구잡이 낙서들은 무엇을 뜻하는지? 로맨스어 글줄 밑으로 정체를 알 수 없는 자필 기호들이 끊임없이 이어지고 있지 않은가. 그것도 모든 문자 밑에 하나

씩. 페이지를 넘길 때마다 어김없이. 첫번째 노래의 마지막
구까지. 멀찍이 떨어져 앉은 누군가가 소리친다. 우리가 속았
다! **영락없는 졸고(拙稿)였어!** 그러자 다른 누군가가 벌떡 일어나
서는, **너 이 자식! 입 닥쳐!**

poco a poco più crescendo: 조금씩 조금씩 점점 세게

박정효는 지그시 눈을 감는다. 이것은 전승이 끊기지 않
은 희귀한 주술 유산 가운데 하나로, 오직 번역가들만이 반
복 학습으로 체험할 수 있는 기적인데, 이들은 눈만 감으면
언제든지 현대식 판테온으로 귀환할 수 있는 것이다. 이 위
대한 만신전은 아주 오랜 시간을 들여 건설된 심상의 공간으
로, 양질의 대리석 대신 산더미 같은 논고와 비평이 재료로
쓰였다. 무수한 열주로 장식된 주랑을 거닐 때. 희미한 수군
거림이 복도에 울리는데. 귀를 기울여보면 가까운 코린트식
기둥에서 나는 소리로. 세계 곳곳의 수장고와 도서관, 비밀
아카이브를 떠돌던 선배들의 목소리가 채록된 것이다. 기둥
위에는 수많은 이름이 서로 다른 필기체로 음각되어 있는데.
그 모두가. 반복 주기가 짧은. 이 음산한 노이즈의 발신 채널
이라는 사실을 의심하지 않을 수 없고. 죽은 선배들의 음성
으로 이루어진. 미미한 크기의 자기장 때문에. 기둥머리에 장
식된 아칸서스 잎사귀가. 바들바들 흔들리고 있다는 착각 앞
에 다다를 때면. 재빨리 뒤로 한 발짝 물러나야만 한다. 문학

이라는 표의문자의 구렁텅이 밑으로 영영 떨어져버리지 않
도록. 이제 본전으로 들어가면, 근대불문학사의 네 장면이 원
형 내벽 위에 부조되어 있다. 왼쪽부터 오른쪽으로. 이 파노
라마 장치를 가설물 없이 관람할 수 있는 특권을 잠시 빌려
보자면. 식사 중인 가르강튀아와 팡타그뤼엘 부자가 첫번째.
총상을 입고 쓰러진 레날 부인과 그녀를 내려다보는 줄리앙
이 두번째. 무도회장에서 카드리유quadrille를 추는 에마, 갓
구운 마들렌에 홍차를 곁들여 먹는 마르셀이 세번째와 네번
째. 한편. 주위를 둘러보면 석고로 만든 높이 12미터의 좌상
들이 줄지어 조각되어 있는데, 물론 대부분 프랑스인이고, 잘
알려지지는 않았지만, 보들레르보다도 불행한 방식으로 죽
음을 맞이한 식민지 출신 젊은이 하나가, 우수수 떨어져 내
리는 석고 가루의 양만큼, 서서히 무너져 내리는 모습을, 박
정효는 가만히 지켜본다. 그것은 저 불운한 청년이 지금 지
상에서 인망을 잃고 있기 때문으로, 이때 반듯하게 펼친 손
바닥 하나가 불현듯 강의대를 때린다. 박정효는 깜짝 놀라
눈을 뜬다. 평화로운 마음속의 장소, 만신전에서 내쫓기듯 튕
겨져 나온다. 두말할 나위 없이, 레제의 손이다. 그래요! 여러
분 모두 알베르 라크루아 버전과 원본의 중대한 차이를 알아보
실 수 있을 겁니다. 그러니 제가 나서서 설명을 거들 필요는 없
을 것 같군요. 우리가 알고 있는 『말도로르의 노래』가 오역의 결

과물일 수 있다는 가능성을 부정할 수 없게 되었습니다. 150년에 걸친 연구와 그 산실이 모두 수포로 돌아갈지도 모른다는 겁니다. (하느님, 맙소사. 카랑스, 라크루아. 이 비겁한 겁쟁이들.) 사태의 긴급성을 참작하여 올해 학술대회는 『말도로르의 노래』 원본 해석을 둘러싼 즉석 방향성 논의로 전환하겠습니다. 천천히 원본을 검토해보시고 의견이 있는 분부터 발표해주시기 바랍니다.

그로부터 헤아릴 수 없이 지난한 시간이 이어진다. 이를테면,

meno mosso: 좀더 느리게

원본의 첫 구 밑에 적힌 기호들을 소리 내서 읽어보자. 1---2,5--3,5--4---2,5--3,5----5,5…… 여기까지. 숫자. 하이픈. 하이픈. 하이픈. 숫자. 숫자. 하이픈. 하이픈. 숫자, 숫자. 하이픈. 하이픈. 숫자. 하이픈. 하이픈. 하이픈. 숫자, 숫자. 하이픈. 하이픈. 숫자, 숫자. 하이픈. 하이픈. 하이픈. 하이픈. 숫자, 숫자…… 공허한 머리싸움을 시작할 시간.

연구자 A그룹은 자필 기호의 형식에 주목한다. 이들은 기호가 본문과 구분되는 언표를 나타내고 있다고 주장한다. 이중 구조로 조직된 무수한 문학작품들처럼. 액자의 안과 밖. 또는 텍스트와 메타-텍스트. 프로타고니스트와 안타고니스트. 화자와 청자. 그런 선례쯤 얼마든지 나열할 수 있지 않겠는가. 가타부타 따질 필요도 없이, 말도로르는 식인과 살인,

강간, 자해와 같은 악마적인 범죄들을 쾌락쯤으로 여기는 인물이 아니던가? 본문 문장들 밑으로 또 다른 글줄처럼 이어지는 이 파라텍스트 필흔은 틀림없이 말도로르에 대적하는 목소리일 것이다. 종속되지 않고. 말하자면 말도로르의 이면. 다른 이름을 가진 밝은 인격일지도 모른다. 그게 아니라면 더 높은, 지고한 자. 예컨대 로트레아몽 그 자신이거나 창조주에 버금가는 질서의 목소리를 지목해볼 수도 있으리라. 말도로르가 표상하는 혼돈의 깊이를 헤아려본다면 마땅히 그에 못지않은 빛이 이 저주받은 산문시집에 비추어야 할 것이다. 그러나 정체불명의 수열과 하이픈 조합을 어떻게 읽어야할지는 여전히 베일 뒤에 가려져 있다.

연구자 B그룹은 자필 기호의 표기 위치에 주목한다. 이를테면 세디유cédille와 같은 용도로 읽기 위해 애쓰는 것이다. 그것들이 예외 없이 문자 아래에 붙어 이어지고 있는 까닭이다. 여기에 트레뒤니옹trait d'union을 닮은 하이픈 표시가 설득력을 보태어준다. 심지어 뒤카스가 이같이 영문을 알 수 없는 자필 기호를 구상할 때 굳이 그의 모국어를 참고하지 않았다고 가정해보더라도, 스페인, 루마니아, 알바니아에서 얼마든지 비슷한 용례를 찾아볼 수 있지 않은가? 조금만 더 멀리 나가면 터키어, 아제르바이잔어, 투르크멘어, 타타르어와 같은 튀르크어족 또한 비슷한 발음 구별 기호를 사용하고,

이처럼 다양한 국제음성기호 표기법에서 세디유는 반드시 문자 아래쪽에 적어 표시하도록 약속되어 있는 것이다. 따라서 원본 해석은 이 별도의 글줄을 발음 구별 기호로 인정하는 데서 시작해야 한다. 과연 그럴까?

연구자 C그룹은 자필 기호의 규칙성에 주목한다. 원본에서 자필 기호로 사용되고 있는 숫자는 1부터 8까지 여덟 개의 자연수다. 중간중간 쉼표. 그보다 많은 하이픈. 이들은 여기서 640킬로미터쯤 떨어진 잉글랜드 중부 워릭셔카운티의 한 구석 성당 묘석 밑에 묻힌 해골 한 구를 느닷없이 일으켜 세운다. 18세기에 두개골을 도난당한 이 가엾은 시인은 비석에 새길 마지막 소네트마저 약강 5보격 리듬으로 쓰지 않았던가. 우리 모두『말도로르의 노래』가 수많은 단행으로 이루어진 산문시집이라는 사실을 잊어선 안 된다. 하이픈은 음절의 강약이 발생하지 않는 곳. 즉, 평문으로 음독하기를 지시하는 기호로 취급하는 것이 백번 옳다. 보라, 숫자는 음절의 강약이 발생하는 부분을 지시한다. 한 행을 2음절 음보들로 나눌 때, 몇번째 음절에 문법적 스트레스를 먹여야 할지를 가리키고 있는 것이다. 1부터 8까지, 여덟 개의 자연수가 4보격 2음절 그룹으로 나누어질 수 있다는 사실에 주목하자. 두번째. 5 앞에 오는 쉼표. 예컨대 3, 5나 7, 5 같은 것들. 이것은 동아시아의 고전 정형시에서도 찾아볼 수 있는 전통 시가 작법의 흔적으로, 실제로 당나라에서 유행했던 5언시, 5-7-5조를 지키는 헤이안 시대의 와카와 그로부터 파생된 하이쿠, 센류처럼 행의 길이를 제한하는 장치로서 나타나 있는 것이다. 게다가 신라와 고려에서 두루 노래되었던 8구체 향가는 8음절 이내의 단행과 여덟 개의 프레이즈만으로 주제를 완성하는 가능성을 보여주지 않았던가? 자필 기호는 로트레아몽 그 자신이 직접 산문 안에 운율을 구현해놓은 방식임에 틀림없다. 따라서 우리는 원본의 운문 버전을 완성해야 할 것이다. 그렇다면 원본은 해석이 아니라 단지 따분한 번안 작업을 요구할 따름인가? 목소리는 좀처럼 하나로 모이지 않는다……

박정효는 차츰 편두통을 느낀다. 관자놀이 부근의 얇은 힘줄들과 피부 판막이 미세하게 들썩인다. 노크에 알맞게 구부러진 손 모양을 하나 생각하기. 140메트로놈 템포에 어울리는 박자로. 툭. 툭. 툭. 툭. 약한 멀미 증상. 대형 트럭의 화물칸에 적재된 믹서 탱크처럼 머릿속의 말들이, 들고 있는 종이 윗면의 로마자 자모음들이, 다섯 가지 악상 표기법들이 하나둘 헤집어진다. 뒤집히고 도치된다. 뒤바뀌고 반복된다. 멀미. 이제 시작한다.

quasi staccato: 스타카토처럼

한바탕 소란. 목소리들. 점점 멀어짐. 두통. 메스꺼움 있음. 손힘이 느슨해지는 것을 느낌. 심장박동. 강한. 뱃고동 소리 같음. 빨라지는 중. 몹시. 체감할 수 있음? 백 퍼센트의 긍정. 이제 180메트로놈 템포를 향해 감. 어지러움. 안경 벗음. 헛구역질. 웩. 신맛 나는 침이 고임. 빠른 수긍. 끄덕거림. 기계적인. 하얘짐. 머릿속이. 알 수 없음. 그래. 할 수 없음. 너는. 능력 바깥의 일. 돌지 않음. 빌어먹을 머리가 좀처럼. 학자의 양심. 번역가의 싸움. 미주알고주알. 그만둬. 그따위. 젠장! 모두. 이렇게 실패? 다시 한번의? 무릎 꿇음? 능력 부족? 아니 그냥 게으름. 흔한? 핑계에 트헤마tréma를 붙여? 발음하면 나이브naïve함? 아니? 오히려 말을 줄여? 차라리 아포스트로프apostrophe. 차라리 합죽이. 빨리. 더 빨리. 도망쳐? 어디로? 비겁자. 너는 또다시 선생을 실망시킨다. 쯧쯧. 이제 그만. 다 그만해라. 조용히 하란 말이다. 아니. 우리는 이것이 재미있다. 두통 다음은? 현기증 다음은? 이봐. 기록을 계속해. 두드러기? 두, 두, 두드러기? 마, 막, 부풀어 오르는? 폐, 펩, 폐부 안에서? 수, 수, 숨을 고를 때? 기, 기, 기도가 막히는? 부, 붑, 부종의 크기? 으, 응, 응급처치가 필요해? 수, 숨, 숨이 막혀서? 자, 자, 자리에서 벗어나? 누, 누, 눈앞이 뿌예짐? 그, 그, 그런데 아무도 모, 모, 못 알아채고? 저, 저, 전문가라는 양반들이? 우, 우, 우리를 너, 너, 너를 자, 잘 이, 이해, 모, 못 해? 그, 그, 그래서 어떻게 돼? 어떻게 되다니. 엄살은 그만 떨어라.

accelerando: 점점 빠르게

하늘의 뜻이 다르지 않아, 독자는 부디 제가 읽는 글처럼 대담해지고 별안간 사나워져서, 방향을 잃지 말고, 이 음울하고 독이 가득한 페이지들의 황량한 늪을 가로질러, 가파르고 황무한 제 길을 찾아내야 할지니, 이는 그가 제 독서에 엄혹한 논리와 적어도 제 의혹에 비견할 정신의 긴장을 바치지 않는 한, 마치 물이 설탕에 젖어들듯이 책이 뿜어내는 치명적인 독기가 그 영혼에 젖어들 것이기 때문이다.*

ritenuto: 갑자기 느리게

이름 없는 손이 움직인다. 별안간 뒤에서 나타나 박정효의 어깨를 잡는다. 난기류 밑으로 추락 중인 에어프랑스 447편 여객기 안에 갇힌 누군가를 공중에서 낚아채다 꺼내놓는 것처럼. 박정효는 흠칫 놀라 뒤를 돌아본다. 마른 눈물 자국을 차마 닦지도 못한 낯짝으로. 안경다리는 여전히 오른손에 들려 있다. 심각한 근시. 왜곡된 원근감. 테두리가 불분명한 3차원 정물들이 희뿌옇게 흩어져 있다. 비어 있는 4열 좌석들 가운데 한 곳의 엉덩이 받침이 가볍게 내려가 있다. 박정효는 가까스로 어떤 움직임을 읽어낸다. 등받이 가까이 윗몸을 숙이는 이 사람은 누구? 그는 비밀스럽게 속닥인다. **선생은 우리가 끝났다고 생각합니까?** 이 모국어의 속삭임은 벌써 반나절 가까이 연장된 학자들의 논쟁 속에서도 손쉽게 구별된다. 아주 특이한 배음을 가지고 명징하게 전달된다. 박정효는 침을 삼킨다. 선생이 어디서 나타났든지, 그건 중요하지 않으리라. 박정효는 언젠가 꼭 전하고 싶은 말이 있었다. 때가 정해져 있다면 지금 이 순간이다. 박정효는 울분이 반 옥타브 억눌린 목소리로 말한다. **선생님의 마지막 번역서에 오역을 남겨놓지 않을 겁니다.** 이어서 되묻는다. **그래도 되겠습니까?** 선생의 장난꾸러기 같은 웃음소리. **흐흐.** 억양이 읽히지 않는 기묘한 불어 악센트도 여전히. **Oui, 그럼 어디 싸움을 시작해보십시다.** 선생이 떠난다. 박정효는 안경을 고쳐 쓴 다음 뒤를 돌아본다. 다시 한번. 4열 좌석은 공평하게 비어 있다. 그 뒤로 이어지는 다른 좌석들도 모두 마찬가지. 그리고 그렇게 3열 좌석 한 곳이 비워진다. 삐거덕거리며 올라가는 엉덩이 받침 하나. 영들 앞에 바쳐진 초들은 아직 타고 있다. 슬그머니 대강당을 빠져나가는 그림자 하나.

평온한 동체의 소음을 좇아, 일상적인 생활의 리듬을 되찾기. 말하자면,

a tempo: 본래 빠르기로

박정효는 침묵 속에서 슬며시 눈을 뜬다. 짐칸 선반을 따라 점점이 밝혀진 기내 조명 기구들이 조금 어둡다. 비행기는 희뿌연 안개 같은 적운을 빠져나가는 중이다. 동체의 길

고 곧은 날개가 멀리까지 뻗어 있는 것처럼 보인다. 심박 리
듬으로 반짝이는 플래시라이트가 구름 속에서도 곧잘 구분
되기 때문이다. 한편, 귓바퀴에서 흘러내린 이어폰 줄은 셔
츠 앞주머니 봉제선 사이에 잠자코 앉아 있다. 박정효는 콩
알 크기의 단자 세트를 하나씩 집어 다시 귓속에 넣는다. 재
생 중인 음악은 에릭 사티의 「짐노페디Gymnopedie」 1번. 승객
용 시청각 서비스의 일부. 클래식 프로그램을 구성하는 열아
홉번째 트랙이다. 이 음악은 얼마 남지 않은 마디 위를 사뿐
사뿐 지나가고 있다. 뇌리에 주름주름 새겨지는 디미누엔도.
점점 여려짐. 떨림이 줄어든다. 이제 정적. 짧은 기다림. 재생
프로그램이 다음 음악의 전조를 읽어오는 동안. 접이식 식
탁 위에 엎어둔 양장본 번역서는 말이 없다. 박정효는 이 책
을 올바로 펴 든다. 딱딱한 책등과 겉장은 색상 코드표에서
가장 어두운 색채로 마감되어 있다. 책장을 잡고 열었을 때
희고 반들반들한 속지가 평소보다 환하게 느껴질 만큼. 햇볕
밑에서 건조되었다고 해도 믿을 수 있을 것 같은 밝기. 그런
종이들은 종종 페이지를 넘기는 간단한 동작에도 결심을 요
하곤 하지 않나. 예컨대, 출간 기념회에서 꼼꼼히 책장을
넘기던 선생의 손 같은 것. 박정효의 유튜브 계정에서 가장
오래된 라이브러리의 이름은 "이름 없음"이다. 선생의 장례
식이 있었던 2018년 여름 무렵. 남몰래 목록에 추가된 영상

하나가 최근 시청 기록에 남아 있다. 파리 시내의 숙소에서 박정효는 그것을 여러 번이나 반복해서 들여다보았던 것이다. 본인이 번역한 책의 첫머리를 읽어 내려가는 선생의 목소리를. 얼굴 아래 머물러 있는 10분 길이의 그림자를. 선생의 낭독을 방해하지 않는 음량으로 재생되었던 음악을.

박정효는 책이 똑바로 서도록 놓는다. 속지를 구성하는 3백여 페이지의 종이 낱장이 내려다보인다. 손 하나가 그 위로 다가간다. 접지 부분을 긁는 무심한 동작. 맵시가 거의 해진 검정색 가름끈 하나가 손톱 끝에 이끌려 나온다. 펼쳐진 면은 책의 뒷부분이다. 해설 부분. 선생의 평서형 목소리가 생생하게 각인되어 있는 부분. 검지를 지남침 바늘처럼 들기. "오직 『노래』만이 어떤 심리적이거나 전기적 지침이 없이 여전히 덩그렇게 그러나 요란하게 우리 앞에 놓여 있다." 묵독에 가까운 속삭임이 우뚝 멈춘다. 보폭을 맞추던 손가락도. 박정효는 창문을 바라본다. 너비와 높이가 얼추 같은 이 사각형 합금 테두리 안에 홀연 가구 하나가 놓인다. 수십 번 들여다보았던 영상의 한 장면처럼. 등받이가 없는 목각 의자. 출간 기념회가 열렸던 카페에서 선생이 앉았던 그 의자다. 낭독 행사 전일까, 후일까. 알 수 없다. 아직은. 다만 정지된 프레임 하나가 두 타임라인 사이에 간지처럼 끼워져 있을 따름이다. 곧 행사 담당자가 노래를 가져올까. 그러고 보니 그 사람은 어째서 노래를 가져왔던 걸까. 선생의 목소리가 심심하다고 느꼈을까? 부실한 음향 장비의 잡음을 숨기고 싶었을까? 특별한 부탁이 있었을까? 선생이 그러기를 바랐을까? 그 노래의 제목은 무엇일까? 누가 만들었을까? 선생의 목소리와 잘 어울렸던 이유는 무엇일까? 단지 책의 제목 때문일까? 선생이 해설에서 책을 『노래』로 줄여 썼기 때문일까? 선생의 낭독이 노래처럼 들렸으면 했던 걸까? 신청서를 작성하면서까지 행사장에 찾아온 독자들은 왜 이 같은 의문을 가지지 않았을까? 정말로 문제가 없었을까? 인식하지 못했을까? 노래가 나오고 있다는 것조차? 정말로? 아무도? 왜일까?

오랫동안 비어 있던 의자에 마침내 선생이 다가와 앉는다. 하지만 선생은 창문 속에 만들어진 작은 의자로 가 앉지 않는다. 창가의 반대편 좌석. 박정효의 옆자리 깊숙이 몸을 묻는다. 그 모습이 창가에 비친다. 흘려 쓴 글씨처럼. 박정효는 눈앞에서 움찔거리는 희박한 무늬를 문질러 없애지 않고 그냥 둔다. 시선이 줄곧 거기에 머물러 있다. 두 사람이 나란히 어깨를 맞대고 앉은 풍경 속에. 박정효가 묻는다. 뒤카스는 왜 시집에 "노래"라는 이름을 붙였을까요? 높낮이가 차분한 음성. 이 같은 만남이 적응할 수 있을 만큼 주어졌던 까닭일까. 선생은 대답한다. 나도 모르는 것이 참 많습니다.** 그러니 질

문을 멈추지 마세요. 그런 다음, 일어나 떠나버린다. 박정효는 복도 멀리까지 걸어가 사라지는 구두 굽 소리를 듣는다. 가만히. 외이도를 덮고 있는 이어캡과 전기 음향 속에서도 분명히. 화장실에 갔던 자리 주인이 돌아와 박정효 옆에 앉는다. 일시적인 좌석 눌림. 그리고 코웃음. 박정효는 씰룩거리는 입술 모양으로 중얼거린다. **알겠습니다, septuor1님. 질문을 멈추지 않겠습니다.** 옆 좌석에 앉은 승객이 박정효를 쳐다본다. 그러거나 말거나. 박정효는 노트북을 켠다. 문서 프로그램 안에 입말을 받아 적기 시작한다. 첫머리를 어떻게 열면 좋을까? 편지는 비행기가 종착지 활주로에 착륙한 뒤에, 지난한 입국 수속이 모두 마무리된 뒤에, 메일 계정이 인터넷에 연결되는 즉시 발송될 것이다. 한여름의 습한 공중 위로. 읽지 않은 메일들의 가장 앞줄에. 신뢰할 수 있는 주소록 이름으로. 정중한 말투로. 조심스럽게. 이런 제목으로. **윤에스터 교수님께.**

이제 잠깐 처음으로 되돌아가 보는 건 어떨까? 당신만 괜찮으시다면, 지금 이 지면의 페이지 조판을 조금 손봐도 좋을까? 쪽 번호와 문단 스타일, 자간, 행간, 들여쓰기 여백, 각주에 적힌 인용 양식은 그대로 두고. 편지 하나를 소리 내어 읽어보고 돌아왔으면 하는데. 그냥 작은 악상기호 하나를 이어질 문단 앞에 매달아두어도 괜찮을까. 이를테면,

:||

이제 최고의 음악가를 위해 새로운 마디를 열 차례.

　지금 당신 앞에 책 한 권을 내밀어도 괜찮을까? 당신이 누구든. 어디에 있든. 서 있든. 앉아 있든. 누워 있든. 살아 있든. 죽어 있든. 가리지 않고. 작은 선물로 받아주었으면 하는데. 책은 당신 앞에 뉘어져 있다. 얌전히. 책은 말수가 적다. 포장용 비닐 대신 침묵으로 보호된 배송 화물처럼. 그러니 우리도 손톱 대신 떠들썩한 진술들로 책 포장을 벗겨보는 건 어떨까. 매 글줄을 페이퍼 나이프와 같이 취급하기. 이 빠진 종결어미들을 긁어내고. 껍데기뿐인 용언들은 무덤으로 가. 두괄식 산문의 첫머리들, 즉시 문장 앞으로.

　인쇄 판형은 신국판 사이즈. 엄지손가락과 가운뎃손가락을 최대한 벌린 길이보다 조금 더 멀다. 센티미터 눈금으로 스물네 칸쯤. 이제 책 위에 손바닥을 붙여봐도 좋은데. 매끈한 겉표지가 손힘에 눌려 내려앉고. 아직 들떠 있는 책날개 사이의 작은 틈 사이로 바람, 바람, 바람. 소리가 아주 작은. 당신에게는 자유가 있어서, 지금 바로 겉표지를 빼서 던져버린다. 북커버가 벗겨진 책은 여전히 말수가 적다. 아니, 없다. 어느 고약한 인쇄업자가 말줄임표라도 제본해놓은 걸까. 표지를 책의 얼굴처럼 떠올리는 사람들이 종종 있는데. 이 책의 얼굴은 아주 검다. 딥 블랙. 스모크 그레이. 그 사이 어디쯤. 불길 속에서 전소된 책에도 영혼 같은 게 있다면. 틀림없이 이런 생김새일 듯. 이 어둡고 불운해 보이는 사물의 얼굴을 들여다보는 당신. 만져봐도 괜찮을까. 선서하는 사람의 손 모양. 평평하고 반듯한 바닥. 당신의 운명을 빼닮은 주름들로 쭈글쭈글한 면이 책 위에 내려앉을 때. 페이퍼보드 재질의 딱딱한 표지. 이른바 책의 얼굴을 덮고 있던 냉기가 미리 마중을 나오는데. 그런데도 당신은 그럭저럭 견딜 만하다고 생각하는지. 위아래로 쓸어보기도 하고. 손끝의 살로 꾹꾹 눌러보기도 하면서. 340페이지 두께의 이 책이 실은 얼음덩어리가 아닐까. 의심하는 마음으로 책을 집어 든다. 학자들에 의하면 책은 세 사람의 목소리로 이루어져 있다는데. 여섯 개의 노래. 38개의 주석과 그보다 많은 파라텍스트. 60개의 문단. 342개의 말줄임표. 1,705개의 느낌표와 13,391개의 쉼표. 낱말 21,455개. 공백 23,070개. 글자 67,800개. 1억 개의 혼잣말. 수많은 머뭇거림. 저 멀리. 아득한 인지 공간 너머의 항하사, 아승기, 나유타 사이를 떠도는 꿈들. 불가사의 같은 의문들. 무량대수의 분노. 무한대의 카오스. 그리고 마침내, 단 한 번의 통곡. 이런 것들의 합. 무게 340그램의 목소리들을, 당신은 전혀 힘들이지 않고 손 위에 올려놓는다.

이제 페이지를 열어보는 건 어떨까? 표지를 넘길 때 책은 처음으로 소리 낸다. 쩌저적. 유빙이 벌어지는 것처럼. 이것을 책의 한숨쯤으로 듣기로 하고. 옅은 목탄 냄새가 배어 있는 미색 모조지들이 한 장씩 모습을 드러내는데. 이 종이들은 갓 제본기를 빠져나온 듯. 아직까지 미약한 열기를 머금고 있는 까닭에. 종이 귀퉁이를 잡아 넘길 때. 당신은 감기 걸린 아기의 이마를 쓸어내리는 것과 같이. 조심스럽게. 아주 조심스럽게. 페이지를 넘겨주어야 한다.

다음 장. 또 다음 장. 비어 있는 공간. 용량이 큰 여백 아래에. 번호를 먹인 네 개의 절.***

1. 이 책은 갈리마르 출판사의 플레이아드판 로트레아몽 전집을 번역 대본으로 삼았다. (Lautréamont, *Œuvres complètes*, Paris: Gallimard, 2009)

2. 원서의 이탤릭체는 *이탤릭체*로, 대문자는 **고딕체**로 표시했다.

3. 본문의 주는 모두 옮긴이 주다.

4. 악보는 2021년 현대 저작물 기록 보관소에 기증·발표된 저자의 육필 원고를 참고했다.

옮긴이의 일러두기를 건너뛰고. 눈길을 책의 차례 부분으로. 첫번째부터 여섯번째까지. 여섯 노래와 예순 개의 절 나눔은 그대로 지켜지고 있다. 개정판 색인에는 새로 삽입된 지면이 두 군데 있는데. 이 소품들은 각각 **악보**와 **작업 노트**로 이름 붙여졌다.

악보는 「첫번째 노래」의 부속품으로. 14번째 절: "때로는 현상의 외관을 믿는 것이 논리적이라면,"이 끝맺은 자리. 55페이지의 다음 장. 다시 말해, 노래와 노래 사이. 신성한 행간에 나타나 있다. 이전 판본에서 필혼 하나 없이 공백만으로 채워졌던 바로 그 지면 위에. 오선보의 모든 구성 요소가 빠짐없이 준비된 이 마스터 페이지의 제목도 "첫번째 노래". 본문의 문장들이 독창 가곡에 어울리는 레이아웃으로 보표 밑에 기입되어 있다. 악보를 읽을 줄만 안다면. 누구라도 당장 첫 음정을 소리 내어 짚어볼 수 있을 만큼.

작업 노트는 「동시에 또는 끝없이 다 말하기」의 다음 장. 옮긴이의 해설에 이어서. 음악가의 부연 설명이 글줄 밑으로 뒤따르고 있다. 자유로운 산문 형식의 말하기. 머리글은 하나의 독립된 낱말로부터 시작된다. "노래." 이렇게. 이제 검지 끝을 지남침 바늘처럼 들기. 안경을 가져와도 좋고. 음독을 하든. 묵독을 하든. 아무래도 좋은 와중에. 곱씹거나 우물거리는 입속의 움직임. 그 리듬에 보폭 따위의 비유를 붙여도 좋다면. 품사와 품사. 어절과 어절. 자간을 건너가는 속도에 알맞게 검지 끝이 동기화될 때. 우리는 이런 문장들을 찾아 읽어내고 마는데. 예컨대. **내가 묻자, 쉼표는 프랑스에서 오랫동안 소수점 표기법으로 사용되어오기도 했다고, 박정효 교수**

가 말했다. 이어서. 나는 이와 같이 난해한 자필 기호들을 다른 용도로 읽어보기로 했다. 이를테면 2, 5를 2.5로 읽어보기로 한 것이다. 손을 움직여. 사용된 숫자들을 배열하니 1-2.5-3.5-4-5.5-6.5-7.5-8의 수열을 구할 수 있었고, 좀더 빠르게. 나는 생각했다. 왜 2, 3, 5, 6, 7에만 0.5가 붙지? 더 빠르게. 그러자 직감적으로 이것이 **B major** 스케일임을 알 수 있었다. 더. 책에 조표를 붙일 수는 없었을 테니까. 더. 저자는 임시표를 음마다 붙이기로 한 것이다. 더. 이를 증명이라도 하듯. 더. 5.5 앞뒤에서 1과 3.5를 자주 발견할 수 있었는데. 더. 이것은 화성학적 기법의 일환으로. 더. 저자가 작곡법에 조예가 있음을 나타내는 신호였고. 더. 정말로 이 모든 것이. 더. 5.5-1. 더. 즉, 파#-시 진행으로 끝나고 있었다. 마침내. 완벽한 나장조 노래였던 것이다. 트레몰로. 파#시-파#시-파#시-파#시-파#시-파#시-파#시-파#시.

이제 다음 장으로 가. 발행 연도와 지은이, 옮긴이, 펴낸이 따위의 서지 사항이 올바른 인쇄 예법에 따라 가지런히 행갈이 된 곳으로. 이 책의 ISBN은 작은 비밀로 남겨두기로 하고. 아직 도래하지 않은, 우리 앞에 놓인, 미래의 책을 이제 그만 닫아도 괜찮을까? 당신만 괜찮으시다면, 지금 이 지면의 페이지 조판을 조금 손볼 수 있을까? 쪽 번호와 문단 스타일, 자간, 행간, 들여쓰기 여백, 각주에 적힌 인용 양식과 악상

기호를 나타내는 딩뱃 문자들은 그대로 두고. 그냥 작은 속삭
임 하나를 이어질 공백 앞에 달아두고 싶은데. 이를테면,

Fine.

이제 다음 싸움꾼들을 위해 새로운 마디를 비켜줄 차례.

보이스
디펜스

주의: 다음 기록은 열람 관리자에 의해 61,218회 수정되었습니다. 가장 많은 접근이 확인된 문장들을 자동-선별합니다. 이 메시지는 파일의 크기가 권장 용량을 초과할 때 표시됩니다. 열람을 계속하면 장치가 중단되거나 전원이 차단됩니다.

하나의 지옥. 하나의 심연. 하나의 악몽에 맞서. 1인분의 목소리, 1인칭의 화법을 잃어버리지 않기. 나는 다만 지키기 위해서만 노래할 따름이네. 무엇으로부터? 당신이 묻는다면. 머릿속의 환영? 아니 그보다는, 소음이라고 말해야만 하겠다. 이명에 시달리지 않는 사람들은 좀처럼 상상할 수 없을 것이다. 대관절 어떤 소리가 귓가를 떠도는지. 당신에게 관용이나 아량이라고 할 만한 덕목이 좀 남아 있다고 한다면. 나는 당신을 최신식 무향실에 처넣고 말 것이다. 아니. 사타바하나 왕가의 해골들이 잠들어 있는 아잔타 석굴. 가톨릭 순교자들이 떼로 매장된 시라쿠사 지방의 고대 카타콤. 아누비스 우상들이 지키는 피라미드 내부의 묘실 복도들. 어디라도 상관없을 것이다. 충분한 어둠, 충분한 침묵만 있다면. 어디든지. 그 어디에도 시계는 없겠지만. 10분이 지나면, 당신은 적막의 진짜 얼굴을 알아볼 수 있게 된다. 그것은 순수한 소리 없음, 백지 같은 공백이다. 그야말로, 아포닉aphonic. 시간은 계속 간다. 30분이 지나면, 당신은 당신의 심박 리듬을 스스로 헤아릴 수 있게 된다. 청진기의 도움 없이. 오직 청력으로만. 한 시간이 지나, 혈관 속을 흐르는 혈류의 소리를 감지할 수 있게 된다. 지금 잠시 상상해보라. 심장 운동에 의해 반 뼘씩 밀려나는 혈액과 세포의 움직임을. 얼마간 더. 내가 당신을 그곳에서 꺼내주지 않는다면. 당신은 공중에 머무는 분자들이 당신의 고막과 충돌하며 내는 소리를. 믿을 수 없을 만큼 작은 소리를 듣게 될 텐데. 거기까지. 이제 내가 고함을 지르면, 1백 데시벨 크기의 음압이 도로 당신을 이곳으로 데려온다.

다시. 본문으로 돌아와서. 말하자면 우리가 경험한 위와 같은 적막. 정확히 그 반대편에, 이명이 있다. 이명은 대략 8천

헤르츠 부근의 사인파 소음이 주기적으로, 피드백 되듯이, 점점 커지는 증상이다. 폐실 안의 적막은 우리가 들을 수 있는 가장 작은 소리로, 최소 가청값으로, 0폰으로, 우리 귀를 잡아당기지만. 이명은 우리가 들을 수 있는 가장 큰 소리로, 최대 가청값으로, 120폰으로, 우리 귀를 잡아당긴다. 멈추지 않고, 집요하게. 문제는 그 소음이 고막이 손상되기 직전까지만 커진다는 것이다. 견딜 수 있을 만큼만. 그것이 나를 미치게 만든다. 10분이 지나면, 극심한 두통을 호소하게 된다. 관자놀이 밑에서 자맥질하는 혈관의 움찔거림. 손대지 마라. 충분히 잘 느껴지니까. 30분이 지나면, 소음의 패턴을 분석할 수 있게 된다. 지금 듣고 있는 부분을 미리 앞서나가 전체 타임라인을 조망할 수도 있다. 소음은 표준적인 시간 기준을 따라, 말하자면 1초씩, 정직한 빠르기로 재생되고 있는데. 빌어먹을 머리는 그다음 파트를 시작하고. 끝내고. 시작하고. 끝내고. 할렐루야. 제발, 살려줘! 고작 1분이 지났을 뿐인데. 내 머리 안에 콤팩트디스크 27만 장이 쌓여버렸잖아. 16비트 펄스부호 위로 쉴 새 없이 레이저를 쏘는 나의 두뇌. 멈춰! 그만 둬! 입력 신호 없음. 정신 차려. 내가 말하는 중이잖아. 중얼거리는 사이. 한 시간이 지나면, 그 소음이 실은 장대한 길이의 시편 일부, 혹은 그 전체라는 사실을 알게 된다. 타키스토스코프처럼. 낭독하는 목소리, 사인 파형의 속삭임은 소음 사이사이에 잠깐씩 출현한다. 여기, 분절된 말머리와 통사 찌꺼기들.

Note: 삽입된 오디오 파일의 음량이 컴프레서 오토메이션으로 자동-조절됨.

너는 바알즈붑의 종이다. puerpérĭum. 바알즈붑의 것은 바알즈붑에게. porcus. 바알즈붑은 원하는 모든 것을 가진다. régŭlus. 바알즈붑은 노래하는 오물이다. víscĕra. 바알즈붑은 전율하는 책이다. sácchărum. 바알즈붑은 너를 먹고 마시는 기쁨. occísor. 바알즈붑은 파리 궁전의 주인. vómĭtus. 바알즈붑은 구더기들의 왕. obsónĭum. 바알즈붑은 혈변을 누는 요강 단지. căchínnus. 바알즈붑은 창자 나팔을 부는 광대. mandúcus. 바알즈붑은 성대를 벌렁거리는 내레이터. scæna. 호산나, 바알즈붑을 경배해. hosánna. 오, 바알즈붑을 경애해. iō! 바알즈붑이 너를 가져. clāmor. 바알즈붑이 너를 나눠. acclamátĭo. 바알즈붑이 너를 들어. mors. 네가 바알즈붑을 듣는다면 바알즈붑도 너를 들어. auris.

3인칭 목소리는 대체로 파리의 날갯짓처럼 들린다. 끊임없는 윙윙거림. 날개를 비비는 파리 한 마리가 귓속으로 파고드는 것같이. 윙— 외이도를 거쳐 고막을 뚫고. 중이를 지나 달팽이관까지. 느닷없이 머리 위에서 엑스선 한 줄기가 내리쬔다. 광선은 파리의 뒤꽁무니를 따라간다. 미미한 방사능을 누설하면서. 온갖 청각기관들을 구석구석 드러낸다. 이곳에서 아주 멀리 떨어져 있는, 말하자면 파리 궁전의 컴퓨터를 한 대 상상해보라. 영상의학 장비에 의해 차츰 정확하게 나타나는 3차원 이미지 하나를. 한 프레임씩, 한 프레임씩. 단층촬영된 귓바퀴가, 고막이, 귓속뼈가, 반고리관이, 전정기관이, 달팽이관이, 귀인두관이 점점 고화질 사본의 모습을 갖추어간다. 지옥의 파리 대공이 정말로 내 귀를 가질 것 같아 의심스럽다!

부정하지 마라. 당신도 들어본 적 있을 것이다. 수영장에서, 해수욕장에서, 목욕탕에서. 잠수 시간을 걸고 내기를 벌이던 때. 물 위로 머리를 쳐드는 순간마다 특정한 소음이 난데없이 찾아오지 않았던가. 오래 숨을 참았다가 내쉰 뒤에도. 귀가 접힌 채 옆으로 누워 잠들었다 일어난 뒤에도. 가까운 자동차 경적, 뇌우 속에서 부글거리는 정전기들, 친구의 장난(왁!), 눈앞에서 지나가는 사이렌 경보등처럼. 별안간 큰 소리에 노출되었다가 놓여난 뒤에도. 이를테면 어김없이 이런 윙— 소리가 당신의 귓가에 머물지 않았던가. 그런데 이런 생각은 해본 적이 없을까? 뭐라 이름 붙이기 어려운 불명의 소음. 말하자면 윙—은 어디서 들려오는 걸까? 귀에서?

하지만 이들은 평소에 전혀 들리지도 않는 것이다. 거의 확신에 가까운 나의 가정 하나를 바로 지금. 당신에게만 몰래 알려주자면. 사실 윙―은 우리에게 계속 말을 걸고 있다. 태어난 순간부터 아마도 죽을 때까지. 끊임없이. 당신이 듣든지 말든지, 상관없이. 세계를 둘러싼 음향의 뿌리. 하나의 자기장 내지는 영구적인 전자기파처럼. 그렇다면 윙―은 자전하는 지구의 떨림, 이른바 자연음일까? 아니. 그것은 3자의 목소리, 3인칭 속삭임, 3세계의 주파수다. 그것은 까마득한 거리의 우주 공간을 건너온다. 기체 상태의 레이저광선처럼. 유황불에 비견되는 열기를 간직한 채로. 고온에서 야금된 카드뮴이나 티타늄과 같은 내구성을 가지고. 당신에게 내리쬐고 있다. (호산나, 바알즈붑을 경배해.) 의심하지 마라.

이제 감사의 기도를 올려야만 한다! 당신이 그 속삭임을 제대로 들을 수 없다는 사실에. 당신의 두뇌가 운영하는 전산 보안망이 제대로 작동하고 있다는 사실에. 대뇌생리학자들의 해부용 사체들이 알려주듯이. 지금 이 순간에도. 뇌는 당신의 몸을 구성하는 부속기관들과 끊임없이 대화를 나누고 있는데. 이들 사이에 교환되는 중계 신호가 바알즈붑의 속삭임을 상쇄하는 까닭에. 평소에는 그것을 들을 수 없는 것이다. 하지만 안심하지 마라. 당신이 파리 대공을 들을 수 있다면 파리 대공도 당신을 듣는다. 지금 이 순간에도. 파리 대공은 당신의 뇌파를 모방하기 위해 파리 궁전의 수석 음향 학자들을 채찍질하고 있으니까. 난청에 시달리는 이들이 갈수록 많아진다는 사실. 이명을 비롯한 이비인후과 병동의 외래환자 수가 급속도로 늘고 있다는 사실. 불길한 징조들이 하나둘 고개를 들고 있다. 수백 수천 년 동안. 점괘용 나무패를 섞고 흔들던 손도. 한 세트의 아르카나 덱을 실수 없이 제시하던 패닝 솜씨도. 다만 지옥의 시편을 옮겨 쓰는 필사 작업에 지나지 않았을지도 모른다. 그러니까 마침내 이런 예언. **바알즈붑이 인류의 뇌파 모방을 거의 끝마쳤도다!** 조급한 치찰음 덩어리, 침을 튀기며 부들부들 이를 떠는 감탄조 웅변술로 장식된 이 한 문장이 바로 지금. 황도를 가로지르는 수십억 개의 자장과 네트워크 통로들 위로 거대한 아가리를 드리우고 있기 때문이다. 체모와 갈고리로 뒤덮인 주둥이를 내밀면서. 하늘 위에 가설된 보이지 않는 주소지들. 그 사이로 흐르는 다중 교환 회로들을 한 올씩 툭툭 끊어뜨리면서. 어마어마한 양의 혼선! 전압이 누락된 암호화 데이터들이 머리 위로 쏟아져 내린다. 산성비 같은 음향으로. 국제 보안 전문가들이 펼친 마그네슘 우산을 뚫고. 귓속에서 지글지글 들끓는 이명과 환청의 뒤편에서. 전자기 악령들이 희미한 오라토리오를 노래할 때. 할렐루야. 내 경고를 미리 귀 기울여 들은 이들만은 안전하다. 바로 지금. 내가 직접 파리 대공에 맞서고 있지 않은가. (너는 바알즈붑의 종이다.)

내가 쓰고 있는 전자 문서 위에. 사적인 화면 가운데. 1인분의 목소리, 1인칭의 화법 안으로 집요하게 기회를 엿보는 3자의 독백. 부산한 날개 떨림 같은. 나직한 읊조림. 불경한 낭독법이 지속되던 한때. 나는 멀리서 물구나무선 포유류 한 마리가 다가오는 모습을 보았다. 이 동물은 코로 걸으며 뒤뚱뒤뚱 움직였는데. 웅얼거리는 두운 시행의 운율 속에서만 모습을 드러내기에. 아마도 당신에게는 영영 가상의 생명체로 여겨질지도 모르겠다. 그것은 압운에 걸맞은 보행법으로 걸어와서는, 코를 내밀고 중얼거렸다. **나조벰Nasobem.** 나조벰의 코를 잡자마자 우리는 파리 대공의 구술 노동 속으로 떠내려갔다. 종지부를 끝없이 지연시키는 읽기 공작. 단조로운 음가의 파장. 사인 곡선으로 굽이치는 하나의 그래픽 궤적을 따라서.

지옥의 입구는 우리의 구강 구조와 얼추 닮았다. 통로는 우리를 잘근잘근 씹는 대신 재빨리 토해냈다. 나조벰은 나를 바알즈붑의 영지 앞에 내려주었다. 중심지에 마련된 거대 아카이브. 검은 파리 떼가 엄격한 사서처럼 사시사철 순찰 중인 그곳에서. 나는 보았다. 곰팡이로 뒤덮이고 썩을 대로 썩은 복층 서가들이 저절로 자라나고 있는 것을. 이들은 살아 있는 장기처럼 시시각각 꼴꼴거리며 뛰는데. 책장으로 손을 뺀으면 빼곡하게 수납된 얇은 케이스를 하나하나 만져볼 수도 있다. 역겨움을 참고. 종기와 가래톳으로 뒤덮인 덮개를 일단 한번 열어보면. 그 안에 아날로그 비디오디스크가 얌전히 들어 있고. 알루미늄 박막을 씌운 표면으로부터 탁한 빛깔의 화학 고름이 방울방울 비어져 나온다. 갓 부화한 구더기들이 어느새 내 주위로 몰려와 있는데. 서가 바닥으로 흘러내리는 진물을 남김없이 빨아 먹으려는 것이다. 나는 그들 가운데 가장 맏이로 보이는 벌레를 알아볼 수 있을지도 모르겠다. 여전히 들려오는 바알즈붑의 진술에 따르면, 그의 자식들은 자라며 커다란 귀를 하나씩 가지게 된다는 것이다. 자신이 섭취한 사본 이미지처럼. 인간의 귀와 똑같이 생겨먹은 귀를. 그러니까 다른 세계에서. 지금 이 순간에도. 영상의학 장비에 의해 샅샅이 재구성된 내 귀를. 파리 대공의 자식들이 빨아 먹고 있다는 사실. 이것이 진실이다. 당신이 일시적으로나마 이명을 체험해본 적 있다면. 파리 대공의 사서들이 당신의 양쪽 귀를 케이스 안에 포개어 넣고 있지는 않은지, 꼭 한번 확인해보라! 내 귀가 담긴 케이스 옆자리에 놓이지 않도록. (바알즈붑의 것은 바알즈붑에게.)

벗어나려고 하지 마라. 파리 대공의 속삭임을 듣는 것이 파리 대공 앞에 내 귀를 바치는 일이라면. 방법은 간단해 보였다. 듣지 않으면 되잖아. 다른 소리로 덮어버리면 그만이잖

아. 예컨대, 주의를 돌릴 수 있을 만큼 매혹적인, 고전음악 같은 것. 어느 성실한 작곡가의 손을 곧바로 떠올려볼 수 있다면. 기하학적 충동. 자신을 이끄는 정언명령에 따라. 그가 세상에서 가장 아름다운 기록물을 지금 끝마칠 수 있도록. 만들어지기만을 기다려온 음악이 온전히 세상에 드러날 수 있도록. 청감이 충분히 예민하기만 하다면 누구든지 파리 대공의 통신망에 걸려들 위험이 있었으리라. 2진법 코드로밖에 표현할 길이 없는 단조로움. 파괴적인 음향에 맞서. 1인분의 목소리, 1인칭의 화법을 잃어버리지 않기. 그런 사례들이야 얼마든지!

바흐의 토카타와 푸가 소품들. 베토벤의 교향곡 아홉 개. 쇼팽의 발라드 시리즈. 슈베르트의 가곡들—특히 '꿈'. 멘델스존의 「론도 카프리치오소」. 슈만의 「판타지」. 바그너의 「탄호이저 서곡」. 드뷔시의 「아라베스크」를 제외한 브람스의 「헝가리 무곡」. 비에니아프스키의 모든 「폴로네이즈」와 쇼스타코비치의 「왈츠」 2번. 비록 오래가지는 못했지만. 이들은 나름대로 바알즈붑의 목소리를 왜곡시킬 수 있었다. 최악은 모차르트였는데. 지금도 모차르트를 사랑하는 잘츠부르크 시민들은 이 사실을 인정하지 않으려고 하겠지만. 그의 음악들은 파리 대공에 맞서기는커녕 고막을 과열시켰을 따름이다. 특히 「피아노 소나타」 11번. 터키풍의 론도 형식

으로 작곡된 3악장을 들을 때. 220초 남짓한 시간. 단음으로
짧게 끊어진 피아노 포르노가 바알즈붑의 속삭임에서 노이
즈를 잘라냈다. 버터 커터처럼. 군더더기 없이. 음악은 미진
한 전기 진동을 가다듬는 볼륨 컨트롤러로서 작동하기 시작
했으며. 모차르트라는 이름의 변조 주파수에 의해서. 윙윙거
리는 목소리가 가청 가능한 모든 수신 대역에서 동시에 울
려 퍼졌고. 바렌보임, 호로비츠, 키프니스. 이들은 알레그레
토 빠르기로 상아와 흑단 건반 위에서 춤추는 손가락 열 개
를 좀처럼 멈출 줄 몰랐다. 지구와 지옥 사이의 레이턴시. 천
문학적인 단위의 거리를 뛰어넘어. 양쪽 필드의 통신 회로가
일시적으로 동기화된 짧은 순간. 나는 처음으로 음질이 저하
되지 않은 바알즈붑의 육성을 직접 주워들을 수 있었는데.
파리 대공은 나의 두뇌를 직립형 골격 말단에 불안정하게 기
대어 있는 구체sphere 단말기쯤으로 취급했고. 머리 바깥으로
튀어나온 창조주의 발명품. 다시 말해, 인간의 귀를 비평적인
논조로 분석하면서. 약한 연골과 근섬유만으로 조직된 이 장
치의 성능을 직접 시험해보려는 듯. 666가지 단어를 동시에
말하고. 『창세기』『출애굽기』『민수기』『열왕기』의 기적들을
거꾸로 속삭이고, 조롱함은 물론. 자신이 가진 예순여섯 개의
칭호와 예순여섯 개의 권능을 여섯 번에 걸쳐 과시했다. 3년
같았던 3분의 시간. 그 모든 독백이 다만 나긋나긋한 소곤거

림에 머물렀음에도. 양쪽 귀가 얼얼하게 느껴졌고. 마침내 음악이 끝나, 바알즈붑의 목소리가 한층 잠잠해진 뒤에. 바깥 귀에 손을 가져다 대보았더니. 따끔따끔한 열기가 머리와 귀에서 배어나고 있었다. 지옥의 안뜰까지 끌려갔다가 지금 막 그곳에서 빠져나온 것처럼. (바알즈붑이 너를 들어.) 이와 별개로. 몸은 오한으로 벌벌 떨려왔고. 나는 그만 고양이가 덮고 있던 솜이불을 가로채고 만 것이다. 이불보 안에 숨어 간신히 눈만 내놓고 있을 때. 나를 한심하게 내려다보는 눈빛 하나를 감지할 수 있었는데. 그는 이미 컴퓨터 의자 위로 펄쩍 뛰어올라. 새로 머물 자리를 차지한 상태였고. 늘어지게 하품을 했다. 그러고는 꼬리 끝으로 자판을 퍽퍽 때렸는데. 안 돼! 그러지 마! 내가 외치든 말든. 아랑곳 않고 문서를 훼손했다. ;ㅓㅏㅣㅡ,ㅓㅣㅏ;m,.ㅔㅕㅑㅖ 이런 식으로. 절규는 잠시. 그의 이런 행위가 희귀한 표지 내지는 징후처럼 다가왔는데. 아주 오래전에 예견된 장면처럼. 데자뷔? 기시감? 리플레이? 그래, 리플레이 같았다.

리플레이. 무엇을? 눈의 아들 여호수아를. 예리고 전투를 리플레이. 그래, 저 의기양양한 표정의 고양이가 저지른 일처럼. 우리가 바알즈붑의 낭독 작업에 훼방을 좀 놓을 수 있지 않겠는가? 그렇다면 어떤 방식으로? 전승에 의하면, 여호수아는 나팔 소리와 함성만으로 난공불락의 예리고 성벽을 무너뜨렸다는데. 이 장면을 지금 다시 리플레이. (네가 바알즈붑을 듣는다면 바알즈붑도 너를 들어.) 내가 바알즈붑을 들을 수 있다면 바알즈붑도 나를 들을 수 있을 테니까. 지금 내가 앉아 있는 곳. 두벌식 자판을 두드리는, 마르고 가느다란 손끝을 쫓아. 저 멀리. 암흑과 얼음, 금속 먼지로 빠짐없이 채워진 행간의 바깥 틀에서. 메타-텍스트의 공간에서. 시시각각 기울기를 바꾸는 거대한 귀를 상상하기. 저소음 자판 단추의 눌림 소리에 반응해 재깍재깍 움직이는 파리 대공의 청각기관을. 그 징그러운 입력 장치를 지금 당장 이 전자 문서 안으로 데려와.『창세기』첫머리를 열어젖혔던 말의 권능에 따라. 그러자 바알즈붑의 귓불이 홀연 내 엄지와 검지 사이에 쥐어진다. 이게 가능한 일인가. 의심하지 말고. 그냥 잡아당겨. 지옥과 나 사이에 놓인 수 파섹의 거리. 말하자면 천문단위의 시차를 지나오는 동안 귓불은 무한히 늘어나 끝끝내 내 앞으로 끌려온다. 좋아, 당신만 괜찮다면 나에게 빛을 좀 빌려달라. 이 수다스러운 단락 안에 LED 조명을 비출 수 있도록. 융털과 귀지로 뒤덮인 바알즈붑의 외이도를 오랜 시간 들여다볼 수 있도록. 이 어둡고 구불구불한 통로를 임시 마이크로폰으로 사용해도 좋지 않을까? 이쪽에서 말을 건네면 반대쪽에서 알아먹을 수 있도록. 단 하나의 품사나 어절도 누락되지 않도록. 예컨대 3분 길이의 말하기. 3,072킬로바이트의 청각 정보를 흘려보내면, 3,072킬로바이트의 청각 정보가 온전히 전달되어야만 할 것. 다시 첫머리로 돌아가. 예리고 성벽을 떨리게 만들었던 히브리인 군대의 나팔 소리와 함성을 떠올려보기. 리플레이! 저 난공불락의 음향을, 영구적인 구술 노동을, 부산한 파리 날갯소리를 남김없이 무너뜨리기 위해. 최초의 사운드 사보타주를 바로 지금 리플레이. 리-플레이.

그렇다면 우리가 어떤 말로 바알즈붑의 속삭임을 멈출 수 있을까? 아니. 어떤 말하기가 바알즈붑의 말하기에 맞설 수 있을까? 이 인내심 많은 악마는 지금도 부지런히 자기 목소리를 들려주고 있지 않은가? 누가 감히 파리 궁전의 시편만큼이나 유구한 서류를 뒤따라 작성할 수 있다는 말인가? 너무 늦었다. 불가능한 일이다. 아니. 만일 그와 동일한 분량의 자유-연상이 가능하다면 어떨까? 떠오르는 대로 받아 적는 머릿속의 자동 기술 기계를 이용한다면? 우리 대뇌가 기억을 덮어쓰고 불러오는 속도는 거의 전류에 버금가지 않던가? 느릿느릿한 손이 다음 필선을 예상하며 비례가 맞는 직물로서 한 행의 글줄을 겨우 적을 때. 머리는 전조를 귀띔하는 모든 말머리를 레이저광선 밑으로 나열하고 있는 것이다. 천재 시인, 방언 터진 기적 체험자, 쉬지 않고 중언부언하는 실어증 환자, 달인 웅변가, 성공한 변호사, 이름난 이야기꾼 등등. 이들의 두뇌를 실습용 표본으로 우리 앞에 올려놓을 수만 있다면. 당신은 이 신비로운 연산 장치가 60와트 전구처럼 반짝이는 모습을 지켜볼 수 있을지도 모른다.

물론 바알즈붑의 낭독은 영영 멈추지 않을 것이다! 따라서 그의 말하기를 따라잡기 위해서는 어마어마한 열량의 영양분이 끝없이 소모되어야만 하고. 그러는 동안 한 인간의 머릿속에서 일어나는 일. 그가 자신의 말하기를, 1인분의 목소리를, 1인칭의 화법을 가능한 한 오래 지켜낼 수 있기를 바라지만. 결국 파리 대공의 독송 대사들을 몇 줄이나 소진시킬 수 있었는지. 그딴 건 아무짝에도 쓸모없고. 오로지 자유-연상을 위한 이미지들. 얼마 남지 않은 명시 기억 속의 영상 자료들이 서서히 낮은 주사율로 떨어지고. 시냅스를 건너오는 불빛들마저 하나둘 희박해지다가 영락없이 어두워질 무렵. 마침내 그의 머리는 텅 비어버리게 되는데. 그것은 쉼 없는 기억 노동으로 최후의 뉴런마저 남김없이 녹아내렸기 때문이며. 과전압으로 푸석푸석해진 1.5킬로그램의 두뇌 안으로 1천5백 시시의 암흑이 찾아온다. 이 불운한 연설가는 야생 칠면조처럼 꾹꾹 우는 일 외에 다른 어떤 소리도 만들지 못하게 된다. 그러나 여전히 그의 머리 안으로 엑스선처럼 내리쬐는 사인파 속삭임. 바알즈붑의 육성만은 그의 뇌간에 울려 퍼지는데. 그것은 이 안타까운 영혼에게 손발이 저리는 전율을 준다. 누군지는 몰라도. 무시무시한 침묵 속에 홀로 남겨진 나에게. 혼자가 아니라고 속삭이는 저 목소리! 바알즈붑의 낭송은 그에게 성사처럼 베풀어진다. 그래서 그는 매일 아침 귀를 씻고 황홀한 표정으로 꿇어앉는다. 눈과 코와 입과 뇌를 제물로 태워 바친다. 귓속의 동굴. 신성한 말씀이 드나드는 S선 케이블 말고는 아무것도 필요하지 않기 때문이다. 아무것도. 아멘. 우리가 내세운 인간 대표자의 흉측한 종말을 보라. 누가 나서겠는가? 누가 맞서겠는가? (오, 바알즈붑을 경애해.)

사운드가 그렇게 할 것이다. 다시 한번. 아날로그 신시사이저에 전선을 연결해라. 오실레이터 세션, 필터 세션, 앰플리파이어에 차례대로 불빛이 들어온다. 이 기계가 오래전에 작동을 멈췄을 때. 노브가 가리켰던 마지막 파형 그림. 말하자면 사인파 음향을 다시 이곳으로 불러들여라. 우리가 보고 있는 검은 화면. 암전된 디지털 오실로스코프 안에서. 오랜 시간 잠들어 있었던 시시포스가 기지개를 켠다. 전기 에너지로 움직이는 이 거인은. 먼 옛날. 아크로코린토스산 위로 바위를 밀어 올렸듯. 타임 도메인 위로 교류 파형을 밀어 올리고. 굴려 떨어뜨린다. 올라가고. 내려가고. 이와 같은 패턴으로. 플러스와 마이너스. 포지티브와 네거티브. 다시 말해 무한한 루프를 지금 당장 시작하자. 영겁의 시간 동안. 우리를 위해 일해줄 대리자로서. 전자 음향 장비에 의해 되살아난 시시포스. 혹은 시시포스라는 이름의 사운드를 가동시켜라. 그는 피로를 좀처럼 모르고. 제 몫의 노임을 달라고 조르지도 않을 테니. 220볼트의 전압이 흐르는 한. 하나의 지옥. 하나의 심연. 하나의 악몽에 맞서. 1인분의 목소리, 1인칭의 화법을 지켜줄 것이다. 인간이 멸망하더라도. 사운드는 남을 것이다. 이따금 어떤 사운드들은 너무나도 불경한 나머지 하늘이 정해놓은 수명을 어겨버린다. 시간이 아무리 지나도 저절로 중단되지 않는다. 위대한 걸작들은 그들을 태어나게 한 손보다, 정신보다 오래 살아남아 우주와 대등한 시간을 살아갈 것이다. 이런 음향들은 잊히는 법도, 죽어 없어지는 법도 좀처럼 모르고. 때가 되어 심판의 나팔이 울려서. 마침내 인간 따위 모두 재로 변한 뒤에도. 이들의 옴Ω. 리듬. 멜로디. 그런 것들마저 다 사라진 뒤에도. 이들을 들려줄 수 있었던 마지막 스피커의 공진만이 음향 테이프에 남아서. 희미한 2진법 펄스부호로 변환된 채. 차갑고 어두운 우주 공간을 유령처럼 배회하며. 우그러뜨려지고. 왜곡되고. 생략되고. 가속되는 가운데. 똑같이 이들을 흉내 내는 사운드를 만나게 되는데. 이는 아주 오래전. 처음으로 그 음향이 녹음된 장소의 메아리로. 업로드를 앞둔 초조한 음향 엔지니어들이 마지막 마스터링을 보기 위해 볼륨을 켰던 순간. 그 떨림이 이미 이들보다 앞서 우주를 떠돌았던 것이다.

주의: 열람 관리자가 입력한 하이퍼링크의 주소가 만료되었습니다. 작업을 계속하려면 이동할 대상 문서를 다시 지정하거나 [연결 문서 열기] 목록 상자에서 연결 안 함 단추를 누르십시오.

Note: https://soundcloud.com/user-457556184/voice-defense*

✽녹음기의 집음부를 만지작거리는 소리✽ 내가 만들 음악의 부기 노트로서 내 목소리를 남긴다. 내 비참한 종말이 조금이나마 지연되기를 바라면서. 그런데 음악가들은 어째서 하나같이 작업 노트를 남기려고 애쓸까. 아니. 집중해라. 이유야 어쨌든지. 설명을 시작하자.

✽기계 장치를 조작하는 소리✽ 우리는 지금 고대이집트에 있다. 파종을 기다리는 보리 줄기들이 허리 높이에서 흔들리는 중이다. 우리가 서 있는 곳. 0.005에이커 면적의 토지 위로 야트막한 햇살이 비치고. 그 외에는 암흑뿐인데. 당신은 간단히 밤을, 이상기후를 떠올릴 수도 있겠지만. 이 어둠은 시끄럽다. 마구 파닥거린다. 겁먹지 마라. 내가 메뚜기들을 불렀다. 당신이 재생 버튼을 누르자마자 양쪽 귀로 듣게 될 노이즈의 정체가 그것이다. 어마어마한 양의 사막 메뚜기들. 이들은 『출애굽기』를 리플레이하듯, 공중에서 파리들을

낚아채는데. 당신은 어둠 속에서 부산한 날갯소리를 듣고. 드물게 안쪽으로 투과되는 짧은 길이의 빛 속에서. 이들의 견고한 머리 방패가 수시로 씰룩이는 모습을 본다. 메뚜기 떼는 제트기처럼 위로 날았다가 밑으로 날아다니며. 이와 같은 날개 움직임으로부터 두 개의 교류 파형이 그려진다. 운동을 계속해라. 파리 대공의 목소리가 들리지 않도록. 접속 장애. 회화 불능. 묵살해도 좋다. 계속, 계속. 사운드 사보타주를 계속해라. 파리 대공의 궁전이 위태롭게 떨리도록.

　✳첫번째 나팔 소리✳ 이건 뭐야? 금세 목소리를 바꿨어. 그 악마가 다른 주파수로 옮겨 갔다고. 우연인가? 어떻게 하면 좋지? 어떻게 하긴. 소스를 더 가져와. 다음 음악을 만들어라. 그래, 음악이 계속 들리게 해라. ✳다급한 기계 조작 소리✳ 이 망할 메뚜기들은 이제 그만 귓가에서 치워버려야지. 오퍼레이터가 더 일하게 해. 주문을 멈추지 말라는 말이다. 그래도 여전히 노이즈에 맞서는 또 다른 노이즈는 필요하다. 또 어떤 변조를 줄 수 있지? 그래, 저주파 발진기를 움직여라. 금고문을 따는 도둑놈을 떠올려봐. 이명을 그치게 할 방법을. 악마가 속삭일 수 없는 영역을 찾아. 지금! 쉿. 조용히 해. 지금 돌리고 있잖아. ✳노브를 돌리는 소리✳ 여긴가? ✳노브를 돌리는 소리✳ 여기? ✳노브를 돌리는 소리✳ 여기? ✳노브를 돌리는 소리✳ 여기야? ✳노브를 돌리는 소리✳ 제발! ✳

노브를 돌리는 소리＊ 찾았다! 이제 이 아름다운 음역대에 아르페지오 패턴을 입혀라! 사운드가 나를 숨겨줄 수 있도록.

＊두번째 나팔 소리＊ 말도 안 돼! 이렇게 금방 찾아내다니. 괜찮다. 당황하지 마라. 이것도 다만 하나의 사운드일 뿐이다. 상쇄시킬 수 없다면 다른 사운드로 묻어버리면 그만이다. 공간을 바꾸자. 어떤 방식을 빌리든지. 바알즈붑의 목소리를 찍어 누를 수 있어야만 한다. 음향을 키울까? 하지만 저쪽에서도 음향을 키우겠지? 스피커의 사양은 지옥과 이곳이 동일하니까. 공간을 바꿔야 한다. 동굴로 가자. 어떤 동굴? 지금 바로 떠올릴 수 있는 아무 동굴. 그러고 보니 알타미라 동굴에는 우리 선조들이 남긴 최초의 벽화들이 깊이 감추어져 있다는데. 거길 잠시 빌릴까. 공연장처럼 꾸밀 필요도 없이. 지금 이 방 안의 아날로그 신시사이저와 음향 기기들만을 가지고 홀로 가. 동굴 내부를 비추는 미약한 전기 조명들을 모두 끄고. 인부용 통로를 따라 아슬아슬하게 이어진 배선 장치들을 잡히는 대로 당겨 뽑은 뒤에. 어둠 속에서 더듬더듬 콘센트를 찾는 손. 스페인의 산업용 전기 플러그 표준 규격이 110볼트였나, 220볼트였나. 상관없잖아. 지금 내가 말만 하면 변환 어댑터 하나가 홀연 내 손안에 쥐어질 테니. 자연환경에 의해 증폭된 과잉 음향! 노이즈 소스가 동굴의 좌실과 우실에서 번갈아 들린다. 그러고 보니 어둠뿐인데 나

는 어떻게 좌실과 우실을 구분할 수 있는 걸까.

＊세번째 나팔 소리＊ 그러든지 말든지. 바알즈붑은 또 목소리를 바꾼다. 그러든지 말든지. 나는 대교구 소속의 이름난 성가대 하나를 빌려 온다. 내가 머무르는 알타미라동굴 안으로. 그런 다음. 여자들은 좌실에 몰아넣고, 남자들은 우실에 몰아넣는다. 어둠 속에서 그들의 발이 밟히고 어깨가 부딪친다. 하! 하나같이 멍청이들뿐이군. 그러고 있으면 한 소절도 제대로 부를 수 없잖아. 답답한 것들. 불행하기도 하지. 내겐 이러고 있을 시간이 없으니까. 성대 외에 다른 기관들은 필요 없을 테니. 지금 당장 저들의 몸에서 머리를 뽑아내라. 전깃줄에 매달아 동굴 천장에 걸어두면 딱 좋겠군. 걱정 마라. 입만 제대로 벌리고 있으면 오실레이터가 알맞은 소리로 다 들어줄 테니. 자, 여성과 남성의 목소리 표본이 마침내 사운드 소스로 주어졌다. 이들은 이 같은 방법으로 수많은 결함을 극복하고 무한히 확장된 호흡 능력 속에서 오랜 시간 불가능했던 음악적 기술들을 발견할 수 있으리라. 분명 바알즈붑도 놀라겠지. 아무렴, 그렇고말고. 나는 녹음기 앞에 우쭐거리며 앉아 있던 그 악마가 경악과 공포에 사로잡혀 뒤로 나자빠지는 꼴을 보고 싶다. 봐야만 하겠다. 반드시. 내 두 눈으로 직접 볼 수만 있다면. 전 세계의 성대 연골들을 실로 꿰어 오실레이터 앞에 매달아두어도 좋겠다. ＊웃는 소리＊ 그

런 생각이 지금 잠깐 머릿속으로 지나간다.

✱ 네번째 나팔 소리 ✱ 그러나 안타깝게도 바알즈붑은 놀라지 않는다. 경악과 공포는커녕 다시 능숙하게 자세를 고쳐 앉는다. 아니. 그 악마가 좀처럼 무언가 느끼기는 하는 걸까. 다만 무관심하게. 귀찮아하며. 거의 사무적인 태도로 목소리를 바꿀 뿐이지 않은가. ✱ 침 삼키는 소리 ✱ 이 모든 음향 공습의 송신자가 실은 악마가 아니라 기계인 건 아닐까? 그런데 그 둘이 사실 같은 말이라면 어떨까? 이를테면 기계-악마? 그렇다면 나는 기계-악마를 상대로 이제 어떤 사운드 소스를 쓰면 좋지? 파리 대공이 내가 숨은 곳을 알아챘고. 양쪽 석실 천장에 매달린 성가대 일원들의 입을 움직여 말을 걸고 있으니. ✱ 녹음기의 집음부를 만지작거리는 소리 ✱ 이들은 녹음되지 않고 있는 걸까. 바알즈붑이 지금 죽은 머리들을 시켜 성서의 한 구절을 거꾸로 외우도록 만들고 있는데. 반복적인 딜레이와 에코를 먹인 채. 저것 봐라. 저들이 지금 읊고 있는 부분을 다시 반전시키면, ✱ 기계 장치들에서 다음과 같은 음향이 반복 출력됨 ✱ 너는 내 아들, 나 오늘 너를 낳았노라. 나에게 청하여라. 만방을 너에게 유산으로 주리라. 땅끝에서 땅끝까지 너의 것이 되리라. 저들을 질그릇 부수듯이 철퇴로 짓부수어라. 왕들아, 이제 깨달아라. 세상의 통치자들아, 정신을 차려라. 경건되이 야훼께 예배드리고 두려워 떨며 그 발아

래 꿇어 엎드려라. 자칫하면 불붙는 그의 분노, 금시라도 터지면 살아남지 못하리라. 그분께 몸을 피하는 자 모두 다 복되어라.**

신시사이저의 전원을 꺼야만 한다. 이제 그가 나의 장비마저 이용하려고 하지 않는가. *목소리 떨림* 몸이 움직여지지 않는다.

다섯번째 나팔 소리 베란다 바깥에서 누군가 창문을 두드린다. *노크 소리* 투명한 유리 무늬 사이로 얼굴을 내밀고 있는 저 짐승을 어디선가 본 적이 있다. 그래, 나조벰. 그게 저것의 이름이었다. 그것은 먹지도 마시지도 않는다. 그것은 울지도 짖지도 않는다. 그것은 온종일 가만히 서 있다. 그것은 다리가 네 개고 체모 대신 후각 점막이 달려 있다. 그러니까 코로 걸어 다니는 셈이다. 그것은 포유류 동물이고 새끼를 키울 수 있는 주머니를 가지고 있다. 암수 공통이다. 그것은 가변 크기를 가졌다. 우리가 상상하는 만큼 작고 상상하는 만큼 크다. 그것은 평소에는 보이지 않고 특정한 운율들 속에서만 모습을 드러낸다. 그래, 바로 지금과 같은 두운 시행 속에서만. 나는 조심스럽게 베란다로 걸어간다. 눈인사를 건넨다. *창문 여는 소리* 이제 그것은 물끄러미 나를 올려다본다. 코를 내민다. 나는 그것이 뭐라고 중얼거릴지 이미 알고 있다. 나조벰. 나는 그것의 코를 붙잡는다. 지난번에 그랬던 것처럼. *녹음기를 어루만지는 소리* 아직 녹음

기가 멈추지 않았는데. 그렇다면 나조벰이 나를 지옥으로 데려갈 때. 그 소리도 녹음될지 모른다. 이제 가자. 걱정하지 마라. 나조벰은 나를 안전하게 데려다줄 테니까. 종지부를 끝없이 지연시키는 읽기 공작. 단조로운 음가의 파장. 사인 곡선으로 굽이치는 하나의 그래픽 궤적을 따라서. 방향감각이 차츰 무너진다. 귓가에서 굴러다니는 돌이 떨어져 나온 것이다. *구토 소리* 어지러워. 너무 메스꺼워. 속이 울렁거리고 머리가 너무 아파. 이제 그만 내려줘. 제발! 세탁기 속에 갇힌 것 같아.

　여섯번째 나팔 소리 나조벰은 나를 바알즈붑의 영지 바깥에 내려준다. 안쪽에 내려주지 않고 일부러. 앞으로 나아가라는 듯이 코로 등을 떠민다. 동시에 뭐라고 중얼거리는데 잘 들리지 않는다. 머리 위를 빠짐없이 채우고 있는 날갯소리들 때문이다. 그림자들이 하늘 아래 모든 것을 가리고 있어, 유독성 스모그와 기분 나쁜 어둠이 좀처럼 분간되지 않는다. 하지만 아예 안 보이는 것은 아닌데. 지면을 따라 작물 뿌리처럼 자라난 전깃줄들이 한곳으로 이어져 있고. 하나하나가 부지런히 운동 중인 혈관처럼 꿈틀거리는 이 전선들 위로. 청색광을 띤 전기 스파크들이 종종 튀어 오르는 것이다. 나는 이처럼 미약한 단서들을 뒤쫓아 걷는다. 걷고 또 걷는다. 영지 입구에서 나는 사람과 신장이 같은 파리 한 마리와

조우한다. 이 벌레는 자신을 바알즈붑의 메신저라고 소개하며, 다음과 같은 말을 건넨다. **대공께서 당신을 기다리고 계십니다.** 나는 메신저를 뒤따라간다. 쫄래쫄래. 따져 묻거나 거스르지 않고 얌전히. 왜일까? 궁전에 다다른 뒤. 우리는 여섯 개의 아치형 철문을 열고 들어가. 마침내 가장 은밀한 내실에 이른다. 내실의 면적은 거의 돔구장만큼이나 크고. 무수한 사무용 비품들로 둘러싸인 중심부에. 단조로운 외관의 금속 조형물이 홀로 솟아 있다. 이것은 머리를 거의 수직으로 들어야 할 만큼 높다. 표면에는 무수한 털이 돋아 있는데. 하나하나가 온 우주의 음향을 감청하려는 의지를 가진 듯. 시시각각 다른 방향으로 기울고, 쭈뻣쭈뻣 움직이는데. 이 모든 집음부로부터 수집된 사운드가. 조형물 주위에 설치된 현대식 전자 장비들에 의해 실시간으로 기록되는 가운데. 영구적으로 다리가 퇴화된 속기사 파리들. 공중 좌석에 앉아 부지런히 두벌식 타자기를 두드리는 이들 소음이 거의 공장 수준의 공해를 만들어내는 까닭에. 지구의 환경 기준을 맞추려면 14만 4천 개의 타자기가 중단되어야만 한다. 복도는 기계 장비들이 뿜어내는 마그네슘 스모그로 뿌옇게 가려져 있다. 이 안에서 나는 어느 순간 길을 잃는다. 금속 조형물과 단둘이 남겨진다. 자세히 보면 조형물의 단단하고 두꺼운 판금 덮개 틈으로 살점 일부가 비집고 나와 있는데. 이것은 심장처럼 펄떡거린다. 격통에 가까운 활력 징후를 나타낸다. 몇 걸음 바깥에서도 맥박을 잴 수 있을 만큼. 나는 이 살점을 구조물의 얼굴처럼 받아들인다. 한 걸음 한 걸음 다가가는 동안. 그를 가두고 있는 합금 강판과 육각 볼트 들이 바들바들 떨린다. 어느 사이엔가 돌아온 메신저의 다리에는 흉기가 들려 있다. 이 친절한 곤충은 그것을 내 앞에 내민다. 다리 돌기에서 분비된 점착성 엑토플라즘이 표면에 반사된다. **대공의 가장 연한 부분을 찌르세요. 그러면 낭송이 멈출 겁니다.** 이제 내 손에 흉기가 쥐어져 있다. 서늘한 감촉을 주는 금속의 아랫부분에 구멍이 뚫려 있는데. 틀림없이 장대나 자루 말단에서 뽑아온 것이다. 끝이 날카롭게 다듬어진 이 단조 주물 어디에서도 의장용 장식 따위는 찾아볼 수 없다. 요철 없이 평평한 쇳덩어리. 크기는 건설용 철근 말뚝과 엇비슷하다. 흉기 머리를 가까이 가져다 대자, 살점 위로 불거진 힘줄들이 그것을 안쪽으로 끌어당긴다. 이 정신 나간 금속은 바알즈붑의 체열을 음미하듯 스스로 몸을 떠는데. 분명 내부가 비어 있다는 사실을 확인했음에도. 성체강복식 때 울리는 미사종 소리를 낸다. 나는 놀라서 머리를 숙인다. 구멍 안을 다시 들여다보면. 이 불경한 쇳덩어리의 아가리 속에 저절로 혓바닥이 돋아나. 냉간압연된 내부를 혓몸으로 두드리는 모습. 쨍― 쨍― 쨍― 종소리가 세 번 울린 뒤. 타자기 소리가 일순간 멈

춘다. 사방이 고요해진다. 속기사 파리들이 이곳을 내려다본
다. 인간의 귀를 빼닮은 감각기관을 불길하게 움찔거리며. 질
식사한 벌레 사체들처럼. 숨도 쉬지 않고 다만 물끄러미. 시
간이 얼마나 지났을까. 홀연히 전조를 귀띔하는 음악 소리.
희미한 웅얼거림 같은 이 노래는 아주 가까운 장소에서 흘러
나온다. 아마도 바알즈붑의 몸통에서. 맥동하며 묽은 장액을
줄줄 흘리는 기계-악마의 전용 주파수 채널에서. 이번에는
바알즈붑이 내 귓불을 잡아당긴다. 노래는 까마득한 과거의
어느 한때를 떠올리게 만든다. 그리움. 기억들. 말하자면 아
주 오래전에 잃어버린 프르동을. 어느 풍경에도 안착하지 못
한 채. 품질이 낮은 음향으로만 떠돌아다니던 전자, 유령, 기
계들의 2진법 중얼거림을. 나는 돌려받기를 원하네, 나의 소
중한 노래를. 머릿속의 글리치들. 오동작하는 과거 시제들로
오염됨. 잠겨 있는 귀들의 패스워드를 따야 함. 나를 대신해
이 시행을 읽어줄 목소리들이 필요한 때. 헤이, 거기 당신. 대
뇌가 실종된 전기 화자들 대신. 목소리를 빌려줘. 음가를 붙
일 수 있게. 그리하여 마침내 온전한 모습으로 복원된 성가
하나가 우리 앞에 모습을 드러내네. 찬미. 영광. 전율.

210. 나의 생명 드리니 / Wolfgang A. Mozart 작곡***
con gioia: 기쁜 마음으로

나의 생명 드리니 주여 받―아 주시어
감사하―는 맘으로 찬미하―게 하소서

나의 삶을 드리니 주여 받―아 주시어
선한 일―을 하도록 나를 인―도하소서

나의 음성 드리니 주여 받―아 주시어
주를 찬―미하도록 깨어 있―게 하소서

나의 재능 드리니 주여 받―아 주시어
당신 영―광 위하여 봉사하―게 하소서

나의 마음 드리니 주여 받―아 주시어
영원토―록 당신을 사랑하―게 하소서
아―멘

＊일곱번째 나팔 소리＊ **나는 바알즈붑의 종이다.** ＊눈알 파
내는 소리＊

작은
코다

불규칙 화음을 하나 상상해보자. 예컨대 돌잔치나 학예 발표회, 야외 공연 무대 밑에서 이따금 일어났던 청각적 사고 같은 것도 좋다. 아마추어 음향 기사들이 절연 케이블과 전원 플러그, 볼륨 컨트롤러 따위를 하나씩 손으로 건드려보는 모습. 잦은 조작 실수로 인해 얼마나 많은 음향 기기가 비명을 질러야 했던가. 스피커 앞에서 양쪽 귀를 틀어막은 당신의 놀란 얼굴을 떠올려보는 일은 어렵지 않다. 전자 이명과 듣기 불능의 상태에 빠진 당신. 짧은 시간 동안. 우리에게는 어렴풋한 통증쯤으로 남아 있는 이런 기억 때문에, 영영 노래를 부를 수 없게 된 사람도 있다. 이 사람은 그날 쇤베르크의 화성학 법칙들과 유럽식 악보 문자, 신성한 온음계와 영혼의 언어들을 일시에 잃어버리게 된다. 그 모든 음악 규율들이 제자리로부터 반 옥타브씩 벗어나버렸다고 해도 좋다. 물론 그냥 음치라고 말해버릴 수도 있다. 이 사람의 이름은 종연이다. 종연은 자기 이름을 한자로 쓰고, 읽고, 말할 줄 안다. 잔치의 끝, 또는 마지막 잔치라는 이름을 가진 이 사람의 행선지는 부산이다. 열차는 15시 정각에 서울역을 출발해 16시 26분 동대구역에 다가가고 있다.

태초에 노래가 있었을 것이다. 노래는 듣는 이의 귀를 사로잡는다. 노래는 느닷없이 마음을 빼앗긴 그가 길에서 벗어나도록 부추긴다. 나중에, 이 불운한 나그네는 자신이 덫에 걸려들었다는 사실을 깨닫게 되지만 이미 때는 늦었다. 노래는 후두음으로 만들어진 올가미다. 최초의 사냥꾼들은 바로 그런 방식으로 살아남아 후손을 남길 수 있었을 것이다. 이들 종족의 한 사례가 일화로 다루어진 적도 있다. 그리스신화 이야기다. 지중해 한가운데 솟아 있는 작은 바위섬의 요정들은 음정을 가려 쓸 줄 알았다. 바르도 박물관의 로마 시대 모자이크화 속에서, 이들은 여인의 얼굴에 새의 몸통과 날개, 다리를 가진 모습으로 나타나 있다. 작가를 알 수 없는 이 기원전 유물 앞에 튀니지 학예사들은 "오디세우스와 세이렌 자매들"이라는 캡션을 달았다. 덧붙여 남긴 해설에 따르면, 바위섬의 주인들은 한때 뱃사람들을 유혹해 잡아먹었다는 모양. 해변에는 어부, 노잡이, 해병 들의 해골이 산더미처럼 쌓여 있었을 것. 암초에 부딪혀 바다 깊이 수장된 범선과 고깃배, 전함 들은 또 어떻고. 이제 멀리 수평선 위로 3단 노선 한 척이 모습을 드러낸다. 돛에 놓인 백합 자수는 이타카의 왕실 문장을 나타내는 듯하다. 1만 개의 백골과 갑판 잔해로 장식된 콘서트홀에서, 요정들이 다시 노래를 부른다. 형식은 카논. 무한히 반복되는 대위법 합창이다.

이 장면을 상상할 때마다 남몰래 목소리를 가다듬는 사람이 있다. 그녀는 객실 바깥의 1인용 화장실 안에서 **여, 여** 발음해본다. 그러자 콧소리 섞인 음절 덩어리들이 세면대 위로 뚝뚝 떨어져 내린다. 한 손에 쥔 소형 전자기기가 몇 초씩 끊겨서 재생될 때도 있다. 저장된 소리는 4음절 2음보 율격의 어업 노동요이다. 음가를 붙이면 **여보시오, 어부님들**로 옮겨 쓸 수 있다. 가수는 방언과 입말의 색채가 뚜렷한 억양으로 노래한다. **여보시오, 어부님들!** 여기까지만 듣고 다시 처음으로 돌아가기를 몇 번. 종연은 어떤 음으로 노래를 시작해야 옳은지 가려내지 못하는 듯하다. 레? 솔? 시? 3도 음정을 더듬는 혓바닥이 입안에서 오물거린다. 노래를 잊은 사람처럼. 한편, 그녀는 거울 속에서 자신의 발성기관들이 움직이는 모습을 지켜본다. **여, 여.** 이중모음을 발음할 때면 어김없이 마주 닿는 입천장과 혓바닥이라든지. 연구개 비음과 꼭 닮은 생김새로 벌어지는 두 입술 모양, 공기의 흐름을 조절

하는 윗니와 아랫니, 딱딱거리며 늘어나는 하악골 관절과 저 작근까지. 단순하기 짝이 없는 구강 운동들이 어떻게 노래가 되는지 기억해내려는 것이다. 그러나 거울이 보여주는 사실은 대체로 흔적뿐이다. 외모에 남아 있는 흔적. 그녀는 먼 시조에게서 물려받은 용모를 끔찍이도 증오한다. 무엇보다 비대하게 발달한 목젖과 호흡기 같은 것들. 흡사 조류처럼. 꽥꽥거리는 데나 써먹기 좋은 도구들.

종연은 거울 앞에서 조상들의 몸뚱이를 상상해본다. 수탉이나 꿩처럼 팽팽하게 부풀어 오른 흉근들이 첫번째. 우스꽝스러운 걸음걸이와 가성으로 대화를 나누는 모습도 자연스럽게 뒤따른다. 그러나 어떤 부분들은 아무리 애써도 좀처럼 떠올리지 못한다. 예컨대 그들이 부르는 노래, 그리고 노래를 부를 때 쓰는 음성 같은 것들. 이때 선조들은 입만 뻐끔거릴 뿐이다. 수백 개의 이목구비가 주위를 빈틈없이 둘러싼다. 실종된 노랫말을 속삭이는 입 모양이 하나, 둘, 셋, 넷. 동시에 소리 없이 열리고 닫히는 눈, 코, 입. 뭉뚱그려놓으면 하나같이 똑같은 생김새다. 종연. 바로 그 자신을 빼닮은 얼굴이다!

종연은 놀라서 한 걸음 물러난다. 거울 안에는 종연 한 사람만이 남아 있다. 안도의 한숨. 한껏 움츠러든 횡격막 밑에서 심박이 차츰 가라앉는다. 부드러운 디미누엔도 리듬으로. 종연은 조용히 화장실 문을 열고 나온다. 객실 문 뒤에서 승객들이 하나둘 짐을 챙긴다. 열차가 한 번씩 속력을 죽일 때마다 승객들이 복도에서 휘청거린다. 기관실 마이크로폰에 대고 차장이 이야기한다. **우리 열차는 열차의 종착역인 부산, 부산역에 곧 도착합니다. 놓고 내리는 짐이 없는지 확인하시고, 편안한 여행 되시기를 바랍니다. 감사합니다.** 종연은 반복해서 들리는 한국어 종결어미를 운문의 각운처럼 알아듣는다. 출입구 앞에 줄지어 서 있는 승객들 가운데 오직 종연만이 손가락을 까딱거리고 있는 까닭이다. 다. 이 조급하고 딱딱한 치조음과 단모음 조합에 맞춰서. **다.** 그리고 까딱. 다. 그리고 까딱.

마침내 도착한 곳은 작은 어획항이다. 바람이 부는 동안 종연은 포구 끝에 홀로 앉아 있다. 짭조름한 소금기와 물비린내가 실려 있는 바람이다. 길고 가벼운 머리카락 몇 올이 콧등에 와서 붙는다. 종연은 바람에서 파도의 리듬을 읽을 수 있다. 육지 쪽으로 다가왔다가 다시 바다로 돌아가는 이 무한하고 말 없는 과정을 읽을 줄 안다. 아직 음악이 만들어지기 이전, 가장 처음의 시간. 최초의 가수는 바다였을 것이다. 종연의 선조들, 바위섬의 요정들은 해식동굴을 둘러싼 암초들과 연안 바위에 부딪히는 파도들에 음가를 붙였을 따름이다. 이를테면, **철썩!** 바로 이 순간, 운율이 태어난 것이다. **철썩**, 그리고 **철썩**. 또다시, **철썩**. 비어 있는 행간들은 듣는 자를 애타게 만든다. 다음 마디를 기다리는 동안 그는 초조함 속에 던져진다. 불과 몇 초 사이의 정적조차도 영겁과 같이 느껴졌을 것. 마치 연옥처럼. 종연은 멀리 해안에서 형광 부표들이 넘실거리는 광경을 본다. 낄낄대느라 시끄럽게 덜그럭거리는 선조들의 두개골과 닮은 모습으로. **깔깔깔깔.** 수면 위로 머리를 반쯤 들이민 옛 영혼들이 속삭인다. **세이렌이 음치라니!** 이어서. **도대체 무슨 노래를 부르겠다는 건지.**

믿거나 말거나. 살아남은 노래들을 떠올려보기. 종연은 가만히 앉아서 콧노래를 흥얼거린다. 입은 다문 채로. 비인두와 후각점막을 떨게 하며 밖으로 새어 나오는 멜로디가 있다. 올바르게 들어맞는 음정은 하나도 없다. 이어지지 못하고 침몰하는 도. 솔. 레. 라. 시. 무너진 음계들 가운데 종연이 알아들을 수 있는 소리는 하나뿐이다. 노래를 부르는 중간중간 숨을 들이마실 때, 좁아진 비강 연골 사이로 공기가 드나드는 소리다. 의성어로 나타낼 수 있다면 **삐오삐오** 하는 식으로.

한편, 선창에서는 줄에 묶인 고깃배들이 흔들거린다. 백색 페인트를 덧바른 선체 하부는 하얗게 반들거리는 청어목 물고기들의 배면을 닮았다. 다대포가 지금도 멸치잡이 어장으로 남아 있다는 사실! 오늘날 몰운대 동쪽 끝자락에 서면 낙동강 하구의 담수가 남해 바닷물로 흘러드는 광경을 내려다볼 수 있다. 소금 농도가 뒤섞인 수역에서 다종다양한 어류들이 번식하게 되었을 것. 이제 망대에서 고기 떼를 발견한 어부들이 배에 그물을 싣고, 노를 저어 가서, 그물을 당기고, 잡은 멸치를 털어낸다. 최초의 후리소리는 일련의 어획 과정을 차례대로 나열하는 데 그쳤을지도 모른다. 또 다른 특징으로는 전통적인 가사 문학 작법의 흔적. 다른 구전민요들과 마찬가지로. 율격은 어김없이 4음보다. 한편, 고대 그리스 음악에서 유행했던 4분의 4박자 가곡들을 떠올려보라. 아직까지도 사람들을 끌어당기는 바로 그 가요 형식을! 결국 세상의 모든 노래를 세이렌이 만든 셈이다. 종연의 선조들. 새의 몸통과 날개, 비대한 호흡기를 가졌던 바위섬의 가수들을 찬송하라.

이제 항구 어귀로 조용히 노을이 찾아온다. 물이끼나 따개비가 앉은 시멘트 방죽은 간조와 만조의 높이차를 실감시켜주는 듯하다. 종연은 여전히 포구 끝에 앉아 있다. 오래전부터 그 자리에 놓여 있는 바위처럼. 첫번째 파도를 맞고 다시 거기서 부서지는 두번째, 세번째, 아흔아홉번째 파도도 맞고 있는 바위. 그 파도들이 바위에 스며들고, 바위를 깎고, 마침내 변형시키기를 기대하고 기다리는 사람처럼. 사실 종연이 기다리고 있는 건 어떤 대답에 더 가깝다. 다시 말해, 좋은 구실을 구하는 것이다. 「다대포 후리소리」를 가르쳐주실 수 있나요? 종연이 부탁한다면, 소리꾼은 이렇게 물어올지도 모른다. 내가 왜 그래야 합니까? 혹은 배워서 어디에 쓰시려고요?
수긍할 수 있는 대답을 건네야 하는 상황이다. 종연은 저절
로 떠오르는 몇 가지 연습 문장을 중얼거린다.

1번. **노래를 잘 부르고 싶어서요.** 너무 건성이고 장난 같음.
탈락.

2번. **돈은 드리겠습니다.** 오만하고 속물적인 느낌. 탈락.

3번. **이 지방 출신이신 저희 할머니가 꼭 듣고 싶어 하셔서요.**
터무니없는 거짓말. 탈락.

4번. **제가 세상에 남은 마지막 세이렌인데, 어렸을 때 사고
로……** 허무맹랑하고 장황함. 탈락.

5번. **「다대포 후리소리」로 졸업논문을 쓰고 있거든요.** 간단
하고 좋은 핑계. 가장 적합함.

마침내 종연은 맨땅을 손으로 짚고 자리에서 일어난다. 손
바닥을 내려다보면 까슬까슬한 부둣가 바닥의 요철 자국이
그대로 남아 있다. 시멘트 반죽에 섞인 자갈 모양으로. 오후
한때 전력이 내려가 있던 옥외 간판들과 전광 문자들에 하나
둘 불이 켜진다. 가게는 횟집이 대부분. 일부는 수산물 직판
장, 낚시용품점, 어업용 공구상이다. 드물게 모텔이나 여인숙
도 있다. 수산시장 안쪽으로 걷는 동안 널찍한 수조와 손글
씨 적힌 입간판 들이 불쑥 튀어나온다. 통로와 지나치게 가
까운 가게 몇 곳에서, 종연은 수조 벽면에 빨판을 붙인 채로

꿈틀거리는 대왕문어와 마주치기도 한다. 등지느러미가 흰 반점으로 뒤덮인 참상어 몇 마리도. 기름진 눈꺼풀 밑에서 굴러다니는 생선 눈알들. 종연은 그것을 끝끝내 제대로 쳐다보지 못한다. 저녁 연무에 배어 있는 안광과 물기 속에서, 무기력한 헤엄은 단3도 화음을 만들어낸다. 먼 옛날, 지중해 바위섬 밑에 수장된 익사체들의 마지막 자맥질이 그랬듯이. 물보라를 일으키는 바단조 제스처. 비린내 나는 주파수가 내내 이어진다.

비교적 한산한 수산시장 끄트머리에 다다라 종연은 걸음을 멈춘다. 외관이 허름한 3층 높이의 임대 건물은 길에서 외따로 떨어져 있다. 종연은 이 건물을 조용히 올려다본다. 정확히는 3층 여닫이창 위에 걸어놓은 목조 현판을 올려다보는 것이다. 목판에는 다음과 같은 글귀가 공들여 새겨져 있다. —**다대포 민요·재담·소리** — 전각 문자 양식이 뚜렷한 수공예 간판은 근처의 인쇄 광고물들과 사뭇 다른 분위기를 풍긴다. 오래된 가구나 집기 들이 종종 그러는 것처럼. 어딘가 그리운 기분을 준다고 말해도 좋다. 종연은 건물 현관 앞에 이르러 목을 가다듬는다. **흠. 으흠. 흠.** 목소리는 어둡고 서늘한 1층 복도 끝까지 울려 퍼진다. **음. 으음. 음.** 힘없는 초성으로 되돌아오는 자신의 음성을 종연은 우두커니 듣는다. 귀를 기울인다. 암굴의 깊이를 가늠해보는 사람처럼. 어둠 속에서 어떤 신호를 기다리는 사람처럼. 다음으로 이어지는 소리는 단조로운 걸음걸이뿐이다. 대체로 계단을 밟아 올라가는 소리. 소리는 두 다리가 꼭대기 층에 다다를 때까지 멈추지 않는다.

하나뿐인 통로 외측에 붙어 걸으면서 종연은 임대 시설 다섯 곳을 지나친다. 내과, 태권도장, 미용실, 세탁소, 미술학원 순이다. 부실한 외부 장식과 구식 조명은 그나마 눈에 띄는 표지들조차 흐릿하게 만드는 듯하다. 와중에 종연은 목 부근 근육이 갑자기 움츠러드는 이상 신호를 느낀다. 상가 안쪽 외진 구석에서 누군가 그녀를 지켜보고 있는 것이다. 거리를 잴 수 있다면 열두 걸음쯤. 살금살금 다가가보면 70×50 크기의 사진 하나가 못걸이에 매달려 있다. 금박 가루가 거의 벗겨진 모조 액자 안에서, 확대된 배율의 두 눈만이 외따로 빛나고 있다. 종연은 몇 가지 단서를 알아볼 줄 안다. 시제는 셔터가 눌리기 직전이다. 렌즈에 수집된 다면체 상들. 고집스러운 전통 복식이라든지. 양쪽 어깨뼈에 짊어진 목화 끈은 악기를 둘러매기 위한 것이다. 틀림없이 타악기겠지. 사진 아래쪽에 일부만 포착된 암소 피막이 한 가지 사실을 알려준다. **바로 이 사람이 마지막 남은 소리꾼이다!** 종연은 액자 오른편에 나 있는 철문 앞에 서본다. 쭈글쭈글한 우유 주머니가 걸려 있는 양철 문짝은 마치 비밀 출입구 같다. 전혀 다른 세계로 통하는. 종연은 노크에 어울리는 손동작을 만든다. 안쪽으로 모여드는 손가락 관절들. 공손한 소리를 내는 악기다. 똑. 똑똑똑. 똑. 문 뒤에서 누군가 **들어오세요.** 소리친다. 짧은 심호흡. 이제 문을 열어도 좋다.

내실은 사방이 트인 한 칸 크기의 방이다. 매끄럽게 닦인 나무 바닥이 가장 먼저 눈에 띄고, 다음으로는 부두가 한꺼번에 내다보이는 채광창. 시간이 정오였다면 풍부한 일조량을 쬘 수 있었을지도 모른다. 창문의 반대쪽 내벽에는 전면 거울이 나란히 늘어서 있어서, 당신을 연습실 한가운데 데려다 놓는다면 앞뒤로 똑같은 풍경에 둘러싸이게 될 것이다. 굴절된 공간이 불러일으키는 입체 착각에서 벗어날 수 있는지? 진짜 풍경에는 당신이 빠져 있다는 중대한 차이를 인식하기. 다른 그림 찾기 놀이처럼. 혹은 그냥 누군가가 거기서 당신을 꺼내줄 수도 있다. **이봐요!** 같은 식으로. **안으로 들어오세요.** 목소리는 종연의 주의를 순식간에 흩뜨려놓는다. 그러기에 충분한 울림을 가지고 있다. 그러자 연습실 안쪽에 갖춰진 또 다른 방이 뒤늦게 발견된다. 커다란 공실에 딸린 부설 공간 같은 곳이다. 비품 창고나 소품실과 같이.

종연은 그곳에서 마침내 어떤 남자와 만나게 된다. 바깥 복도에 내걸린 사진 액자 속의 인물이 거기에 있다. 남자는 바구니에 쌓인 세탁물들을 하나씩 널고 있다. 대부분 의복인데 하얗고 얇은 재질이다. 끓는 물로 살균된 빨랫감에서는 여전히 훈김이 피어오른다. 옷걸이가 부족해지자 평평한 서랍장 머리, 캐비닛 양쪽 모서리도 건조대로 쓰인다. 다음으로는 북이나 장구 같은 전통악기. 무언가 걸칠 수 있는 모든 평면이 낭비 없이 세탁물로 덮인다. 남자가 빈 바구니를 들어 올린다. 종연을 아래위로 살펴본다. **어떻게 찾아오셨습니까?** 종연은 수차례 연습했던 장면을 두 배 빠르기로 떠올려본다. 가벼운 불안 징후로 두 입술이 살짝 떨린다. 남자는 침묵을 기다려준다. 비로소 종연이 꺼내는 말은 이것이다. **저에게 소리를 가르쳐주실 수 있나요?** 그리고 남자가 거절하기 전에 얼른 덧붙여 말한다. **졸업논문을 쓰고 있거든요. 「다대포 후리소리」에 대한……** 남자가 끄덕이며 중얼거린다. 그럼 부산대학교 학생인가? 아니면 부경대? 경성대? 종연은 재빨리 손사래 치며 대답한다. 우물쭈물하는 모양새로. **아니요. 저는 아주 멀리서 왔습니다. 따지자면 지중해 쪽인데……** 그러자 남자가 웃음을 터뜨린다. 나는 평생 부산 바깥에 나가본 적이 없어요. 거기가 어딘지 모릅니다. 그런데 「후리소리」는 전에 다녀간 사람들이 녹음 파일을 인터넷에 올린 걸로 알아요. 굳이 여기까지 온 이유가 있습니까. 당황했는지 종연의 목소리가 한층 높아진다. **제가 그 노래를 배워서 직접 불러야만 하거든요.** 남자의 입이 조그맣게 벌어진다. 새어 나오는 음은 감탄사에 어울린다. 예컨대, **아아** 하는 것. 질문이 이어진다. **왜요? 이유가 뭡니까?** 종연은 침을 삼킨다. 말라서 딱딱해진 입천장에 혓바닥이 다가가 들러붙는다. **어떤 노래들에는 사람을 움직이는 힘이 있다고 하더라고요.** 그는 대수롭지 않게 웃어넘긴다. 사실 그가 알고 싶은 것은 이런 것이다. **성함이?** 종연은 힘 빠진 웃음을 짓는다. **종연이에요. 제가 직접 지었어요.** 한편으로는 안심하는 것처럼 보이기도. 남자가 놀라워하며 묻는다. **한자로 어떻게 쓰지요?** 종연이 대답한다. **마지막 종에 잔치 연을 썼어요.** 남자가 두어 번 손뼉을 마주친다. 웃는 입 모양이 씰룩인다. **가수 팔자를 타고났네요. 노래 실력은 어떤가 한번 봅시다.** 둘은 창고 바깥으로 걸어 나간다. 전면 거울 앞에 이르러 남자가 돌연 소리친다. **에―헤이, 사―리야!** 종연은 화들짝 놀라서 눈이 커진다. 거울 한쪽 면에 초조한 얼굴이 떠오른다. 배음을 가려 듣는 귀. 좁다란 외이 안에 음절들이 쌓인다. 노래는 고막을 이루는 얇은 근막을 떨게 만든다. 흥부가 들뜨고 목구멍이 막히게 만든다. 그녀의 조상들이 만들고 가다듬은 태초의 운율, 이른바 유령 소네트가 이 남자의 성대를 빌려 되살아난다. **멸치―잡이를 가―려하―니!** 이 부분에서 종연은 자기도 모르게 눈을 질끈 감고 만다. 한편, 눈꺼풀 바깥에 홀로 남겨진 남자는 사설의 첫 과장을 능숙하게 늘어놓는다. 타악기나 녹음테이프의 도움 없이도 완벽하게 맞아떨어지는 박자와 음길이. 4음보 가락의 형태로. 바깥에서는 야간 어업에 나서는 고깃배들이 하나둘 탐조등을 밝힌다. 물길이 닫힌다. 밀물이 들어온다. 만조의 시간. 이 모든 자연 리듬이 내려다보이는 저물녘 연습실의 두 가수. 창밖에서 흰갈매기 한 마리가 울다가 곧 사라진다.

바로 이 장면 앞에 악상기호를 하나 그려두도록 하자. 이름은 **세뇨segno**. 나중에 우리가 다시 한번 이곳으로 돌아올 수 있도록. 이제 돌아가 이야기를 진행해도 좋다.

빠르기는 모데라토.

폭신한 베개 커버에 목덜미 한쪽이 파묻힌 상태로, 종연은 느닷없이 **아아** 소리 낸다. 평범하고 순수한 중간 도 음계다. 꾸밈없는 목소리. 주파수로 말한다면 261.63헤르츠다. 밋밋한 발성법의 단성부 육성은 작은 객실을 가득 채우고도 남는다. 타고난 배음 때문이다. 이때 종연은 입천장 아래쪽 깊숙한 곳, 혀와 식도 사이에서 움직이는 작은 기관의 움직임을 감지해본다. 소리를 낼 때마다 열렸다 닫혔다 하는 근육이 있다. 물렁물렁한 점막에 둘러싸인 바로 그 후두 조직으로부터 숨과 말, 노래가 빚어져 나온다. 스물여섯 개의 알파벳과 유성 자모음, 전음계와 하위 음정 일곱 개, 음자리표가 매달린 성악용 오선보 따위도 모두. 『창세기』 11장에서 인간들

이 쌓아 올리던 신전 건축물 바벨Babel은 천국에 닿는 문으로
설계되었다던데. 그렇다면 이 첨탑의 최상층 천장은 여닫기
간편한 원형 지붕으로 덮였을 것이다. 후두덮개를 흉내 내어
만든 듯한 모습으로. 그곳에서 니므롯과 백성들은 숨죽인 채
모여 있다. 활짝 열린 지붕 틈새로 천상의 화음, 엄중한 수학
적 규율에 따라 조직된 대위법 기악들, 끝나지 않는 무한 카
논이 들려온다. 그들 가운데 몇 사람이 이것을 따라 부르자,
구름 뒤에서 쩌렁쩌렁한 음성이 천둥과 같이 울려 퍼진다. **벌
레 같은 도둑들아! 내가 말하노라. 너와 너의 후손들은 목구멍
하나로 숨 쉬고 먹게 되리라!** 그렇게 해서 인간은 무언가 삼킬
때 질식해 죽지 않도록 애쓰게 된 것이다. 그러나 이 저주가
종연을 음치로 만든 것은 아니다.

　세이렌이 음치라니, 하! 객실 내부에 떠도는 습기가 유령처
럼 느껴질 때쯤 종연은 에어컨을 켠다. 이죽거리는 웃음소리
들이 냉각기 밑에서 하나둘 말라 없어진다. 종연은 탁상 조
명 밑을 더듬더듬 짚어본다. A3 용지를 부채처럼 접어서 만
든 입체 인쇄물이 손쉽게 잡힌다. 수업이 끝난 다음 소리꾼
에게 건네받은 자료일 것이다. 교회 소식지 혹은 대형 마트
의 할인 전단지처럼 조악한 발행 양식 가운데 「다대포 후리
소리」 전 과장이 적혀 있다. 소리꾼은 이런 숙제를 맡겼을 것
이다. **노래를 못 부르겠다면 노랫말 먼저 외워봅시다.** 물론 이

따위 자료 없이도 마음만 먹으면 「후리소리」를 찾아 들을 수 있다. 당신도 마찬가지. 종연도 이것을 안다. 다만 안타까웠던 걸까. 소리꾼이 정신 사납게 돌아다니며 중얼거렸을지도 모른다. **종이를 어디 뒀더라. 요즘은 신입 회원이 없다 보니……** 종연은 탁상 조명 밑으로 책자를 가져간다. 종이 뭉치 아랫면이 천천히 움직인다. 반들거리는 화학펄프의 낱장 위에서 어부들의 군소리는 이렇게 시작된다. **어부님네. 한마음 일심으로 배에다 그물을 잘 사려 실읍시더.** 이것이 첫 과장. 서구식 실내악의 전주와 같은 역할이다.

종연은 아무런 힘도 들이지 않고 이 부분을 따라 읽는다. 억양도 세기도 없이 다만 무뚝뚝한 말투로. 음악적 표현이 누락된 말하기. 낭송이나 음독은 오히려 종연에게 손쉬운 장기처럼 여겨진다. 종연은 **노래**라는 낱말을 137개 국어와 2,118가지 민족어, 14,899종류의 방언으로 말할 줄 알기 때문이다. 인도차이나반도의 반투어족부터 시베리아 지방의 우랄·알타이어족까지. 인류가 신생대 말기에 이르러서야 겨우 육성 언어를 얻은 한편, 종연의 시조들은 이미 백악기 원시림의 양치식물 가지 위에 앉아 노래하고 있었던 것이다. 베가비스 이아아이Vegavis iaai! 이 중생대 조류종이 양껏 부풀어 오른 흉근을 뽐내며 지저귄다. **세이렌이 음치라니, 하!**

실은 몇 번의 자가 진단이 있었다. 음악적 분별 능력을 모조리 잃어버린 뒤에. 어렴풋이 기억나는 청각적 사고 직후의 일이다. 종연은 독일인 신경의학자 아우구스트 크노블라우흐August Knoblauch가 밝혀낸 대뇌 소중상 노트를 찾아냈다. 음악 치료 분과에 속하는 이 자료집은 다음과 같은 약식 질문 목록을 스스로 작성해보도록 만들었다.

1) 귀에 익은 멜로디임에도 자신이 부를 때는 전혀 다른 음으로 발성하게 되는가?

2) 악보를 읽을 수 없거나 곡조를 제대로 따르지 못하는가?

3) 음정을 구분할 수 없는가? 예컨대, 도 음계와 미 음계의 높이차를 인지할 수 없는가?

4) 목소리 떨기, 길게 이어가기, 옥타브 만들기와 같은 음악적 기술을 전혀 쓸 수 없는가?

5) 악보를 읽는 데 어려움을 느끼는가? 이와 별개로, 악기는 연주할 수 있는가?

6) ……

문항이 열 개를 넘어가기도 전에 종연은 직감할 수 있었을 것이다. 충분히! 몇 발자국 앞으로 다가온 검사 결과 이야기다. 그렇게 해서 종연은 실음악증을 앞당겨 진단받은 것이다. 크노블라우흐 같은 신경의학자나 음악치료사 따위가 아니라 자기 자신에게서. 바로 이날, 음치 증상은 가벼운 착각이나 오해의 범주로부터 멀찍이 떠나게 된다. 착각도 오해도 아니기 때문이다. 정신적 외상? 경미한 감각 손실? 뇌는 고백한다. 그건 나의 기능 일부가 영구적으로 손상되었기 때문이지. 특정 받침을 발음하지 못하거나 지치지 않고 중언부언하는 실어증 환자들처럼 말이지. 닥터 브로카와 닥터 베르니케가 부검으로 밝혀낸 대뇌 좌반구의 두 구역을 떠올려보란 말이지. 너는 죽을 때까지 노래를 부를 수 없겠지! 노래를 부를 수 없다는 것. 그 사실이 바로 두뇌 손상을 나타내는 징후이기 때문이지!

종연은 양손으로 머리를 감싸 쥔다. 딱딱한 복숭아 촉감의 두개골 뼈대가 만져진다. 열 개의 손가락이 힘주어 누르고 있는 부위는 측두엽이다. 모든 문제가 바로 그곳에서 시작되었다. 두뇌 질환에 걸린, 쓸모없는 세이렌 같으니.

종연은 노랫말을 외우다가 잠이 들고 꿈을 꾼다. 무수한 세이렌 무리가 그들의 마지막 후손을 찾아 꿈에 나타난다. 날카롭게 자란 맹금류 발톱들이 날아와 종연의 목을 쪼거나 할퀸다. 헝겊처럼 뜯겨 나간 목살들이 여기저기 버려진다. 남김없이. 종연은 해부용 인체모형처럼 가만히 누워 있다. 바깥으로 드러난 식도와 후두를 가까스로 껄떡이며. 하늘에서는 괴물새들이 날아다닌다. 햇빛이 다 가려질 만큼 빽빽한 그림자를 만들면서. 세이렌 하나가 돌연 땅으로 내려와 종연 옆에 앉는다. 뒤뚱뒤뚱 종연의 몸을 걸어 올라온다. 이 세이렌은 미약한 호흡으로 간신히 들썩이는 흉곽 위에 이르러 종연을 내려다본다. 무감하고 악의 없는 얼굴. 한편, 한쪽 발에는 조약돌 크기의 뼈 하나가 쥐어져 있다. 세이렌은 이것을 종연의 목 위에 사뿐히 올려놓는다. 그런 다음—세상에서 가장 아름다운 목소리로—이렇게 속삭인다. **부끄럽기도 하지. 노래 주머니도 쓰지 못하는 자손이라니.**

　몇 시간 후, 종연은 자기 목을 붙잡은 채 잠에서 깨어난다. 목구멍 아래쪽 깊숙한 장소에 자리 잡은 이물감 탓이다. 실제로 울대 밑에서 몽글몽글한 부종이 만져지기도 한다. 그러나 이것이 고름 덩어리가 아니라 조절 가능한 연골이라는 사실은 종연 외에 아무도 모른다. 퇴화된 명관의 잔해가 기도 안에서 꿈틀거린다. 들이마셨다 내쉴 때마다 공기가 부글부글 끓는 소리. **호루루루** 하는 식으로. 그녀의 기원을 끊임없이 상기시키는 소리다.

　이튿날. 종연은 교습소 건물 앞에 다시 찾아와 서 있다. 경비실의 원목 괘종시계 숫자판 위에서 돌고 있는 바늘은 오후 2시 20분을 가리킨다. 계단을 올라가는 동안 종연은 노랫말 일부를 소리 죽여 속삭인다. 유독 잘 외워지지 않는 부분들이 있는 걸까. 강세가 뚜렷한 입말이나 억양은 곧잘 흉내 낼 줄 아는데. 종연은 교습소 문을 두드린다. **똑. 똑똑똑. 똑.** 문 뒤에서 누군가 **들어오세요.** 소리친다. 이번에는 조금 더 가까운 곳에서. 손잡이를 돌리면 시원한 바람이 불 것이다.

소리꾼은 연습실 바닥에 앉은 자세로 종연을 맞는다. 책상다리. 종연은 이 같은 좌식 형태를 기억하고 있다는 사실에 작게 기뻐한다. 소리꾼 앞에는 장구가 놓여 있는데, 실제로 보는 것은 처음이다. 몸통 양쪽에 붙인 말가죽 피막은 왼쪽과 오른쪽의 소리가 다르다고 알려져 있다. 각기 다른 말품종을 쓰기 때문이다. 소리꾼이 얇은 나무 막대기로 북편과 채편을 번갈아 한 번씩 때린다. **따당!** 이 동작은 순식간에 이루어져서 거의 묘기와 같이 관측된다. 총에 맞은 표적처럼 얼어붙어 있는 종연에게 홀연 질문이 들려온다. **노랫말은 좀 외워봤습니까.** 종연은 천천히 고개를 끄덕인다. **몇 부분만 빼고요.** 소리꾼이 묻는다. **어느 부분이 안 외워지던가요?** 종연은 양쪽 손바닥을 반듯하게 펴서 자기 앞에 놓는다. 엄지손가락이 위를 쳐다보도록. 어깨너비의 간격이 두 손 사이에 놓인다. 보이지 않는 물체의 길이를 재는 듯한 모습이다. **전체 가사는 다 외웠어요. 그런데 순서가 헷갈려서.** 소리꾼은 종연이 만들어 건네는 손동작을 유심히 지켜본다. 그런 다음, 두 손 사이에 비어 있는 공간 몇 곳을 손끝으로 하나씩 가리키면서 이렇게 말한다. **1과장, 2과장, 3과장. 이렇게 차례대로 부르는 게 어렵다.** 이 말이죠? 종연이 꾸벅 머리를 숙였다 든다. **뭐가 문제인지 알겠군요.** 소리꾼은 이렇게 말하고 나서 창고로 사라져버린다. 곧이어 덜컹거리는 캐비닛 소리. 바닥에 쏠리는 종이 상자의 밑바닥 골판지들. 열렸다 닫히는 서랍장 하나, 둘, 셋, 넷······

연습실에 덩그러니 남겨진 국악기 하나와 종연. 둘은 여닫이 창문으로 불어오는 바닷바람을 말없이 맞는다. 일관된 세기의 바람. 메나리토리 방식의 음악 어법처럼. 미·솔·라·도·레 구성을 따르는 5음 음계다. 반음의 흔적은 찾아볼 수 없다. 이 순수한 자연음을 허파에 가득 들이마실 때, 종연의 목에서는 복잡한 후두음이 튀어나온다. 참새목 명금류들이 지저귀는 소리와 같이. 이 복합음은 인간의 귀로 들을 수 없다. 필사 가능한 의성어가 없다.

마침내 볼일을 끝낸 소리꾼이 창고에서 빠져나온다. 두 손에 큼지막하고 두꺼운 책 하나가 들려 있다. 그는 이것을 아주 조심스럽게 다룬다. 수백 페이지 두께의 화염이나 얼음덩어리처럼. 금속 스프링 하나가 낱개의 용지들을 느슨하게 옭아매고 있다. 잠자코 닫혀 있는 이 인쇄물을 보라. 서지에 관한 단서 하나 없이 매끈하게 묶인 겉장. 바로 어젯밤에 제본 기계를 빠져나온 것만 같은 인쇄 상태는 또 어떻고. 소리꾼이 표지를 들추자 마침내 첫 페이지가 드러난다. 투명한 양면 비닐 용지에 끼워 넣은 사진 몇 장. 낡은 화학약품 냄새가 물씬 배어 있는 이미지들은 모두 1970년대에 촬영된 것이다.

비옷을 입은 어부들이 어선 갑판 위로 그물을 옮기고 있는 모습. 소리꾼은 낮은 노출도로 감광된 세 사람의 머리를 하나씩 짚어 가리킨다. **우리 아버지, 첫째 작은아버지, 둘째 작은아버지예요. 삼 형제가 모두 어부였어요.** 종연은 눈으로 손가락 끝을 따라간다. 소리꾼의 검지 손톱은 이제 고깃배의 몸체 부분을 긁고 있다. **1과장. 그물을 배에 싣는 겁니다. 고기를 잡아야 하니까.** 페이지가 한 장 넘어간다. 여전히 그물을 싣고 있는 삼 형제. 달라지는 것은 동작이나 날씨, 사진사의 위치뿐이다. 다음 장, 그리고 다음 장의 사진들에도 같은 작업이 나타나 있다. 소리꾼은 재빨리 몇 장 더 넘긴다. 이번에는 그물을 다 실은 어부들이 배에서 내려 양손을 모으고 있다. 기원이 담긴, 정성 어린 손동작. 종연은 그런 몸가짐을 다른 나라, 다른 도시에서도 몇 번 본 적 있다. 소리꾼이 말한다. **2과장. 바다로 나가기 전에 제사를 지내는 겁니다. 바다의 주인이신 용왕님께.** 다시 삼 형제. 현상액이 바짝 말라붙은 셀룰로이드지 묶음 속에서 허리를 구부렸다 폈다 하는 삼 형제. 소리꾼은 사진첩 몇 장을 또다시 빠르게 넘긴다. 멈추지 않고. 이제 고깃배 위에 앞뒤로 앉아 있는 삼 형제. 다른 노잡이들에 섞여 배를 모는 모습으로. 바짝 깎은 검지 손톱이 물밑에 잠긴 노의 머리 부분을 소리 나게 두드린다. **3과장. 고기를 잡으러 가는 겁니다. 도착하면 멸치를 몰아서 그물을 치지요. 이 당시에**

268

는 노를 썼기 때문에 노 젓는 소리라고 하는 겁니다. 설명은 이 같은 방식으로 이루어진다. 삼 형제의 사진들이 일곱 개 과장과 곧바로 이어지는 시각적 표지가 될 수 있도록. 이를테면 다음과 같이.

4과장: 멸치가 가득 잡힌 후릿그물을 있는 힘껏 당겨 올리는 삼 형제.

5과장: 양쪽에서 그물을 털어 그물 가운데로 멸치들을 모으는 삼 형제.

6과장: 잡은 멸치를 가래로 퍼서 소쿠리에 나눠 담는 삼 형제.

7과장: 일을 마치고 돌아오며 노래하는 삼 형제.

그럼 선생님도 고기를 잡아보셨나요? 종연이 묻는다. 소리꾼은 가만히 머리를 움직인다. 잠깐. 어렸을 때 잠깐 아버지를 따라간 적은 있습니다. 종연은 소리꾼의 얼굴 주름이 살짝 찡그려졌다가 재빨리 되돌아오는 과정을 엿본다. 바다는 아주 잠깐씩만 소리꾼의 관심사가 될 수 있는 모양. 물결과 파도, 밀물과 썰물로 이루어진 이 자연계 악보 위에 소리꾼이 목소리를 거든다. 어쨌든 「후리소리」 자체가 하나의 고기잡이 과정인 겁니다. 알고 나면 머릿속에서 쉽게 연결될 거예요. 종연은 다시 한번 노랫말을 떠올려본다. 빠르기는 프레스티시모. 고기잡이에 나선 삼 형제의 일과를 따라가기. 첫번째, 먼저 그물을 실어야 할 것이다. 두번째, 고기를 많이 잡을 수 있도록 제사를 지내는 일도 잊어서는 안 된다. 세번째, 노를 젓고 나가 고기 떼를 몰기. 네번째, 그물을 쳤으면 당겨야 하고. 다섯번째, 당겼으면 그물을 털어야 한다. 여섯번째, 잡은 고기를 용기에 나눠 담기. 일곱번째, 집으로 돌아가며 흥겨운 노래를 부르기! 종연은 무덤덤한 얼굴로 중얼거린다. **이제 준비된 것 같아요.** 한동안 소리꾼은 창틀 옆에 서 있는 종연을 쳐다본다. 꿈쩍임이 없는, 장식용 정물과 같은 자세. 어딘가 사람 같지 않은 면이 있다고 생각하는 걸까. 눈치채지 못하게, 어서 장면을 넘기기.

둘은 연습실 거울 앞에 마주 앉는다. 책상다리로. 소리꾼은 장구를 가까이 끌어당긴다. 얇은 나무 막대기가 북편과 채편을 번갈아 한 번씩 때린다. **따당!** 여전히 묘기 같은 동작이다. **내가 선창하면 뒤따라 부르는 겁니다.** 이제 타악기 소리가 연습실 벽에 부딪히며 울린다.

[둥. 두둥. 둥. 두둥두둥.] 팽팽하게 당겨진 가죽 피막 위로 정직한 2배수 박자가 나타난다. 노랫말은 제시된 음악 어법을 따른다. 정확하게. **에—헤이, 사—리야.** 음절을 이어 발음하는 가창법으로 4·4조의 박자를 맞추는 것이다. 선창이 끝난다. 종연은 똑같이 따라 부르려고 애쓴다. 뒤따르는 소리꾼의 지적. **음—은신—경, 쓰—지말—고! 박, 자!** 와중에도 타악기 소리는 멈추지 않는다. 둘은 음악적 시간 안에 머물러 있

다. 이 시간은 2/2 또는 4/4와 같이 마디 단위로 분절된 시간
이다. 악기에 의해서만 일시적으로 조성될 수 있는, 아주 특
별한 시간! 정박자의 짝수 선율이 모든 동작을 지배한다. 이
를테면 성대 떨림, 견갑골과 손목뼈 운동, 조절 가능한 모든
근육의 수축과 이완, 호흡은 물론 심지어는 감지 불능의 세
포막까지도. 음악적 시간 안에서 예외는 없다. 계속되는 타악
기 소리.

  [둥. 두둥. 둥. 두둥두둥.] 인간의 치조음을 닮은 이 악기 소
리에 맞춰 다음 노랫말이 이어진다. **사려─보─세. 사─려
보─세.** 선창이 끝난다. 배음을 한껏 높인 타악기 소리가 노
래를, 목소리를 부추긴다. 리듬은 조급한 마음을 먹게 만든
다. 망가진 음계를 고통스럽게 토해내게 만든다. 종연은 뺨
과 귀가 붉어진다. 저주받은 가창 능력이 그녀의 목을 조르
고 있다. 소리가 나가지 못하도록. 소리꾼이 고함친다. 목 앞
으로 튀어나온 울대뼈가 위협적으로 움직인다. **박! 자! 박! 자!**
얇은 채편 가죽을 찢어버릴 듯 두들기는 소리꾼의 상완근.

  [둥. 두둥. 둥. 두둥두둥.] 다음 노랫말은 **그─물한채를사─
려보─세.** 선창이 끝난다. 종연은 거의 울기 직전이다. 긴장
과 공포의 음향을 불러일으키는 타악기 반주. 핏기 잃은 입
술이 우물우물 소리 낸다. 불분명한 음높이. 한편, 박자는 부
분부분 일치한다. 소리꾼이 한층 들뜬 목소리로 외친다. **계**

속! 탄력적인 동물 껍질과 부딪히며 시시각각 떨리는 팔뼈 예순네 개가 있다. 손가락부터 위팔까지. 가느다란 돌기로 연결된 이 무기질 조직들의 움직임을 듣기.

[둥. 두둥. 둥. 두둥두둥.] 계속되는 노래! **이그—물—을 낼—적에—는.** 선창이 끝난다. 종연의 차례. **어—이하—여내—었는—고.** 빗맞던 박자들이 하나둘 들어맞는 모습을 보라. 조음 위치가 교정되는 발성기관들을. 가죽 피막을 두들기는 나무 막대의 마찰 횟수와 충돌 패턴에 집중하기. 필요한 것은 양순음 여섯 개, 중모음 네 개, 경구개, 연구개음 각각 네 개, 저모음 두 개. 노랫말을 이루는 한국어 자모음이 알맞게 조합된 음절로 만들어지도록 입 모양을 만들기. 만성적인 음치 증상과 별개로. 이제 밤새 외운 가사들을 한 행씩 늘어놓기만 하면 된다.

[둥. 두둥. 둥. 두둥두둥.]

이렇게 마침내 어업노동요의 1과장이, 이어서 2, 3, 4, 5, 6, 7과장이 끝난다. 그와 동시에 연습실 안의 모든 자동기계가 초침 운동을 멈춘다. **째—깍.** 이 짧은 움직임을 마지막으로, 더이상 아무것도 움직이지 않는다. 아무것도! 쓰기 상태를 지속하는 어떤 손동작을 제외하고.

그리고 종연이 홀로 자리에서 일어난다. 이 마법 같은 시간에 이미 익숙한 사람처럼. 고통스럽게 일그러지는 입매 주름. 무언가 가까스로 인내하는 사람처럼. 종연은 창가로 다가간다. 그곳에서 종연은 한 소년을 내려다본다. 소년은 부두 끄트머리에 서 있다. 빗줄기에 흠씬 젖은 생쥐 꼴로. 거센 풍랑이 넘실대는 바다를 지켜보는 중이다. 얼마 전에 출항한 어선 한 척이 위태롭게 수평선을 넘어가고 있다. 종연은 소년에게 말한다. **그들이 돌아오지 않았군요.** 그런 다음, 뒤를 돌아본다. 소리꾼은 노래를 부르다 멈춘 모습 그대로 앉아 있다. **당신은 아직도 그들을 기다리나요?** 종연은 떨리는 목소리로 속삭인다. 거의 들리지 않는 음높이로. 세상에서 가장 아름다운 목소리로! **잊으세요. 저들이 떠나버렸다는 사실을. 혼자 남겨진 슬픔을. 그리고 이 지긋지긋한 노래를! 모두 잊어요. 멈춰요. 이제 그만 부르시라고요.**

　달 세뇨dal segno! 다시 앞으로 돌아가라. 세뇨를 그렸던 부분. 종연과 소리꾼이 처음 만났던 바로 그곳으로. 때마침 물길이 닫힌다. 밀물이 들어온다. 만조의 시간. 이 모든 자연 리듬이 내려다보이는 저물녘 연습실의 두 가수. 소리꾼이 갑자기 연주를 멈춘다. 대체로 멍한 표정이다. 창가 옆에 누군가 꿈쩍없이 서 있다. 흡사 장식용 정물과 같은 자세로. 어딘가 사람 같지 않은 분위기. 소리꾼이 묻는다. **누구시죠?** 종연은 공손한 인사를 남긴다. 뒤돌아 연습실을 나온다. 한편, 주머니에 들어 있던 소형 녹음기가 홀연 작동을 멈춘다.

건물 바깥에서 종연은 흰갈매기와 마주친다. 노란 눈알을 가진 이 해양 조류는 돌담 위에 앉은 채로 그녀를 내려다보고 있다. 기다렸다는 듯이. 이때, 딱딱한 부리를 흔들며 내는 울음소리. **트레이터traitor! 트레이터!** 종연은 바닥에서 빈 페트병을 주워 힘껏 던진다. 겁먹은 바닷새가 어둠 속으로 펄쩍 뛰어내리며 사라진다.

이로 인해 우리는 경남 지방 어업요 하나를 영영 잃게 된다.

이제 다시 여객 열차로 돌아가자. 열차는 10시 30분에 출발해 15시 57분에 도착하는 서울행 차편이다. 이번에도 종연은 화장실 안에 있다. 물소리가 얼마간 들려온다. 얼굴 씻는 소리는 날갯짓 소리와 어찌나 닮아 있는지. 푸드덕푸드덕. 당신이 화장실 문 앞에 서 있었다면, 잠자코 어떤 새를 생각해봤을 만큼. 말끔하게 닦인 세라믹 타일 위에서 두 다리를 모은 채 당신을 올려다보는 새. 이 새의 이름을 불러주기. 솔개? 백로? 아니면 한 손에 쥐어지는 홍관조? 어쨌거나 찬물에 바짝 젖어 떨고 있는 이 정온동물을 상상하기란 어렵지 않다. 하지만 끝내 문을 열고 나오는 생물은 나는 법도, 노래하는 법도 전부 잊어버린 퇴화기 짐승이다. 영락없는 인간의 모습. 이 사람에게 새의 흔적은 남아 있지 않다. 비대하게 발달한 목젖과 호흡기? 다윈주의자들은 말한다. 인간은 데본기 파충

류의 직계 후손이다. 선조들의 선물을 모두 잃어버린 지금. 출입문 차창 바깥으로 흐린 날씨의 하늘이 지나간다. 노래가 실종된 풍경. 열차 소리 외에는 아무것도 들리지 않는다.

그래, 졸업논문의 내용이 뭡니까? 소리꾼이 물었다면 종연은 솔직하게 대답했을 것이다. **사실은 「후리소리」가 아니라 세이렌에 관한 이야기예요.** 이어서 어떤 설명을 덧붙일 수 있었을까. 아주 옛날, 지중해 한가운데 솟아 있는 바위섬의 가수들이 뱃사람들을 잡아먹었다는 이야기? 이들이 배음을 가려 쓸 줄 알았고, 그래서 노래로 배들을 가까이 불러들였다는 사실도 빠뜨려서는 안 된다. 세이렌에 관해서, 당신은 트로이 전쟁의 영웅 오디세우스를 떠올려본다. 이 사람도 고향으로 돌아가는 도중에 바위섬을 지나게 되었는데, 뭉친 밀랍을 귀에 붙이는 방법으로 목숨을 구했다. 물에 빠져 죽는 세이렌들. 낙담한 얼굴로. 우수수. 우수수.

여기까지는 이미 널리 알려져 있다. 지금부터 하는 이야기는 한참 뒤에 도래할 시제를 다룬다. 신화의 마지막 부분이다. 음악으로 따진다면 종결부. 이른바 코다에 이르는 과정이다. 반주도, 화음도 없는 무조음 칸타타는 다음과 같이 이어진다. **죽지 않고 남은 세이렌들은 복수하기로 마음먹었어요. 인간들에게 노래를 가르치려고 육지로 나온 거예요. 그게 현전하는 모든 작자 미상 민요들의 기원이에요.** 소리꾼이 물을 수도 있다. 가령, 그림「후리소리」도 그들이 만들었다는 겁니까? 종연은 이것을 모호하게 부인해도 좋다. **그냥 가설이에요.** 어차피 나중에는 아무것도 기억하지 못하게 할 테니까.

구전민요를 한 곡 떠올려보기. 예컨대「다대포 후리소리」와 같은 노동요를. 이 노래가 수없이 많은 입에서 만들어져 나왔다는 사실을 잊지 말기. 절대로. 노랫소리에 마음을 빼앗긴 이들이 바다로 모여든다. 이들 가운데 대다수는 고기잡이가 아니었다. 그물을 쥐고 태어나는 사람은 아무도 없다. 노래가 없었더라면! 이곳에서 살다 간 110만 7,229명의 멸치잡이는 그물을 놓아도 좋았으리라. 나중에, 이 불운한 어부들은 그물에 걸린 게 멸치가 아니라 자신이라는 사실을 깨닫게 된다. 물론 때는 늦었다. 노래는 후두음으로 만들어진 올가미. 형식은 카논. 입에서 입으로 무한히 반복되는 대위법 합창이다. 이것이야말로 세이렌의 저주다.

토머스 앨바 에디슨을 찬양하라! 이 괴짜 미국인 발명가가 최초의 축음기 모델을 제시한 이후 수많은 세이렌이 죽거나 목소리를 잃었다. 그라모폰에서, 전화기에서, 라디오 장치에서 되돌아오는 자기 노래를 듣고 쇼크 상태에 빠진 세이렌들을 우리는 상상할 수 있다. 그러나 우연한 음향 사고로 인해 영영 노래를 부를 수 없게 된 유아기 세이렌 하나는 끝끝내 살아남았다! 망가진 측두엽의 부속 증상: 노래를 구분해 들을 수 없는 질환 때문이다.

오늘날 작자 미상의 민요만을 찾아 여행하는 세이렌이 있다. 이 최후의 세이렌은 그녀의 종족이 얼마나 많은 사람의 운명을 바꿔놓았는지 알고 있다. 아름다운 목소리와 여러 민족의 노랫말로. 이제 그들이 만든 노래에서 마법과 권능을 걸어낼 때가 왔다. 마지막 세이렌은 이것이야말로 자기 운명이라고 생각한다. 노래를 지우기! 음치들이 그들의 애창곡을 곧잘 파괴하듯이. 누군가 녹음기에 자기 목소리를 기록할 때, 낱개의 음절들은 다만 짧은 전류 패턴에 지나지 않게 된다. 발음기관들의 마법 같은 움직임. 이들도 사인함수로 간단히 전환된다. 노래도 예외는 아니다. 음향 녹음은 노래를 안치하기 위해 만들어진 현대식 매장법이다. 그녀가 녹음기를 들고 다니는 이유다.

그러거나 말거나 중요한 사실 하나는 노래가 중단되어야 한다는 것이다. 노래는 듣는 이의 귀를 사로잡으니까. 느닷없이 마음을 빼앗긴 그가 길에서 벗어나도록 부추기니까. 원한다면 당신은 사운드클라우드나 유튜브에서 마지막 남은 세이렌의 노정을 응원할 수 있을 것이다. **작은 코다**little coda라는 이름으로 개설된 그녀의 계정에는 여러 민족의 구전민요가 업로드되어 있다. 가장 최근에 올라온 게시물은 「농부의 아내農民的妻子」로, 타이완 중부 지방의 원주민 민요다. 추가 설명란을 열면 원문 가사와 전승 내력, 그리고 노래를 가르쳐 준 전수자의 이름 —— 천루이陳瑞 —— 이 함께 적혀 있다. 이 게시물의 댓글 모음에 누군가 코멘트를 남기기도 했다.

내 고향에도 이런 노래가 있습니다. 옛날에 멸치 잡는 어부들이 부르곤 했답니다. 여기 참고 자료 링크를 남깁니다. https://www.youtube.com/watch?v=ccZHH8u8qW8*

다시 객실 안으로 돌아와서. 승객 없이 비어 있는 좌석들 가운데 짐이 하나 놓여 있다. 통로 좌석에 우두커니 앉아 있는 이 짐은 좌석 안쪽의 물건들을 지키고 있는 듯하다. 말없이. 어둑한 차창에서 어른거리는 전자기기의 불빛은 옆자리 받침대 위에 놓인 14인치 노트북 화면에서 나오는 것이다. 업로드가 완료되었습니다. 화면 한가운데 나타난 간단한 메시지는 주인이 돌아올 때까지 확인되지 않은 채로 남아 있을 것이다. 얼마간 더. 이 도구 모음 창은 동영상 업로드 및 편집 외에도 갖가지 설정을 제공하는 듯하다. 예컨대 자기 채널을 스스로 소개하는 문구를 적을 수도 있다. 노트북 주인이 다른 외국어 표기들과 함께 이곳에 적어놓은 한국어 문단은 소리 내어 읽으면 다음과 같다.

돌림노래는 카논의 일종이지만 카논에는 코다가 있다. 언젠가는 끝나게 되어 있는 구조다. 많은 이가 이 차이를 알지 못한다. 마지막 남은 세이렌은 모든 노래를 끝내려는 사람으로 이 땅에

왔는지도 모른다. 아주 오래전에 시작된 카논 음악의 마지막 성부가 되려고. 수백, 나아가 수천, 어쩌면 수만 년 전부터 수없이 반복해서 구전되어온 노래의 끝, 하나의 코다가 되고자. 만족스러운 종결, 세월에 걸맞은 엄숙한 죽음을 주고자. 나는 파괴적인 음향신호이다. 마지막으로 노래 부르는 사람이다. 처음과 같이, 이제와 항상 영원히!

작품별 주석 및 참고 자료

밴시의 푸가

*   파스칼 키냐르, 『부테스』, 송의경 옮김, 문학과지성사, 2017, p. 94.

옵티컬 볼레로

*   앨프리드 히치콕, 「새The Birds」(1963)의 단역.

**   아서 펜, 「우리에게 내일은 없다Bonnie And Clyde」(1967)의
        주인공.

***   우디 앨런, 「애니 홀Annie Hall」(1977)의 주인공.

**** 공동번역 성서, 『에제키엘』 6:3~6.

***** 페드로 코스타, 「용암의 집Casa De Lava」(1994)에 등장하는
        인물들.

[번역 도움]
Nayoung Kim & Manuel Herter.

비밀 사보 노트

* 로트레아몽, 『말도로르의 노래』, 황현산 옮김, 문학동네, 2018, p. 11.

** 황현산, 『내가 모르는 것이 참 많다』, 난다, 2019 제목 차용.

*** 1, 2, 3은 『말도로르의 노래』의 일러두기를 인용.

보이스 디펜스

*

** 공동번역 성서, 『시편』 2:7~12.

*** 『가톨릭 성가』, 한국천주교중앙협의회, 2017(수정 보완판).

[참고 자료]
이에스더, 『음향예술의 세계』, 야스미디어, 2005.
하랄트 슈튐프케, 『코걸음쟁이의 생김새와 생활상』, 박자양 옮김, 북스힐, 2011.

작은 코다

*

전자 시대의 교향곡

이소
(문학평론가)

1.

　푸가, 아리아, 멜로디, 볼레로, 송가, 사보, 보이스, 코다…… 이러한 제목의 단어들이 암시하듯 신종원의 첫 소설집 『전자 시대의 아리아』는 음악을 의식하며 아니, 정확히 말하자면 '소설이 아닌 매체'를 의식하며 씌어진 소설들이다. 악보와도 같은 이 책을 읽고 가장 먼저 든 생각은 이것이 아리아가 아니라 기악곡이라는 것. 아리아의 성패를 가르는 것이 가수의 기교와 성량이라고 한다면, 이 소설들은 결코 가수의 기량을 감상할 수 있는 편안함을 선사해주지 않는다. 소설을 읽는 내내 내 머릿속에 떠오른 것은 작곡과 지휘를

겸하고 있는 단 한 사람과 그의 명령을 순종적으로 따르고 있는 독자인 나. 그러니 이 소설집을 다악장형식의 기악곡이라고 부르는 편이 좋겠다. 대규모의 관현악 소리로 가득 차 있지만, 한 사람의 지휘에만 복종하는, 그런 압도적이고 중앙집권적인 교향곡.

그래서 소설 곳곳에 연주곡의 목록과 악상기호가 잔뜩 표기되어 있어도 이 세계는 소란스럽지 않다. 아무리 스트라디바리가 만든 바이올린(「저주받은 가보를 위한 송가집」)이나 끔찍한 음향 기록물이 쌓여 있는 적산가옥(「전자 시대의 아리아」), 급기야 민요를 수집하는 마지막 하나 남은 세이렌(「작은 코다」)이 등장한다 할지라도, 우리는 정교하고 현란한 리듬을 듣는 동시에 먹먹한 고요를 느낄 수 있다. 마치 시설 좋은 공연장에서 디렉터의 정확한 지시에 따라 연주가 이뤄진다면 그 소리가 아무리 크고 변화무쌍해도 결코 시끄럽게 들리지 않는 것과 같은 이치다. 공연장을 가득 채운 다양한 사운드는 오직 한 사람의 명령만을 따라 충실히 수행하고, 심지어 스포트라이트의 바깥은 침묵으로 채워진 듯 적요할 것이다.

2

소나타 형식: 교향곡을 비롯하여 중주곡, 협주곡 등 클래식 음악에서 가장 기본적이고 광범위하게 쓰이는 악곡 형식. **제시부, 전개부, 재현부**의 세 부분으로 구성되었으며 제시부 앞에 서주, 재현부 뒤에 종결부coda가 딸려 있는 경우도 있다. 보통 제시부에는 두 개의 주제 대비를 기본축으로 구축되어 있고, 이 두 개의 주제는 전개부, 재현부에서도 여러 가지 기교를 통해 반복해서 사용된다.

—『파퓰러음악용어사전 & 클래식음악용어사전』,

삼호뮤직 편집부, 2002

많은 교향곡이 대체로 소나타형식으로 이루어져 있으니, 우리도 소설들을 소나타형식에 따라 나눠보도록 하자. 소설은 모두 여덟 편. 흥미롭게도 더블double처럼 짝을 지을 수 있다. 여섯 편의 쌍둥이 소설들이 각 부를, 나머지 한 쌍이 각각 서주와 코다를 맡도록 하자.

먼저 서주는 「멜로디 웹 텍스처」. 알다시피 서주는 일종의 선언에 해당한다. 친절한 작곡가라면 간단한 워밍업 정도지만 조금 심술궂은 작곡가라면 '내 곡을 듣기 위해서는 각오를 좀 해야 할걸' 정도의 의미를 담는다. 곡 전체에서 반복적으로 등장할 주제적 요소들을 미리 제시하여 청중들에게 마음의 준비를 요구하는 것이다. 우리가 들을 음악의 주인은 심술이 없는 편은 아니다. 그가 서주에서 보여주는 것은 크게 두 가지. 첫째, 머나먼 신화적 세계부터 지금 여기의 모니터 앞까지 '짓는 자[作家]'에 관한 계보 만들기. 여신과 베 짜기 내기를 했던 아라크네에서 시작하여 저주를 받아 끊임없이 거미줄을 짜는 거미를 거쳐 컴퓨터 앞에서 글을 쓰는 작가까지 유사성의 계열체가 만들어진다. 베틀과 신체의 규칙적인 동작과 직물의 생산은 엄격한 정육각형을 반복적으로 채워가는 거미의 움직임과 거미줄의 확장에서, 자판을 두드리는 손가락의 운동과 모니터에 증식하는 문자들의 행렬까지로 이어진다. 이와 같은 '텍스처'와 '텍스트'의 연쇄는 오직 선명한 이미지와 규칙적인 리듬만으로 유려하게 직조된다. 둘째, 교향곡 전체에 반복될 여러 쌍의 대립물 암시하기. 그 대립쌍들은 다음과 같다. 생물학적이고 유물론적인 물성의 세계/유령적이고 신화적인 영혼의 세계, 멀리서 부유하는 카메라의 냉정한 시선/'너'를 호명하는 장중한 고어 투의 목소리, 디지털 기술에 대한 자의식/의고적인 유물에 대한 탐닉, 비밀을 간직한 오래된 공간과 사물 들/찰나에 스러지고 사라져버리는 인간들 등등.

이렇게 서주는 순식간에 '직조하는 자'의 계보 사이사이에

곡 전체를 지탱할 대립물들을 배치하는 데 성공한다. 이 극
단적인 대립물들을 상대하는 인력과 척력의 '텍스처 역학'이
바로 '텍스트를 쓰는 행위'라고 주장한다. 그러니 이 곡의 작
곡가가 생각하는 '작가'란 대체로 이런 모습을 하고 있을 것
이다. 시공을 초월하며 산재하는 것들 사이의 질서를 파악하
는 자, 그 질서를 연쇄적인 이미지와 리듬으로 연결하는 자,
그 연결을 자신이 다루는 매체로 성실하게 변환하는 자. 이
제 이에 걸맞은 또렷한 인장이 서주에 새겨진다. 대체로 서
주가 유장한 작곡가들의 자의식이 강하다는 것은 익히 알려
진 사실이다.

3.

마음의 준비는 충분히 하였으니 **제시부**(「밴시의 푸가」「전
자 시대의 아리아」)를 시작하자. 제시부의 역할은 이어질 전
개부와 재현부에서 반복될 주제 선율들을 구축하는 것. 그러
므로 서주에서 등장한 다양한 대립쌍 사이의 낙차를 하나의
선율로 구성할 필요가 있다. 구성의 효과를 극대화하기 위해
가장 중요한 것은 그것들을 한곳에 모아둘 수 있는 장소. 그
래서 제시부의 무게중심은 장소에 존재한다. 그렇다면 서주

에 등장했던 대립물들을 담아낼 수 있는 공간으로는 어떤 곳이 좋을까. 의고적 잔해부터 최첨단의 기술까지 담아낼 수 있는 공간, 유물론적인 시선과 신화적인 열정이 공존할 수 있는 공간, 오래된 사물들과 찰나의 인간들을 연결할 수 있는 공간, 그곳은 아마도 뮤지엄이라고 불리는 공간일 것이다.

뮤지엄은 오래된 사물들이 통상적인 상품 가치와는 다른 기준으로 거주하는 곳, 현실의 시간성과 다른 이질적 시간성이 현현하는 곳이다. 그야말로 기억과 망각이 동시에 존재하는 이곳은 철저히 현재화된 시선으로 사실적인 자료에 기반하여 운영되지만, 어딘가 유령적이고 초자연적인 것이 출몰한다 해도 이상하지 않은 곳이다. 예컨대 박물관, 도서관, 기념관 혹은 헌책방, 벼룩시장, 성당 같은 장소들이 그렇다. 현실적인 공간은 아니지만 그렇다고 디스토피아나 유토피아처럼 실재하지 않는 상상적 공간도 아닌 일종의 '비장소적인 장소'. 푸코의 말을 빌려 이제 이곳을 헤테로토피아heterotopia라고 부르자. 이 같은 헤테로토피아는 악보처럼 구성된 이 소설에 더없이 적합한 장소다. 악보는 마치 '음소거된 음악'처럼 한편으로는 음악을 담고 있지만 다른 한편으로는 음악을 가리고 있는 이중적인 사물이다. 악보의 시제 역시 모호한데, 그것은 과거에 만들어졌으나 영원히 현재 시제 명령문으로 존재하고 늘 '아직'인 상태로 기대되는 것이다. 도서관이나 박물관도 마찬가지. 이곳에서 사물들은 보존을 위해 구속되고, '무인칭 현재 시제 연옥'처럼 심판 이후의 세계가 아닌 '아직 여기'의 세계에 머물러 있다.

온갖 잡스러운 것이 우글거리지만 무성영화처럼 고요한 곳. 이제 여기에서 유령의 목소리를 들어보는 것이 어떨까. 도서관에는 자신들의 존재를 알리기 위해 도서의 위치를 바꿔두는 영혼들이 등장하고(「벤시의 푸가」), 일제강점기 고문 시설이자 연구소였던 적산가옥에는 아무리 음향 장비를 꺼버려도 스스로 재생되는 조선어의 목소리가 들려온다(「전자시대의 아리아」). 이 오래된 영혼들은 도서관에서는 문서의 형태로, 연구소에서는 음성 자료의 형태로 저장되지만, 그 저장은 특정한 정보의 형태로 변환되기를 요구받았다는 점에서 일종의 망각이라고도 볼 수 있다. 문자 시대의 세계는 문자화되는 것과 문자화되지 않는 것으로 나뉘었고, 축음기와 사진기를 비롯한 저장 매체가 발명된 후에는 저장되는 것과 저장되지 않는 것으로 나뉘었다. 하지만 어떻게 해도 상황은 마찬가지. 어떤 방식으로도 저장은 완벽할 수 없고 불완전한 저장과 망각 사이에 유령적인 것은 떠돌아다닌다.

작가란 이 분할을 가장 잘 알고 있는 자. 기억을 기록으로 번역하고 기록에서 기억을 독해하는 것을 업으로 삼은 자다. 그는 "기억도 목소리를 가질 수 있다면 좋을 텐데"(「전자 시대의 아리아」, p. 70)라고 간절하게 바라 마지않지만, 실은 기억이란 언제나 특정한 형식으로 저장될 수밖에 없음을 누구보다 잘 알고 있다. 기억이 기록되는 것은 언제나 불완전하지만, 그 역의 과정, 기록에서 기억으로 용해되는 것 역시 완벽한 부활일 수 없다. 그런 이유로 누군가 도서관의 서가를 악보 삼아 "오래된 프르동을 흥얼거릴 때"(「벤시의 푸가」, p. 36) 또는 "녹음된 음성의 주파수와 콘크리트 건축재의 자연 주파수가 정확하게 일치"(「전자 시대의 아리아」, p. 69)할 때, 세계에 그어진 분할선은 변경되지 않는다. 다만 영혼들이 사라지고 건물이 무너져 내린다. 그러니 작가에게 중요한 것은 부활이 아니라 매체와 그 변환 작업에 대한 자의식. 하물며 유령조차 매체가 필요한 법이다.

4.

　　전개부(「저주받은 가보를 위한 송가집」 「옵티컬 볼레로」)는 제시부의 주제를 다양한 기교로 세분화하여 진행한다. 여기서도 박물관, 골동품 상점, 기숙사, 비밀 회합 장소 등 헤테로토피아들의 목록이 이어지지만, 이제 방점은 '장소'에서 '장소를 통과하는 사물들'로 이동하게 된다. 이미 눈치챘겠지만, 이 교향곡을 관통하는 대립쌍들의 낙차를 다양한 방식으로 오랫동안 유지하기 위해서는 사람보다 사물을 선택하는 편이 유리하다. 개별적인 한 사람의 수명은 길어봐야 고작 백 년. 그가 겪어온 삶의 범위는 수명에 비례하여 한정적이고 그의 심리학적 내면은 협소한 필연성의 영역이다. 그러니 개인의 인생 대신 '사물의 전기The Biography of the Object'를 써보는 편이 좋겠다. 예컨대 스트라디바리의 손에서 탄생한 후 무수한 영욕을 거쳐 이제는 박물관의 조명 아래 쉬고 있는 바이올린 엘가의 전기(「저주받은 가보를 위한 송가집」)나, 렌즈를 이루는 광물의 원자 수준에서 보자면 빅뱅과 함께 탄생했을 캠코더 옵츄라의 유구한 전기(「옵티컬 볼레로」)처럼.

그렇다면 이것은 문제적 개인을 다룬다는 '소설의 기원'에서 벗어나 있는 소설 쓰기다. 신종원의 소설은 개별적 삶에 큰 관심을 두지 않으니, 여기에는 한 개인의 내밀한 반성과 진솔한 고백도, 그것을 통한 교훈과 성장의 서사도 등장하지 않는다. 아들을 위해 엘가를 마련했지만 원주민들에게 살해당한 백인 광부, 파가니니의 곡을 제대로 연주하지 못해 미쳐버린 소녀, 개신교도들에 의해 성당에 갇혀 불태워지면서도 엘가만은 피신시키는 가톨릭교도 연주자 등 엘가를 소유했던 이들 중 누구도 소설의 주인공이 되기에 부족한 이는 없다. 하지만 '엘가의 전기'에서 보자면 그들은 고작 스쳐 지나가는 인간 따위에 불과하다. '옵츄라의 전기' 역시 마찬가지. 캠코더 옵츄라에 찍힌 것들은 그것이 사람이든 장소든 죽거나 사라진다. 옵츄라에 의해 삼켜졌다고 말하는 편이 정확할 것이다. 약간의 은유를 동원하여 극단적으로 소급해보면, 옵츄라는 단지 1997년 캐논에서 상품으로 생산된 디지털 영상 장치가 아니라 고생대 말기 광물로 형성된 '최초의 광학 장치'다. 이 '하나의 시선'은 태어난 후 아주 오랫동안 외롭게 고립되어 있었지만, 기술 복제 시대를 거쳐 디지털 매체 시대에 접어들 무렵이 되면 급격하고도 광범위하게 퍼져나가게 된다. 이제 옵츄라는 무엇이든 포착하고 무한하게 저장하며 신속하게 전송할 수 있는 권능을 얻었다. 여기 고작 한 명의 인생이라는 것이 어떤 의미를 지닐 수 있겠는가.

이렇게 전개부는 제시부를 심화해 일종의 소설적 뮤지올로지를 발전시킨다. 사물들은 흠집과 변형의 형태로 세계를 담아내는 데 적합하다. 물론 여기서 사물이란 단지 물건만이 아니라 공간이나 텍스트나 이미지까지 포함하는 넓은 의미의 사물, 세계의 잔해로서 관계망 속에 존재하는 사물thing이다. 세계를 사유하기 위해 인간의 심리주의 대신 사물의 전기를 살피는 것은 존재하는 것이라면 모조리 수용하겠다는 식의 한없는 긍정주의가 아니다. 인간의 범위에서 제아무리 이동해봤자 그것이 '다르게 보기'의 윤리에 불과할지도 모른다는 불안과 그러니 이제 다르게 보기 대신 아예 '다른 것'을 보겠노라는 시도로 설명하는 편이 정확할 것이다. 우리가 역사라고 부르는 것이 지속적인 폭력과 그로 인한 변형과 흉터의 총체라면, 우리는 사물들을 통해 그 과정을 좀더 정확히 직시할 수 있다. 그리고 우리 역시 역사적 잔해의 일종이고 사람이 아닌 매체가 기억의 주체임을 절감한다면, 이 사물의 전기에 우리를 기입할 방법은 얼마든지 존재할 것이다. 그런 이유로 이와 같은 시선은 유용한 정치적 전략이 될 수 있다. 시텐노 가즈마가 지은 음향 연구소가 김수근이 지은 남영동 건물이 되지 않으리라는 법은 없고, 우리가 무엇을 주목하든 그곳에 엘가처럼 매혹적인 사물이 존재하지 않을 리는 없을 테니까.

5.

이제 재현부(「보이스 디펜스」「비밀 사보 노트」)에서는 앞서 전개부에서 진행한 주제들을 재통합하되 제시부와는 다른 방식을 시도해야 한다. 지금까지의 흐름을 간단히 정리해보면, 곡을 지배하는 대립쌍들은 제시부에서 '공간화'의 방식으로 등장한 후 전개부에서 '사물의 전기'로 확장되고 상

술되었다. 다시 이들을 압축하되 조성을 변경하기 위해서는
두 방법론을 모두 지양하는 '사물화'의 방식이 적합하겠다.
악보에 대해 말하거나 악보를 삽입하는 지금까지의 방식은
직접 악보가 되는 것으로 전환된다. 다시 말해, 음향에 관해
이야기하는 대신 스스로 음향신호가 되어 재생되는 것이다.

이러한 '되기'의 목적은 당연히 **"우리가 우리의 싸움을 계
속하"**(강조는 원문, 「비밀 사보 노트」, p. 189)기 위한 것, "자
신의 말하기를, 1인분의 목소리를, 1인칭의 화법을 가능한
한 오래 지켜"(「보이스 디펜스」, p. 231)내기 위한 것이다. 이
제 싸움을 위해 음악의 높낮이와 리듬을 두세 배쯤 증폭시키
자. 추측건대 이 교향곡의 작곡가-소설가는 바로 이 재현부
에서 가장 신이 나고 또한 가장 괴로웠을 것이다. 그렇게 투
쟁을 위한 두 종류의 악보가 펼쳐진다. 첫번째는 악마 바알
즈붑이 송출하는 이명에 맞서 필사적으로 1인분의 목소리를
지키는 작가의 투쟁(「보이스 디펜스」). 소설집 전체를 가로
지르는 대립쌍들 중 가장 매력적인 쌍이라 할 수 있는 유물
론적 묘사와 신화적 상상력의 대비가 이제 문장 단위에서 맞
붙어 요동치게 된다. '뇌파'와 '뉴런'과 '음향' 같은 생리학적·
기술적 용어는 '바알즈붑'과 '나조뱀'과 '파리 속기사들' 같
은 주술적 이미지와 그로테스크하게 결합되어 커다란 진폭
의 파동을 만들어낸다. 연주 지시어로 말하자면 프레스티시

모prestissimo, 최대한 빠르게! 이 교향곡을 통틀어 가장 시끄럽고 빠른 템포에 맞춰 화자는 바알즈붑과 사운드 전쟁을 수행한다. 여기서 흥미로운 점은 악마조차 송출기와 수신기가 필요하다는 것. 그러니까 신종원의 세계에서 매체는 우주의 '광속'처럼 절대적이고 영속적인 기준점으로 존재한다. 이 세계에서 매체란 물질이자 자연이고 동시에 유령적인 것이자 신적인 것의 특권적 지위를 차지한다.

두번째는 영원히 끝나지 않을 가장 아름다운 투쟁(「비밀 사보 노트」). 여기서는 우리가 연주 지시어를 고민할 필요가 없다. 이미 최고의 음악가가 적절한 셈여림과 빠르기표를 달아두었으니 우리는 그 표기에 맞춰 악보를 읽어가기만 하면 된다. 이번에는 불문학자 박정효가 황현산의 마지막 번역서 『말도로르의 노래』에 오역을 남겨두지 않기 위해 새로운 번역에 도전할 차례. 죽기 직전 황현산이 기증한 로트레아몽의 육필 원고가 재번역을 시도해야 할 이유이자 감행할 수 있는 동력이 된다. 박정효는 정체를 알 수 없는 기호들로 범벅된 육필 원고를 보고 어쩌면 이 시가 정말로 '노래'였을지도 모른다는 생각을 하게 되고, 윤에스더에게 편지를 써 음악가를 소개받게 된다. 그러니 이제 우리도 화자인 음악가의 유려한 목소리를 따라 새롭게 악보로 번역된 『말도로르의 노래』를 펼쳐보면 어떨까. 물론 이것은 "아직 도래하지 않은, 우리 앞에 놓인, 미래의 책", 그러나 언젠가 반드시 도래할 책이다. 과거의 싸움꾼 황현산은 지금의 싸움꾼 박정효에게 노래를 물려주었고 우리는 물려받은 이 노래를 영원히 끝내지 않을 것이다. 그런 이유로 "이제 다음 싸움꾼들을 위해 새로운 마디를 비켜줄 차례"(pp. 212~13). 그리고 창작자와 연구자들을 향해, 문학과 음악의 모든 싸움꾼을 향해 신종원식 경의를 표할 차례.

6.

마지막 **종결부**는 제목조차 "작은 코다". 잠시 곡의 마무리를 위해 앞서 제시되었던 '기억과 기록의 문제'로 돌아가보자. 도서 배가표(기록)를 노래(기억)로 불러주자 도서관을 떠날 수 있었던 영혼들(「밴시의 푸가」)과 녹음된 연구 자료(기록)를 노래(기억)로 재생하자 순식간에 무너져 내린 연구소(「전자 시대의 아리아」)를 떠올려보면, 기록에는 망각이 포함되어 있음에도 불구하고 기억은 기록의 형태로만 남을 수 있다는 것을 알 수 있다. 이 소설집은 한 편의 소설에서도 빠짐없이 매체를 중심으로 기억과 기록이 불완전한 상호 관계를 맺고 있음을 명확히 보여준다. 그렇다면 이제, 마지막 세이렌이 등장하여 녹음기라는 매체를 통해 민요의 마술적 힘을 박탈하는 이야기가 코다가 되는 것은 당연한 결말이라 할 수 있을까.

매체학자 키틀러는 19세기 후반 축음기가 등장하며 '실재'가 저장되기 시작했다고 말한 바 있다. 오직 단 한 번의 현존만 가능했던 음성이 주변 소음까지 포함한 채 고스란히 재생되기 시작하면서 인간은 실재를 조작할 수 있다는 감각을 갖게 되었다는 것이다. 그에 따르면, 음성을 저장할 수 있는 축음기의 발명과 함께 문자 권력을 지키고 있던 문필가들의 시대는 막을 내리게 된다. 그러나 이것은 하나의 은유에 불과한데, 실은 실재란 저장되는 순간 더 이상 실재라고 할 수 없기 때문이다. 실재가 저장되면 그 순간부터 그것은 상징계에 편입된 것이지 더는 실재가 아니고, 여전히 우리의 세계에는 상징계에 포섭되지 않는 틈이나 균열로서의 실재가 엄존하게 된다. 어떤 순간에도 실재는 사라지지 않으니, 음악도 문학도 영원히 끝날 수 없다. 세이렌 종연의 여정 역시 마찬가지다. 음향 기기에 의해 음치가 된 그녀가 최후의 세이렌이고 그런 그녀가 **"수만 년 전부터 수없이 반복해서 구전되어온 노래의 끝, 하나의 코다"**(강조는 원문, p. 279)임은 명백할 것이다. 그러나 동시에 그녀가 하나의 돌림노래를 끝내고 다음 노래를 시작하는 자, 코다가 됨으로써 비로소 서주가 되는

296

자라는 것도 부정할 수 없는 사실이다.

"이로 인해 우리는 경남 지방 어업요 하나를 영영 잃게 된다"(p. 274). 종연의 녹음에 의해 무언가는 사라진다. 하지만 하나를 잃어야 하나를 얻을 수 있는 법. 다시 한번 예술가에 관한 신화적이고 매체학적인 계보「멜로디 웹 텍스처」를 떠올려보자. 음향 기기에 의해 더 이상 기존의 방식으로 노래할 수 없게 된 세이렌, 사운드클라우드나 유튜브에 음성파일을 업로드하는 세이렌은 시를 노래하는 대신 텍스트를 입력하는 아라크네, 이제 막 긴 기다림을 끝내고 다시 태어난 아라크네와 다른 존재가 아니다. 마지막이자 최초가 되는 것, 이것은 영원히 예술가들을 지배하는 화두다. 실재나 예술은 본질이나 실체로서 존재하지 않고, 다만 기억과 기록 사이에서 '변환'의 방식으로 존재한다. 언제 어디서나 변환하는 자는 존재하고 그의 권능은 갱신될 뿐 사라지지 않는다. 그러니 이 작곡가-소설가의 유장한 화법에 따라 말하자면 다 카포da capo, 다시 말해, 처음으로 돌아가라.

이로 인해 우리는 두 개의 야심만만한 서주를 지닌 '전자시대의 교향곡'을 끝내 만나게 된다.

작가의 말

　이렇게 생애 첫 소설집이 완성되었다. 장 넘김 때문에 생략된 인쇄 공간들, 말하자면 수십 행의 공백을 물론 제해야 하겠지만, 수록될 단편소설을 모두 모아보니 823매가 나왔다. 문서 프로그램 페이지 수로는 92페이지에 달하는데, 출간될 도서의 판형을 미리 가늠할 수 없는 관계로 책의 두께 역시 차마 상상해볼 수 없었다. 작년에 출판사에 들러 계약서를 썼던 어느 날로 거슬러 올라가보면―언젠가 소설집이 출간된다는 임의의 약속만을 뚜렷하게 감지할 수 있었을 뿐, 나중에 엮일 책의 모습은 조금도 떠오르지 않았다. 애초에 데뷔작과 또 다른 응모작 두세 편을 제외하면, 이후 완성하게 될 소설들은 첫머리조차 드러나지 않은 상태였다. 그래서 1년 동안 소설을 쓰고 발표하는 내내 한 권의 책을 실시간으로 만들어가는 기분이 들었다. 비어 있는 목차의 예정 항목들을 새로 쓴 소설의 제목으로 밀어내는 감각. 이렇게 내가 엮게 될 책의 내부로부터 공백과 더께를 한 장씩 쫓아내고 벗겨내는 일이 마침내 끝났다. 여덟 편의 소설을 다소 사적인 기준으로 배치해보았는데, 차례를 나타내는 페이지 안에서 각각의 제목이 마치 서수처럼 읽힌다. 이와 같은 정렬로부터 의미를 추출해내는 과정은 독자들 몫으로 맡긴다. 덧붙여, 여러 단편에 언급된 역사 기록이나 사건에 픽션적 요소가 섞여 있음도 여기 밝혀둔다.

벌써 여름이다. 이끼 덮인 밤. 투명한 공중에서 식물성 녹말의 무게를 가려낼 줄 아는 사람들은 수가 적다. 나는 그런 사람들과 아주 가까운 사이가 되고 싶다. 그러기를 자주 소망한다. 시인은 나에게 그런 사람들이다. 많은 비밀을 알지만 끝끝내 누설하지 않는 사람들.

요즘도 느닷없이 시 수업을 받는 꿈을 꾼다. 어쩐지 나는 줄곧 시인들에게 영혼이 팔려 있는 것만 같은데. 꿈속에서 잃어버린 정신머리를 찾으러 돌아다니다가 우연히 강의실에 들어가게 되었을까? 학교에서 시 창작 수업을 몇 학기 듣긴 했지만. 시 수업을 일부러 찾아 들은 적은 한 번도 없었는데. 어디였을까. 그런 생각을 해볼 여지도 없이. 그냥 의자에 앉은 상태로 꿈에 이끌려 온 것 같았다. 시인이 시를 한 편 읽고 있었나? 낭독하는 음성이 들렸다. 다만 꿈속의 나도 눈을 감고 있는지 시인의 모습은 보이지 않았다. 왜인지 요즘은 꾸는 꿈마다 눈앞이 어둡다. 아래쪽 세상의 나는 심각한 근시라도 앓고 있는 걸까? 꿈에서 그에게 꼭 맞는 교정용 안경을 만들어줄 수 있다면 좋을 텐데. 여하간 시인은 시를 몇 행 읽더니 곧 중단했다. 대신에 뭐라고 중얼거렸는데. 그건 시행이 아니라 행과 행 사이의 공간, 여백, 장평, 행간. 뭐라고 부르든지 아무튼. 그곳을 어떻게 읽어야 좋은지 전혀 모르는 것 같았고. 다만 얼른 기억나도록 비슷한 단어들을 끊임없이 대느라 급급해 보였다. 마치 그걸 제대로 읽지 못하면 수업을 진행할 수 없다는 듯이. 덩달아 조급해져서 막간, 중간 같은 낱말들을 구시렁거리다가 잠에서 깼다. 커튼 밑으로 푸르죽죽한 어스름 무늬가 내려와 있었다. 시간은 5시. 아침과 밤의 사이. 몇 달째 이 시간에 일어나게 된다.

사실 왜 그런 꿈을 꿨는지 안다. 단서가 있다. 이 책에 수록될 소설 몇 편이 시인 또는 시에 관한 고백들로 이끌려 갔기 때문이다. 당연히 시집도 많이 찾아 읽어볼 수밖에 없었던 것이다. 가장 기억에 남는 시집은 『말도로르의 노래』와 『죽음의 푸가』다. 어떻게 그렇게 멋진 말들을 받아 적을 수 있었

던 걸까? 따라 읽는 목소리를 마비시키는 증언들. 영혼을 불
태우는 기도문. 잠재된 율동과 전율의 성가들. 두 사람 모두
끔찍한 고통 속에서 죽음을 맞이했다는 사실은 나중에 알게
되었다. 한 사람은 여관 셋방에서, 1870년에. 한 사람은 센강
에서, 1970년에. 굶주림으로 말라비틀어진 뒤카스의 주검과
첼란의 익사체를 떠올릴 때면 말할 수 없이 숙연해지곤 했
다. 은유나 상징 같은 기법들은 잠시 잊고. 추상적인 의미, 보
이지 않는 맥락 따위 집어치우고. 정말로 죽음에 가까운 이
들만이 운명을 거슬러 말할 수 있는 걸까? 그들의 말은 너무
나도 불경해서 하늘이 정해놓은 수명을 끊임없이 어겨버린
다. 시간이 아무리 지나도 촌스럽게 읽히지 않는다. 위대한
걸작들은 그들을 태어나게 한 손보다, 정신보다 오래 살아남
아 우주와 대등한 시간을 살아갈 것이다. 이들은 잊히는 법
도, 죽어 없어지는 법도 좀처럼 모르고. 때가 되어 심판의 나
팔이 울리고. 마침내 인간 따위 모두 재로 변한 뒤에도. 이들
의 몸, 책, 페이지. 그런 것들마저 다 사라진 뒤에도. 이들을
외울 수 있었던 마지막 독자의 속삭임만이 전기 테이프에 남
아서. 희미한 2진법 펄스부호로 변환된 채. 차갑고 어두운 우
주 공간을 유령처럼 배회하며. 우그러뜨려지고. 왜곡되고. 생
략되고. 가속되는 가운데. 똑같이 이들을 낭독하는 목소리를
만나게 되는데. 때는 아주 오래전. 이들을 세상 바깥으로 이

끌어낸 창조자들의 목소리로. 송고를 앞둔 불운한 시인 둘이. 마지막 교정을 보기 위해 자기 원고를 읽는 시간. 그 떨림이 이들보다 앞서 우주를 떠돌았던 것이다.

바로 그런 이유로 나는 동시대의 많은 목소리에서 매력을 느끼지 못하는 게 아닐까. 압도당하지 않는 게 아닐까. 다른 사람의 목소리를 대변하겠다며 아우성치는 목소리들. 사실 우리는 우리 자신의 목소리에 대해서조차도 잘 알지 못하는데. 유행하는 것들이 곧 시대정신이라고 말한다면 글쎄. 시절은 그대로 가도 좋으니. 뒤카스의 아사한 주검과 첼란의 익사체 앞에서도 공포에 질리지 않고 싶다. 호모사피엔스사피엔스 다음이 있다면. 호모사피엔스사피엔스사피엔스 같은 말장난이 아니라. 오히려 그들 모두를 앞질러 가서. 아담의 말, 아브라함의 말, 카인의 말. 가능하기만 하다면, 빛의 말을 훔쳐 오고 싶다. 시시한 말들은 모두 저리 비켜. 나의 하느님이 죽어 몰락할 거라는 사실은 미리 예언되어 있고. 우리 앞에 놓인, 아직 도래하지 않은, 미래의 책들이 지금 멀리서 걸어오고 있는 중이니.

내가 존경하고 사랑하는 싸움꾼들이 싸움을 포기하지 않으면 좋겠건만. 고통 속에서 걸작이 태어난다는 말은 물론 잔인하기도 하고. 어떤 사람들에게는 이제 시대착오적인 농담처럼 들릴 줄 알면서도. 먹고사는 문제, 가정사들, 대출 이자, 분노, 병마 또는 습관성 무력감. 무엇과 싸우든지. 두뇌 싸움, 몸싸움, 말싸움. 어떤 형태가 됐든지. 모든 싸움이 내게는 더없이 숭고하게만 느껴진다. 그들이 자기 자리에서 자기 목소리로 계속 싸워주기를 바란다. 이른바 '보이스 디펜스'를 무한히 실행해주기를 바란다. 그렇기에 나 역시 이 책을 나만의 목소리로 완성했다. 소설은 발성 연습과 음향 실험이 수행되는 무대이자 무덤이다.

작년 4월에는 세풀베다가 죽었는데 이 얘기를 한 사람에게밖에 말하지 않았다. 스무 살 때 이 노인을 무지 좋아했다는 사실도. 홀연히 찾아든 부고 기사가 새 소설을 앞당겨 쓰도록 자극했다는 사실도. 선배는 시종일관 진지하고 사려 깊은 태도로 이런 이야기를 모두 들어주었다. 세풀베다의 죽음 이후, 나는 사랑하는 선배들에게 마음을 아끼지 않기로 했다. 떠보는 일, 자존심, 다 그만두고. 그들이 어떻게 떠나갈지 알 수 없으니까. 선배는 학기 초에 존 케이지의 『사일런스』를 읽어준 적이 있다. 「무에 관한 강연」이었다.

내일은 오후에 공연을 보러 가기로 했고, 이제 잠들 시간이다. 4시를 갓 넘겼으니 며칠째 5시에 잠이 깨는 못된 사이클을 깰 수 있을 것이다.

어젯밤 그 시인이 오늘도 꿈에 나와줄 수 있을까. 오늘은 시시한 말장난들 모두 집어던지고 춤이라도 한 곡 가르쳤으면 하는데.

  눈을 감는 것도 무용의 한 동작이 될 수 있다면.

  하나, 둘, 셋. 사일런스.

2021년 7월
신종원

수록 작품 발표 지면

밴시의 푸가 『악스트AXT』 2020년 3·4월호
전자 시대의 아리아 『한국일보』 신춘문예
멜로디 웹 텍스처 『문학과사회』 2020년 여름호
옵티컬 볼레로 『쓺』 2020년 하권
저주받은 가보를 위한 송가집 『문학들』 2021년 봄호
비밀 사보 노트 〈문장웹진〉 2020년 7월
보이스 디펜스 〈비유〉 2020년 9월
작은 코다 『현대문학』 2020년 4월